UTOPIA 3

INÁCIO ARAUJO

UTOPIA 3
ÚLTIMAS NOTÍCIAS DO SÉCULO 25

ILUMINURAS

Copyright © 2024
Inácio Araujo

Copyright © desta edição
Editora Iluminuras Ltda.

Capa e projeto gráfico
Eder Cardoso/ Iluminuras
sobre ilustração de frame do filme *It Came from Outer Space*,
de Jack Arnold, 1953 [modificado digitalmente]

Revisão
Eduardo Hube

CIP-BRASIL. CATALOGAÇÃO NA PUBLICAÇÃO
SINDICATO NACIONAL DOS EDITORES DE LIVROS, RJ
A689u

    Araujo, Inácio, 1948-
       Utopia 3 : últimas notícias do século 25 / Inácio Araujo. - 1. ed. - São Paulo :
    Iluminuras, 2024.
    254 p. ; 23 cm.

    ISBN 978-65-5519-248-3

    1. Ficção brasileira. 2. Ficção cientifica brasileira. I. Título.

24-94933   CDD: 869.3
                        CDU: 82-311.9(81)

    Meri Gleice Rodrigues de Souza - Bibliotecária - CRB-7/6439

2024
ILUMI/URAS
desde 1987
Rua Salvador Corrêa, 119 | Aclimação, São Paulo/SP
04109-070 | Telefone: 55 11 3031-6161
iluminuras@iluminuras.com.br
www.iluminuras.com.br

SUMÁRIO

Introdução, 9
   Crônicas do melhor dos mundos

I. Livro das ilusões, 45

II. Os bárbaros, 83

III. Travessia, 141

IV. Umbigo do mundo, 207

Sobre o autor, 253

Nota do Editor

No século XXV, após uma era de guerra e turbulências, a sociedade mundial parece ter encontrado o caminho de um equilíbrio feliz. É esse o princípio dos relatos a seguir, encontrados numa pasta esquecida em um canto do asilo de Baccamartville onde parece ter vivido e produzido — como interno ou funcionário — o anônimo autor que desses textos, a que procuramos organizar e dar alguma coerência antes de entregá-los ao leitor.

Introdução

CRÔNICAS DO MELHOR DOS MUNDOS

1. Minnia e Lurr

A ideia dos meus tutores ao comprar a casa do Lago Seco de Brasília era menos escapar aos flagelos da guerra no campo — alvo central dos ataques naquele momento — do que descobrir um lugar onde pudessem esconder seus livros. O generoso abrigo antibombas do prédio em que nos instalamos lhes permitiu trazer a biblioteca que tinham no sítio, mas também serviu para esconder a mim (a quem consideravam frágil para atividades bélicas) de algum senhor da guerra que por acaso me achasse e quisesse me integrar a seu exército.

Minnia e Lurr aproveitavam o tempo livre para ler. Já eu tinha todo o tempo livre do mundo, de modo que, quando não me alimentava, tomava vitaminas ou cuidava da higiene do local, só tinha como diversão as leituras.

Minnia e Lurr gostavam de livros sob qualquer forma: em papel, compactados, como metatextos eletrônicos, de letras foscas ou brilhantes, grandes ou pequenas. Amavam as letras coloridas e as cinzentas, as que chegavam como iluminações ou como embrulhos. Era indiferente. Como eu permanecia fechado no porão durante o dia e só à noite, no escuro, saía para passear, para mim o mundo era o que saltava daquelas letras. Às vezes perguntava a Minnia coisas como o que é o mar, qual a sua forma?

Quando não podia explicar, Minnia trazia ilustrações para que eu não perdesse o significado de nada do que lia. Nas noites claras, Lurr me levava para ver as estrelas e me ensinava como se guiar por elas.

As guerras terminaram ali por volta de 2170 ou 2180, quando eu já tinha passado dos 120 anos. Hoje pode parecer pouco, mas no já distante século XXII a vida das pessoas raramente passava dos 200 anos, sem contar as baixas de guerra, que foram enormes, porém essenciais para que atingíssemos o equilíbrio populacional perfeito, como Willie Boy não cansa de repetir.

Lurr e Minnia nunca se conformaram, desde a vitória da União Universal, com o desprezo do governo pela leitura. Perseguição oficial aos livros nunca houve, é verdade, mas os impostos tornaram-se cada vez altos, de tal modo que pouco tempo depois já não havia editores, nem pontos de venda, nada. Com o tempo, na Grande Tela os textos foram várias vezes dados como desnecessários, pernósticos e até perniciosos. "Pensar demais coloca em perigo o equilíbrio natural do homem", costumava dizer Willie Boy na Grande Tela.

— E onde ficam as ideias? — perguntava Lurr. — A não ser que você acredite em tudo que vem da Tela… Não haverá outra coisa no mundo a não ser conformismo.

Pessoalmente, saudei o fim das carnificinas de guerra como uma libertação. Podia enfim sair, conhecer a luz do dia, olhar as pessoas. Foi um momento de euforia, com tudo que fora destruído sendo reconstruído e grandes planos para o futuro sendo traçados e já executados.

Os vencedores ganharam muito. Banqueiros, investidores, cientistas, generais e até alguns industriais se encheram de dinheiro, ninguém tem dúvida. Mas que importa? De um momento para outro todos tinham com o que viver. O governo que se instalou recuperava a Terra, olhávamos para o futuro com otimismo. Com algumas coisas foi difícil me acostumar, é verdade, como o novo nome de Brasília, que passou a se chamar ShellBras, depois que as grandes cidades cederam seus naming rights a conglomerados financeiros, que agora as administram.

As velhas nações desapareceram, dando lugar à União Universal. Instaurou-se uma língua única. Reis, presidentes e ministros deixaram de existir. Os velhos estados nacionais foram privatizados. Os vencedores escolheram o novo CEO, pois doravante o mundo seria gerido como uma grande empresa.

Como sempre que acabam as guerras e começam as transformações, muitos ânimos ainda estavam exaltados. E assim foi quando surgiram as *Baby Gangs*. Esses grupos de jovens entusiastas da nova ordem estavam determinados a caçar os refratários. Apavorantes, irrompiam em moradias, incendiavam, molhavam, destruíam tudo que pudesse ser vestígio dos velhos tempos, a começar pelos textos.

Hoje ninguém mais sabe ler, só importa o que vem da Grande Tela. Mas falo de um tempo muito antigo, insisto, falo do fim do século XXII. As coisas ainda não eram assim, mas os leitores pouco puderam fazer diante da determinação do governo. Quase todos tiveram de renegar publicamente suas atividades passadas. Depois de algumas décadas foram perdendo a memória da escrita, como quase todo mundo.

Na época, me engajei nas *Baby Gangs* com o ardor e a estupidez próprios da idade. Quis acreditar no que proclamavam meus companheiros, para quem toda escrita era, por si, uma traição. Bati em leitores, cheguei a atormentá-los, com o prazer perverso de quem sabe que poderia estar no lugar deles. Levei esses colegas à nossa casa e delatei o porão onde eram escondidos os livros. Molhamos alguns deles, rasgamos outros para que se tornassem ilegíveis. Minnia e Lurr apanharam e foram levados a um campo de reeducação. Nunca procurei por eles no Recolhimento para onde foram quase duas décadas depois. Soube que certo dia Lurr deixou o quarto onde viviam, saiu andando e nunca mais foi visto.

O Recolhimento era como chamavam aqueles prédios cinza com mais de 200 andares, um ao lado do outro, construídos em Arrabalde para abrigar os aposentados. Eles moravam no bloco E, apartamento 337, 33º. andar. Daquele lugar só se viam as janelas do bloco G, logo antes do H, onde eu fui viver mais tarde.

Hoje percebo com clareza que nunca acreditei de verdade que livros são coisas nocivas. Talvez apenas tivesse medo e me sentisse protegido junto à horda dos jovens selvagens. Senão, como explicar que tenha, durante o ataque a Lurr e Minnia escondido alguns livros no meio das minhas roupas e surrupiado alguns lápis?

2. Ly Shin Whittak

Ly ShinWhitttak acordou feliz. A manhã de 20 junho de 2173 estava radiosa, mas sua felicidade vinha de outra parte: As últimas forças da Resistência tinham sido esfaceladas: a guerra chegara ao fim. Com o mundo em paz, o financiamento do exército da União finalmente lhe renderia os dividendos há tanto esperados. Seu banco financiara outros exércitos ao longo das décadas de conflito, mas eram tantos e tão divergentes seus objetivos que a certa altura se deu conta de que era insano enfiar dinheiro às cegas, apostando que tal ou tal força sairia vencedora.

Assim, a União Universal, soma de esforços de muitos ricaços e muitos cientistas, surgiu como a solução lógica para o nonsense que tomara este mundo em que todos pareciam estar contra todos. O que aconteceria? O século XXII chegava ao fim e era preciso pensar no agora. Para anarquistas e marxistas era o fim. Os vencedores cuidariam dos nossos e dos outros, assim haviam prometido.

Ly ordenou a Telepat-1 que trouxesse uma xícara de chá. O replicante obedeceu sem demora. Sim, agora era um mundo harmônico, o que se abria aos homens. Seria preciso reconstruí-lo, juntar as partes esfaceladas. Financiar a reconstrução. Financiar a evolução das ciências. Por conta de muitas doenças, Ly sente-se um homem idoso com seus 220 anos. Sabe que não verá esse futuro radioso. Seu único sonho é comemorar os 222 anos na companhia de LyVak, seu filho e herdeiro. Ly pressente que com o fim dos conflitos a produção de novas gerações de replicantes seria implementada, remédios haviam de surgir, a indústria produziria novas maravilhas e talvez curas mágicas, os trabalhadores seriam dispensáveis e o homem poderia enfim sentir-se senhor do universo. Teríamos de mudar para outros lugares no futuro, explorar o espaço com mais decisão. Sim, precisava dizer a LyVak chegara o momento de associar o banco a uma companhia decidida a colonizar Marte de uma vez por todas. Um sonho tão antigo que já se tornara caricato. As guerras haviam atrapalhado. Foram boas para os negócios, é verdade. Mas o que são negócios se abandonamos os sonhos? — pensava. Agora era o momento de pensar no futuro, começando por criar a segunda geração de replicantes.

3. Dona Esmeralda

Dona Esmeralda reclamou do sol. Todo domingo ela se espalha numa das espreguiçadeiras lá do térreo, dobra a saia até os joelhos e fica deitada por horas. Hoje o sol estava forte demais e ela mostrou a mancha vermelha nas pernas. Com efeito. normalmente, o Serviço de Meteorologia mantém a temperatura entre 18 e 24°. Hoje fez mais calor. Mas, francamente, dona Esmeralda reclama por reclamar, por não ter mais nada que fazer, pelo gosto de usar o comunicador. Seu maior prazer é queixar-se de dor nas costas, o que a leva no momento seguinte a pedir emprestado Ryu Chong III, meu replicante da Hyundai, que tem entre suas habilidades a arte da massagem terapêutica coreana muito desenvolvida. Dona Esmeralda o solicita ao menos uma vez por semana, nem sempre nas melhores horas, pois a Ryu incumbe fazer compras, refeição, limpeza do cômodo. Não é muita coisa, mas dona Esmeralda abusa um pouco. Mais de uma vez Ryu reclamou que, depois da massagem, ela lhe pede para arrumar as compras, buscar as roupas na lavanderia do subsolo, coisas assim.

Eu lhe digo que nunca a deixe exagerar, embora possa fazer um ou outro favor, já que ela não possui replicante próprio e sofre com a idade. Ela diz que mal passou dos 400. Pelas coisas de que fala, eu diria que está perto dos 600. Que importa? Vivemos tanto que o tempo mal existe: ter 400 ou 500 anos faz pouca diferença. Mas dona Esmeralda insiste tanto com essa coisa de idade que vive pedindo para eu tratá-la de Esmeralda, apenas, sem o dona. Afinal, diz, é mais moça do que eu.

Ryu se diverte com isso. Diz que a coluna dela parece ter uns 800. Entre outras virtudes, Ryu tem humor em sua programação. Embora concebido como robô doméstico, basta conversar uns minutos com ele para notar seu raciocínio rápido e agudo, o interesse em todos os assuntos, a facilidade com que discorre sobre matemática, leis, viagens espaciais, o que for.

— Você deve ter vindo para mim por engano. Você não é um replicante doméstico. Deve ser um sábio replicante — costumo lhe dizer.

— Cada um tem seu destino. E estou contente com o meu — ele responde.

Adquiri-lo, penso sempre, foi uma sorte grande. A quarta geração acabara de chegar ao mercado, de maneira que a terceira estava em liquidação. Caso contrário não teria nem como pagar as prestações.

O certo, hoje, seria vendê-lo. Não tenho as ocupações de antes, de modo que cuidar pessoalmente da quitinete seria sempre uma atividade. Mas com quem conversaria? Os humanos não falam mais entre si, ou falam apenas para não dizer nada. Com exceção de Drucker, meus conhecidos só sabem comentar sobre a temperatura, os cachorros, as últimas da Tela e só, mais nada.

Ah, sim, dona Esmeralda tem opiniões, mas elas concordam sempre com o que Willlie Boy falou. Ela acha Willie o máximo. É simpático, bonito, elegante e sempre muito ponderado nas opiniões que emite na Tela. Ryu é quem me conta as coisas que ela fala enquanto a massageia.

— Ah, se você não tivesse esse jeito de japonês a gente bem podia casar — ela lhe diz.

Ryu ouve essas coisas às gargalhadas, porque se ainda existissem os estados nacionais e se a cultura não fosse exatamente a mesma em qualquer lugar, ele seria, para começar, coreano. Mas hoje observações de caráter étnico são fortemente condenadas, o próprio Willie já deixou isso bem claro.

— Eu quero que o governo se dane. Não gosto de gente daquele lugar — Esmeralda sente-se acima dessas regras, talvez por concordar sem relutância com as demais leis e orientações governamentais.

— Concordo com o CEO. Conseguimos unir o melhor do capitalismo e do comunismo, da tecnologia e do consumismo. Criamos o capital-socialismo: não é uma beleza? Temos liberdade, iniciativa privada, a ambição que move os milionários. Mas ninguém passa fome, graças a nossos cientistas. Todos vivem muito, graças a nossos médicos. Temos muita sorte.

— É verdade, dona Esmeralda — Ryu lhe responde; — Mas até hoje o nome da nossa cidade não me soa bem.

— O que você tem contra, Ryu?

— Não sei se é boa ideia uma cidade ser administrada por uma empresa de energias. Parece que não podemos nos governar.

— Ah, isso eu não acho, não. É como o Willie diz, a iniciativa privada tem muito mais cuidado, muito mais atenção com as coisas que lhe pertencem.

— É verdade. Mas vejo o meu dono reclamando muito das contas de luz, do preço do bilhete do hyperloop, dos impostos.

— É muito justo. Eles sustentam a cidade, têm de tirar o dinheiro de algum lugar.

Rimos bastante com as opiniões de dona Esmeralda, que afinal tem opiniões num mundo em que ninguém mais as tem. E até acho que ela tem razão. Não por acaso é assim no mundo inteiro e no mundo inteiro funciona: ParisDior, New-Apple York, TikTokyo etc. Por que não ShellBras para a antiga Brasília? Ryu torce o nariz.

Ryu faz considerações muito inteligentes sobre nosso modo de vida. Sei que são inteligentes, mas não as entendo, são muito complexas. Por vezes também não entendo por que os replicantes são tão dóceis. Com a inteligência e a força que têm poderiam muito bem dominar o mundo. Em vez disso acabaram cruelmente perseguidos.

4. Grimmaldo e Peeroquett

Os gêmeos de gênio, como ficaram conhecidos, Grimmaldo e Peeroquett brilharam entre os geneticistas da nova era. Nascidos mais ou menos na mesma época que eu, estiveram engajados durante alguns anos no exército, onde serviram como enfermeiros nas Batalhas do Pantanal.

Consta que ambos dedicavam o essencial do seu tempo, à bebida e à farra até contraírem a doença venérea que motivou sua dispensa e o retorno a ShellBras. Consta também que o trauma da guerra os levou a uma atitude de pronunciado pessimismo. Por isso dedicaram suas pesquisas a buscar combinações genéticas capazes de promover a evolução da raça humana até a perfeição.

Após décadas de trabalho, chegaram enfim à solução ideal para um mundo novo, em que a expectativa de vida crescera a ponto de quase dobrar ao longo de um século.

— Naquele momento — ponderou Grimmaldo — começamos a pensar que a raça humana ou se aperfeiçoaria ou teria de ser extinta, pois seus defeitos eram monstruosos.

— Foi quando ocorreu a ideia da reprodução indireta — cortou-o Peeroquett.

Trocando em miúdos, os humanos doariam seus óvulos e espermatozoides aos geneticistas, cabendo a eles buscar as melhores combinações, capazes de produzir as melhores crianças. Estas só seriam processadas quando alguém morresse. Conseguiram assim a fórmula infalível de bloquear o crescimento caótico da população.

Seu trabalho valeu-lhes o prêmio Nobel de Medicina, concedido durante uma cerimônia solene em Nokia-Estocolmo, e poderia tê-los tornado enormemente poderosos. No entanto, jogaram tudo para o alto desde que começaram a brigar pela primazia da invenção e acusar o outro irmão de farsante. A CEO irritou-se com a briga e rebaixou-os a meros gerentes de um CCC[1], sem direito de usar o laboratório ou examinar os internos.

---

[1] Centros de Correção do Comportamento (N.A.)

5. Otktar Urrban

Minnia e Lurr falaram várias vezes do vizinho, um certo Otktar Urrban. Ele não havia chegado nem aos 250 anos, quando resolveu desistir de tudo depois de seguidas pestes dizimarem o gado.

Acabaram também as galinhas, os porcos, os peixes, de maneira que fechar o açougue de que se ocupava com a mulher e pedir aposentadoria lhe pareceu a melhor solução.

A terra ainda produzia vegetais. Cada vez mais minguados, mas produzia. A situação das lavouras incomodou muito às autoridades, que logo liberaram generosas verbas para que os cientistas passassem a desenvolver alimentos artificiais, com valor nutricional até maior que o dos produzidos pela terra. Logo chegamos às pílulas de nutrição, que contêm um conjunto balanceado de substâncias necessárias à preservação da vida, por preço mais módico que os praticados nos antigos mercados.

Mas Otktar nunca se conformou com isso, nunca. Recebe todos os dias as suas pílulas, olha sem ânimo para elas e sorri tristemente antes de tomá-las:

— Temos que continuar vivos, não temos? — diz com tristeza.

— Olhe, seu Otktar, o senhor gosta mesmo é de reclamar. Está vivo e saudável. Escapou das guerras, sobreviveu àquele tempo feroz, não foi? Pois então!

Quando digo isso, ele me olha com raiva. Otktar tornou-se beneficiário da cultura da caridade, instituída pelo Conselho das Senhoras, que obriga o governo a prover os mais necessitados com trabalho, alimentação e, quando envelhecemos, módicas aposentadorias, como a minha, por exemplo. Otktar nunca se conformou com isso, nem com viver nos Recolhimentos, mas sabe que é melhor receber o que lhe dão sem reclamar.

6. General Leoneh

O general Leoneh passeia pela praça dos Recolhimentos logo cedo, quando sopra uma brisa ligeira e agradável. Anda fardado, com quepe, bota e tudo — o que inclui os óculos escuros, as condecorações, a cara fechada. O general comandou um exército das forças da União com ares de quem tinha grandes estratégias para vencer o inimigo. A condecoração mais gloriosa, maior e mais brilhante, veio da fama de Vencedor do Saara. Logo, contudo, todos ficaram sabendo que sua grande façanha resumiu-se a massacrar uns raros beduínos e os camelos que eventualmente encontrava pela frente.

Depois que acabaram os conflitos, findas as homenagens de praxe, Leoneh foi despachado para a reserva, pois todos já sabiam que seus planos eram inúteis, e que a vitória do exército da União Universal deveu-se aos replicantes de 1ª geração, seus dados, a capacidade de prever os movimentos inimigos. Alguns deles mostraram-se hábeis o bastante para liderar os violentos e sagazes batalhões de androides que foram mobilizados. É fato que houve defecções entre eles, ainda que poucas; mesmo assim trouxeram insegurança aos seus fabricantes, pois as deserções demonstravam que essas máquinas não eram tão controláveis quanto imaginava o Estado Maior. Era preciso corrigi-las de imediato, criar uma nova e mais confiável geração desses robôs. As correções ficaram para depois. Em vez disso, os chefes da União optaram por extorquir enormes indenizações dos fabricantes por cada desertor.

Finda a última guerra, Leoneh quis participar dos estudos sobre o futuro, mas foi gentilmente afastado pela corporação dos cientistas, para quem os militares eram, para resumir, uns idiotas. Não havendo mais fronteiras a defender, pois o mundo agora é um só, alguns podiam ser utilizados como policiais, outros tantos como espiões, mas não muito mais que isso. A maior parte estava mesmo destinada à contabilidade ou ao almoxarifado — humilhação que o novo governo da União não poupou a Leoneh.

O general não se conformou com o ostracismo. Iniciou uma febril campanha contra os eugenistas, que buscavam criar corpos sempre mais perfeitos e combinações de DNA capazes de estender a vida dos humanos. O general tentou explicar a gente próxima ao CEO que os eugenistas não se ocupam de questões morais, que lhes parecem abstratas e irrelevantes. Esses esforços esbarraram no poder do mais renomado dos cientistas, o dr. Osskar Galletto, e no poder do banqueiro LyVak. Sei dizer que o general foi obrigado a engolir mais essa desfeita.

Aproximou-se então de um famoso traficante de armas, com quem quis tramar um golpe para destronar o CEO. O traficante bem que tentou implicar os fabricantes de explosivos no plano, mas nessa altura eles já tinham convertido suas fábricas em laboratórios de pesquisa e desenvolvimento de novos e importantes inventos, que constituiriam a base do progresso futuro da humanidade.

Outros empresários não lhe deram respostas mais animadoras, com exceção do Dr. Funéreo, que ganhou este apelido por ter monopolizado os serviços funerários das grandes cidades no tempo em que isso aqui ainda era o Brasil. Só que, com o fim das guerras, a sua clientela desapareceu de uma hora para outra. Funéreo já não contava mais nada.

Os raros empresários que ainda respondiam aos apelos do general informavam-no, gentilmente, estar muito felizes com a associação ao novo governo. O banqueiro LyVak não teve tal delicadeza: não botou um centavo em tal aventura, disse, e despachou-o sem oferecer nem um cafezinho. Leoneh apelou então aos velhos colegas, outros chefes militares de seu tempo que tiveram destino semelhante ao seu.

Planejaram tomar uma fábrica de replicantes e reconfigurá-los para servir a seus propósitos, mas logo tomaram conhecimento, através de um antigo ajudante de ordens, de que as fábricas de replicantes agora eram vigiadas por… replicantes. O que tornava a empreitada inviável.

Como se não bastasse, o plano foi denunciado por algum industrial ansioso por agradar ao CEO e desmontado pelo governo. Seu último suspiro de poder aconteceu quando convenceu um gerente do governo de que replicantes constituíam um perigo para humanos e deveriam ser destruídos. Foi o início da grande perseguição que ainda viria tempos depois. Mas Leoneh não levou nenhum crédito por ela.

Em vista de seu passado glorioso, o CEO concedeu ao general Leoneh o direito de manter suas comendas, medalhas e mesmo a mansão de Nata 2, onde a mulher e os filhos puderam permanecer. Quanto a ele, veio para o Recolhimento a fim de melhor sentir-se em estado de exílio.

Sua distração aqui consiste em levar a carranca a passeios matinais. Antes, veste com cuidado a velha farda, deixa o quartinho, toma a refeição matinal na cafeteria do Recolhimento e sai a dar voltas pela praça, soturno e distante. Por algum tempo, os outros aposentados costumavam bater-lhe continência quando chegava de volta à porta do Recolhimento. No início ele respondia, acreditando tratar-se de um gesto de respeito. Logo deu-se conta, pelos risinhos que acompanhavam o ritual, que havia naquilo apenas ironia e sarcasmo.

Com o fim das guerras, os militares caíram de moda. A que serve o Exército se já não existem países inimigos nem revoltosos? O CEO mantém os quartéis apenas para que tenham uma atividade e ajudem a conter as massas em caso de desarranjo sistêmico, coisa em que ninguém acredita.

Nem dessas cerimônias fúteis o general Leoneh é chamado a participar. Hoje em dia só dona Esmeralda lhe bate continência: a sério. Mas Leoneh sequer acredita: bufa e continua seu passeio, mal-encarado sempre.

7. LyVak, o herdeiro

Se o banqueiro Ly não pôde ver realizado o sonho de colonizar Marte, seu filho LyVak, em contrapartida, não apenas financiou a colonização de Marte, como o desenvolvimento de novas gerações de replicantes. Esse futuro em princípio radiante fechou-se para a ele e seu banco em pouco tempo. As ligações com o governo da União Universal pouparam-no da vergonha da falência, que parecia inevitável. LyVaK, não pôde evitar, no entanto, a ruína: precisou desfazer-se de todas as suas ações e propriedades, passou a viver em Arrabalde às custas dos proventos que o governo destina aos aposentados. De seus anos de fortuna não lhe restou nem mesmo o replicante Telepat1, mais uma lembrança do pai do que algo que pudesse chamar de herança. Quando os justiceiros começaram a buscar replicantes de casa em casa, quando estourou o Processo dos Replicantes, Telepat1 fugiu, desapareceu. LyVak nunca ficou sabendo qual o destino de Librocx-7. De tudo, foi isso o que mais o entristeceu.

D. Esmeralda não era a única que desprezava LyVak por ali, mas era a que mais claramente exprimia o seu desprezo: "Onde já se viu! LyVak, um herdeiro bilionário que de repente fica pobre devia ter vergonha." Para mim, era indiferente. Talvez por isso, LyVak gostasse de me contar histórias de outros poderosos, que conheceu em seus bons tempos. Eu o ouvia com atenção, depois anotava as histórias. Algumas delas transcrevi aqui, talvez com alguns floreios, como a do dr. Osscar Galletto.

8. Dr. Osskar Galletto e o DNA

A concorrência na classe médica desemboca em saber quem tem os mais belos e caros autodrones, sabe-se. Cada um dos grandes cientistas deseja adquirir um mais novo, mais moderno, mais equipado e esportivo, para exibir aos colegas como prova de prestígio.

Osskar Galletto distingue-se por não ter necessidade de se exibir dessa maneira vulgar. Contenta-se com a mansão da colina em Nata 1, onde emprega serviçais em tal número que nem ele sabe dizer quantos são, com piscinas de caríssima água artificial, salões ornados com pedrarias antigas e outros confortos de que ele, na verdade, pouco usufrui. Nos dias em que não trabalha gosta de refugiar-se em uma das residências de campo que possui nas cercanias de ShellBrás.

Galletto nutre um ódio especial pelo dr. Palúmbrio[2], de quem nunca conseguiu tirar o controle dos CCCs — que dão a Palúmbrio formidável poder.

[2] Sobre Palúmbrio, ver a Crônica nº. 10. (N.E.)

Galletto é o responsável por várias iniciativas na área médica que transformaram nossa vida. Se os colegas trabalham na promoção de um permanente aperfeiçoamento genético, que permitirá aos humanos, em pouco tempo, chegar aos 1000 ou 1300 anos de vida, Osskar liderou os eugenistas que estabeleceram tal meta. Foi ele que desenvolveu a técnica graças à qual os nascimentos tornaram-se perfeitamente controlados. Parâmetros da boa reprodução foram criados a fim de evitar o surgimento de corpos imperfeitos ou contaminados pela feiura ou pelo mal. Em cada um desses êxitos ele foi personagem chave.

Galletto usou seu poder de estrategista para incentivar a adoção de cães como forma de restringir o contato entre humanos. Com efeito, a companhia dos cães reduziu dramaticamente os desacordos entre as pessoas. Seu gesto mais crítico foi sem dúvida o controle do desejo sexual. As autoridades recorreram a vários expedientes, das casas de repligirls e repliboys (extintas depois do Processo dos Replicantes, naturalmente), às ótimas ilusões ópticas criadas depois pelos designers.

— O caos do desejo foi enfim controlado — disse Osskar em rara aparição na Tela. — O progresso humano será doravante incontrolável.

Nossa vida longa e perfeita suscita questões que cada um arrasta consigo, tais como: o que fazer do tempo interminável? Passear com cães é bom. Não só distrai como dá assunto: comentar as gracinhas dos pets é palpitante. De todo modo, não suprime certas dúvidas: quando finalmente vou morrer? O que nos distingue dos autômatos?

Uma distração para desviar esse tipo de pensamentos é o turismo. O turismo desenvolveu-se e as viagens tornaram-se práticas e rápidas depois que o teletransporte de massa (o televectura omnibus, mais conhecido como vectura) foi desenvolvido. Com isso, durante suas viagens as pessoas excitam-se enormemente comprando e descartando coisas, o que faz com que a indústria viva e produza sempre mais.

Aos poucos, as ruas passaram a ser ocupadas por turistas, por crianças que brincam com babás holográficas; cachorros que descansam com seus donos ou vagabundeiam por conta própria. Um pouco acima fica a via dos autodrones. Ali os turistas estacionam, antes de passear de um lado para outro, em busca de presentinhos típicos para distribuir entre os conhecidos ao voltarem. Quase todos os lugares também são idênticos. O mais visitado, de longe, é o Museu dos Bilionários, que guarda o corpo hibernado de grandes chefes de empresa, ministros, gente assim.

Oskkar Galletto espera pela morte com ansiedade, e chega a lamentar a perfeita combinação de gens que produziu uma mente poderosa e um corpo tão duradouro quanto o seu, pois comprou para si uma grande sala no Museu dos Bilionários e sua maior glória será ter o corpo embalsamado e exposto à visitação. No momento, trabalha no resumo de sua vida, que será mostrado aos visitantes.

O Museu, diga-se, é uma de nossas grandes atrações turísticas. Milhões de pessoas passam por lá todo ano para visitar o corpo embalsamado e os objetos legados ao acervo pelos grandes homens.

9. As ruas do comércio

O melhor lugar para passear é, de longe, o centro de ShellBras, onde se encontram os edifícios do governo e se concentra o comércio. De dia, podemos andar por lá livremente, sabendo que os Predadores não atacarão. Eles devem ter algum acordo com os dirigentes, pois sabem que turismo é uma fonte de receitas e empregos importante e que serão severamente reprimidos caso sejam apanhados surrando turistas.

Costumo passar diante das lojas onde pessoas buscam afoitamente presentes para levar na volta às suas cidades. Na verdade, o que compram aqui são os mesmos produtos que podem encontrar nos lugares de onde vêm, em geral com mudanças insignificantes que lhes dão cor local, mas às vezes nem isso. A vantagem é que, para incentivar o turismo, quem apresentar seu passaporte, comprovando que mora em outra cidade, paga quase nada de impostos. Uma loja bem conhecida, a do dr. Harpagon, é famosa pela variedade de produtos e preços extorsivos. Harpagon, quase baixo e um tanto gordo, pode ser reconhecido à distância pelo invariável terno xadrez e pelas polainas que usa sobre os sapatos: está sempre em frente a uma das lojas, vigiando os trabalhos.

Harpagon poderia morar em Nata 1, se quisesse, mas prefere ocupar um quarto no Recolhimento, que divide com os sacos de dinheiro que consegue manter perto de si. O resto deposita, relutante, em algum banco:

— Você acha que se pode confiar em bancos? Eles costumam ir à falência. Banqueiros adoram se meter em jogatina. Boto um pouco do dinheiro em cada um deles, por segurança.

Seu grande prazer é mesmo conviver com as notas maiores, aquelas de 500 césares que eu quase nunca chego a ver. Viaja para outras cidades ao redor do mundo, onde também possui muitas lojas. Nessas ocasiões, gosta de trocar de sexo, vira dona Eufrosina graças ao chip criado pelos geneticistas que tornou os sexos reversíveis. Isso não tem serventia, já que as relações sexuais deixaram de existir, como todos sabem, mas permite a Harpagon surpreender os funcionários, inspecionar a qualidade do atendimento, conversar com os fregueses, reclamar de produtos que faltam.

— O olho do dono faz a diferença — costuma dizer quando está entre nós do Recolhimento. — Empregados do comércio são terríveis. Você vira as costas eles já querem te roubar.

LyVak não o perdoa:

— Que vantagem o velho sovina tira disso tudo? Tem todo esse dinheiro, mas não tem nem um replicante para ajudar nos serviços domésticos.

Harpagon oferece 2 ou 3 césares para vigiar a loja por uma tarde e admito que espiono para ele, quando o dinheiro aperta. Mas evito ao máximo; fiz isso só umas três ou quatro vezes: Ele passa o tempo todo sugerindo que os olheiros não fazem outra coisa senão roubá-lo e nos revista severamente na saída.

Em suas lojas e possível encontrar bugigangas de ShellBras, camisetas com a inscrição I love ShellBras, miniaturas de edifícios, medalhões com o rosto de heróis da guerra impressos, sapatos, xícaras e tudo mais. O preço extorsivo não espanta os turistas, que até preferem lojas caras. Os funcionários trabalham afoitos, porque são muito poucos, mas sabem que os olheiros denunciarão qualquer pausa que façam para descanso.

Eu mesmo já peguei um deles encostado numa parede, secando o suor, enquanto engolia uma pílula de hidratação. Virei para o outro lado, fingindo que não vi nada.

— Seus funcionários são exemplares, Harpagon, dignos de você — digo no fim do dia, quando volto ao Recolhimento. O elogio me rende os 12 césares adicionais que me empresta quando a pensão acaba. Poucos dias depois, quando recebo, ele exige a paga: 14 césares. Agiotagem é sua outra fonte de ganhos.

10. 31, Strass D8

Em alguns dos 250 andares do prédio 31 da Strass D8 — Norte funciona uma das casas especiais que costumamos frequentar desde que as relações sexuais entre humanos foram desaconselhadas. Costumo ir na companhia de Drukker, que ainda é funcionário ativo e mora num pequeno apartamento em Arrabalde 2, a estação logo antes de Arrabelde 3, onde ficam os Recolhimentos. Ali somos atendidos com gentileza e habilidade pelas repligirls do dr. Sumabe, o dono do lugar, educadas dentro dos princípios das antigas gueixas.

Posso me permitir essa liberalidade a cada três ou quatro meses. Drukker economiza o bastante para uma visita mensal. O prazer tem seu preço. Em dinheiro, certamente, mas não só. A burocracia é enorme. Passamos pela primeira recepcionista, que checa as identidades e verifica se somos binários ou não-binários; a segunda anota se preferimos uma repligirl ou um repliboy; depois vem o porteiro, que confere a autenticidade das certidões de entrada e timbra os papéis. Na etapa seguinte, alguém verifica as identidades, as certidões e o timbre; então um outro funcionário marca as costas de nossas mãos com uma lista para os homens, duas listas para as mulheres, três para os de duplo sexo. Tudo isso porque é preciso dar trabalho para todos…

Por fim chegamos à antessala, onde Lyulbanna a gerente da casa, nos apresenta às replicantes disponíveis. Para Drukker é indiferente: qualquer uma serve. Eu, ao contrário, chamo por Lurralaaine, uma replicante de 3.ª geração que conversa agradavelmente, sabe ser gentil e tem as palavras e gestos certos para transformar esse breve momento (nunca mais de meia hora) numa experiência memorável — ao menos para mim, que preservo a memória nas notas que tomo continuamente.

— É graciosa e boa de cama — cochicho a Drukker, que responde com um gesto de enfado. Para ele qualquer Casa serve, e qualquer repligirl é igual a qualquer outra.

Logo, no entanto, Lyulbanna me informa que meu acesso a Lurralaaine está bloqueado. Pergunto o motivo da interdição. Ela revira os papéis de autorização e mostra num deles os sinais XXX, indicando que estive com Lurralaine nas últimas três vezes em que frequentei a casa.

— Existe o perigo do Apego — ela explica.

Como funcionária da gerência de Bem-Estar Social, ela sabe que nenhum tipo de apego dessa natureza é permitido. O CEO entende que as pessoas precisam se livrar dos afetos excessivos, porque tais histórias acabam tristemente. As de paixão, nem se fala: tendem a ser trágicas. Por isso, o único tipo de estima que nos é concedida é pelos pets, cães de preferência. Minha saudosa esposa, Galynkka desapareceu no tempo das guerras, faz séculos, e nunca mais pensei em me ligar a ninguém. É o que tento explicar a Lyulbanna: se não me apego nem mesmo a algum vira-latas simpático, não há de ser a Lurralaine, com suas roupas vulgares, embora atraentes, que vou me afeiçoar. Lyulbannna segura meu rosto com energia e fala quase grudada no meu rosto:

— Você sabe que eu não posso fazer nada, não sabe, meu anjo?

Sim, eu sei. Se afrouxar a vigilância pode ser denunciada, perder o cargo e até acabar num CCC: os olhos do governo estão em toda parte.

— Aproveite outra enquanto pode. Diz que o governo está pensando em acabar com as casas especiais — ela emenda, com seu hálito amargo.

O remédio é ir com Ayabel, que me olha com avidez por trás da maquiagem pesada. É sua programação, eu sei; mas... por que não?

(Transcrevo esta crônica tal como a escrevi no momento, pois as casas de repligirls foram extintas desde o Processo dos Replicantes. Os cientistas desenvolveram maneiras de misturar substâncias para suprimir o desejo às pílulas de alimentação com grande sucesso).

11. Larssen Palúmbrio

Larssen Palúmbrio não esperou o fim das guerras para se tornar famoso. Criou o primeiro CCC para tratar os neuróticos de guerra. Com o fim dos combates, foi convidado pelo novo CEO para administrar e desenvolver a saúde, mental ou não, dos sobreviventes.

Palúmbrio usou seus conhecimentos de psiquiatra para expandir os CCCs, que considerava capazes de curar os males de caráter resultantes da pobreza e do sofrimento das intermináveis décadas de combates carregados de ódio e ressentimentos. Espalhou CCCs pelo mundo e levou adiante a diretriz do novo governo de expandir a vida ao máximo. "A sua missão é criar o homem eterno", lhe disse o CEO. Assim, Palúmbrio tornou-se líder da comunidade médica e um dos homens mais poderosos da nova ordem. Manteve-se fiel ao espírito meritocrata e passou a controlar, de fato, a gerência de Ciências Conseguiu subordinar o programa espacial ao desenvolvimento do homem forte dos novos tempos.

— Afinal, eu mereci — tornou-se seu lema.

Possui mansões parecidas em pelo menos outras 22 metrópoles, e criou o hábito de visitá-las ao menos uma vez a cada dois anos, mas escolheu sua mansão de Nata 1 com piscina de água artificial colorida, como moradia. Ali, vive cercado por cinco cachorros e vários replicantes de última geração, sendo um mordomo-jardineiro, um piloto de autodrone, um massagista, uma cozinheira e uma arrumadeira. Todos são, ao mesmo tempo, seguranças.

Curiosamente, os replicantes foram a única derrota que sofreu para os homens de ciência. Não desejou nem incentivou a criação desses robôs domésticos, que logo se tornaram o xodó das pessoas graças ao trabalho pesado que suportavam mansamente, pela companhia que faziam e pela inteligência aguda que demonstravam. Esse último aspecto é que desagradava Palúmbrio profundamente. Nunca deixou nenhum de seus robôs chegar perto de seu escritório ou tomar conhecimento de seus planos.

Mais do que tudo, acreditava que o mais difícil não era dominar a natureza, nem os replicantes, e sim a memória. Por isso incentivou os colegas da Corporação a desenvolverem uma pílula que, simultaneamente, fizesse as pessoas adormecerem e lhes suprimisse a memória longa.

— Três dias de lembranças está mais do que bom — costumava dizer.

Após constatar o sucesso do novo medicamento, tratou de produzir, ele mesmo, uma versão que pudesse ser misturada às pílulas de hidratação servidas aos humanos.

Palúmbrio foi responsável também pela vertiginosa ascensão de Lina Buchenwald, a quem considerava um notável produto dos novos tempos, desde que a jovem arquiteta decorou sua triste mansão, animando-a com móveis teflon de cores claras, uma grande tela para assistir à Grande Tela, cortinas de luz de cores variadas, além de espalhar os antigos guarda-chuvas (agora inúteis) pelos aposentos. Entusiasmado, Palúmbrio começou a apresentá-la aos altos escalões como prova da competência do trabalho dos geneticistas. Palúmbrio pretendeu, assim, demonstrar que o homem podia se passar não só da natureza como da inteligência artificial.

— Ah, isso foi um grande equívoco, comentou LyVak, que me contou essa história.

Palúmbrio abriu para Lina o subsolo da mansão, onde guardava preciosas lâminas do pré-guerras, que hoje ninguém mais conhece, e que serviriam enormemente a Lina no futuro. Sim, ele detinha a memória do mundo naquelas lâminas de imagens móveis. Palúmbrio não imaginava que Lina começaria ali, naquela sala, sua fulgurante ascensão, que a levaria a transformar o minguado Departamento de Cenografia em uma das mais influentes secções do governo da Pacificação. Lina controlou toda a memória do mundo, o que lhe permitiu, com a ajuda dos cenógrafos, programar replicantes e mais tarde até hologramas com fragmentos de todo o conhecimento que vinha de livros, quadros, filmes, peças teatrais. Lina tornou-se a sombra por trás do próprio CEO. Palúmbrio tornou-se, aos poucos, apenas a sombra impotente de Lina:

Consta que disse com tristeza, pouco antes de desaparecer em Mata-Bandido, suplicio que lhe foi imposto por Lina:

— Ela mereceu. Tenho de admitir.

12. Lina Buchenwald

O poder na União Pacificadora pertence, quase sempre, a pessoas que vêm do tempo das guerras, da pré-história, como dizem. Lina Buchenwald é uma rara exceção. Ela é o mais bem-sucedido resultado do programa de aperfeiçoamento genético desenvolvido por Grimmaldo e Perrouquet. Lina impressiona antes de tudo pelo físico: é grande, vigorosa (eu quase digo musculosa, mas seus músculos não contrastam nem destoam da bela figura). No essencial, é inteligente, sagaz, combativa, resiliente e, sobretudo, destituída de escrúpulos. Conta-se que com menos de 180 anos já havia terminado os estudos e demonstrado tanta ambição que a Corte dos Empresários a contemplou com uma comenda de Honra ao Mérito.

Foi nessa ocasião que surpreendeu a todos. Começou por dizer que não se sentia em nada homenageada, pois essa comenda era apenas uma maneira indireta de a Corte homenagear a si mesma e regozijar-se pelo sucesso do programa de aperfeiçoamento genético:

— Nosso planejamento urbano é um desastre, nossas ruas e praças sem encanto, um fracasso arquitetônico sem fim. Será impossível cantar a vitória dos homens sobre a natureza enquanto tal situação perdurar.

Lina peitou os cientistas e milionários que dominavam a situação; Larssen Palúmbrio tomou-a como assistente, com o objetivo de aproveitar-se das virtudes de Lina. Isso lhe permitiu apossar-se das preciosas lâminas de memória do dr. Palúmbrio e dominar conhecimentos que logo a elevaram a gerente de Urbanismo, cargo que lhe foi oferecido diretamente pelo CEO, que participava da reunião por teleconferência e desde então apadrinhou-a.

— Somos meritocratas. Essa moça tem méritos — afirmou.

Lina exigiu orçamentos colossais para seus projetos. Nos debates, impressionou pela fluência e ardor de suas intervenções, ao mesmo tempo em que intimidava os médicos, cujo papel deveria limitar-se, sustentou, a estender a duração de nossas vidas e cuidar das doenças mentais.

— Olhem nossas ruas! Sem árvores, sem vegetação, sem vida. Como nossas praças. É preciso que as pessoas sejam felizes, e para tanto é preciso oferecer-lhes beleza.

Lina comandou a equipe que remodelou as cidades do mundo inteiro. LyVak foi um dos banqueiros que financiou seu vasto projeto.

— Não posso reclamar. Lina só me deu lucro — segredou pouco antes de falir.

Ela também obteve o apoio dos industriais mais poderosos. Liderando seu grupo de designers, esmagou a tímida oposição dos médicos. Em poucos anos remodelou a aparência das metrópoles de todo o mundo graças ao desenvolvimento da holografia. Nossas praças áridas encheram-se de flores, plantas e pássaros holográficos. As ruas ganharam belos plátanos e pequenos jardins. A vida tornou-se muito mais alegre; o turismo floresceu e com ele os lucros; o prestígio de Lina só cresceu.

Logo ela se tornou uma grande sombra para o CEO, a quem deseja substituir um dia, embora os dois vivam aparecendo na Tela aos beijos e abraços.

Sobre ela pesa a sombra de ter mandado envenenar seu protetor, o dr. Palúmbrio, depois que ele lhe revelou os segredos do passado que guardava trancados em seu escritório. Seria uma invenção do CEO contra ela? Em todo caso, nunca nada se pôde provar a esse respeito. São apenas boatos.

13. Paráguass

— Os cientistas ganharam muito. Os inventores, os banqueiros, os médicos também. Todos eles ficaram muito ricos… Essa gente de Nata… Têm tudo que querem. E ainda escolhem o CEO e tudo mais. — Decididamente, o sr. Paráguass amanheceu cheio de queixas.

— Eles mereceram — rebate d. Esmeralda. — E ainda foram generosos. Deram trabalho e vida decente a todos, até a quem não merece.

Paráguass percebe a indireta: hoje trabalha como guarda-fronteira na alfândega de ShellBrás. Uma moleza. Como os passaportes tornaram-se municipais, qualquer pessoa que pretenda sair ou entrar na cidade passa por trâmites quase infinitos: revisão da bagagem, inspeção das roupas, obtenção de vistos de saída e de entrada, inspeção dos papéis e das máscaras. Para cada um desses itens existem dois ou três funcionários.

— Toda essa bobagem podia ser feita por sensores — resmunga dona Esmeralda. — Ou simplesmente não ser feita. Não serve para nada. Só para empregar preguiçosos.

O amargor de Paráguass não está ligado ao seu trabalho atual, e sim à sua grande descoberta. Quando as nascentes já estavam secas, quando mesmo as usinas de água dessalinizada já não atendiam à demanda, ele inventou as bem-sucedidas pílulas de hidratação, até hoje em uso, ao descobrir o método capaz de potencializar o encontro das moléculas H2O, de modo a concentrar seus efeitos. A espécie deve sua sobrevivência a ele, ao menos é o que ele espalha por aí. Diz que sua fórmula foi roubada pelos gêmeos Grimmaldo e Peeroquett, que agregaram a descoberta a sua já vasta galeria de conquistas científicas. Paráguass reclamou, abriu processo, afirmou que tinha tudo guardado em um cofre que foi hackeado. Tudo inútil. Sua posição inferior na hierarquia não lhe dava autoridade para discutir com os gêmeos. Afinal, eles tinham acabado de ganhar o Nobel, enquanto a principal invenção de Paráguass já era coisa antiga: o seu peixe que se alimenta de plástico salvou rios e oceanos durante mais de um século, mas era uma criação superada num mar de inventos mais recentes. Seu nome era apenas uma vaga lembrança e ninguém acreditou que os gêmeos geniais fossem ladrões. Abatido e desorientado pela derrota, acabou internado num CCC, de onde saiu, magro e pálido, meses depois, jurando na Grande Tela que os médicos o haviam curado de seu delírio. Ele também agradeceu ao CEO, que lhe garantiu o emprego de guarda-fronteira e, ainda, o sobradinho de Arrabalde 3, onde mora até hoje. Quando se encontra com os aposentados, no entanto, Paráguass detém-se para uma conversa e, vira e mexe, relembra a fórmula das pílulas que criou — se é que criou.

São pequenos dramas, perto daqueles que, em nossos passeios noturnos, Lurr me ensinava. Dizia que o horror começou no século XX, em 1914, acho. Depois vieram Espanha, 1939, Coreia, Indochina, Vietnã, Palestina, Curdistão, Afeganistão, Iraque, Irã, Bósnia, Síria, Sérvia, novas alianças, novos inimigos. Uma penca, um colar de desatinos.

— Queriam apenas se destruir. Os homens adoram se destruir.

Hoje nosso problema é passar o tempo. LyVak e dona Esmeralda, que vivem se desentendendo, gostam tanto quanto eu dos programas de diversão da Grande Tela: feiras esportivas, concursos de miss, gincanas holográficas, jogos em tela disputados por vários times de gamers simultaneamente, sem falar das risíveis corridas de clones ou da festa de AnnTom Gu U Ardiano, que se celebra uma vez por ano em torno da enorme estátua do pai fundador da União Universal. Ela tem um pedestal de bronze com mais ou menos dez metros de altura, sobre o qual fica a sua imagem esculpida. É o maior evento turístico que temos por aqui.

Esmeralda gosta de seguir as apostas entre bilionários. Cheios de tédio, esses homens decidem apostar toda a sua fortuna numa tacada só. Não importa a disputa: pode ser um jogo de dados ou o cálculo do aumento anual da produção, quantas serão as patentes liberadas em um mês, etc. Não importa. Só importa o resultado, pois ao perdedor é reservada a ruína. Perde até seus direitos à aposentadoria. Por isso, resta-lhe o suicídio na Grande Tela, espetáculo de grande sucesso há algumas décadas, que hoje já entrou na rotina e interessa bem menos.

Quanto mais longa a vida, mais cada instante fica idêntico a todos os outros.

14. Na repartição

Nada foi combinado. Também não foi por acaso. Adivinhação, talvez. Quando tomei o hyperloop na estação de Arrabalde 3, onde fica o Recolhimento, tive o pressentimento de que o gordo Drukker entraria em Arrabalde 2, onde mora. Meu velho conhecido será, aliás, parte desta história, ao contrário de vários desses passageiros que estou retratando aqui. Logo que nos encontramos ele me convidou com um aceno a visitar a Repartição.

— Não quero atrapalhar seu trabalho.

— Não vai atrapalhar nada.

É num velho prédio de paredes quase pardas e janelas pequenas que passei meus anos de funcionário. Aqui fica a secção C do Departamento de Estampilhas da Gerência de Novos Produtos. Aqui trabalhei na gerência de Requerimentos, hoje ocupada por Drukker, que na época cuidava das Solicitações de Requerimentos. Havia então, em todos os andares, um movimento febril de pessoas que agitavam seus papéis a fim de pedir novas patentes. O mundo girava, a ciência evoluía rápido, vivíamos submersos em processos e mais processos; a ideia é que o homem devia moldar a natureza, dominá-la — e não o inverso.

A Secção C é uma dessas que existem para ocupar as pessoas, embora, a bem dizer, não sirva para nada. Ali se carimbam autorizações para a fabricação de produtos cuja autorização já havia sido concedida anteriormente por ao menos cinco instâncias, sendo que agora faltava ao postulante apenas esse novo carimbo, após o que poderia solicitar a sequência do processo no setor de Salubridade Pública. Este é o mais complexo, porque a ele também cabia autorizar a produção de clones e replicantes, o que exigia outro penoso trâmite. Mas todos faziam isso satisfeitos: tempo é o que não nos falta.

Hoje os corredores estão quase desertos, apenas um ou outro replicante passa carregando pilhas de processos ou empurrando um carrinho de petiscos que oferece de sala em sala aos funcionários. Às vezes um civil apressado leva seus papeis de uma sala a outra.

— Onde estão as pessoas? — pergunto.

Drukker sorri com o meu espanto. Depois faz uma pausa longa, passa o polegar sobre os lábios, como costumava fazer quando tinha um problema; depois suspira.

— Agora é assim.

Ele caminha olhando para o chão, sorri outra vez. Quando o conheci, era um homem ambicioso. Acreditava chegar um dia à diretoria da Repartição e morar em Nata.

— No mínimo Nata 2 — costumava dizer.

Agora sabe que ninguém passa de uma gerência sem algum pistolão e tornou-se um pouco amargo, mas não perdeu o humor de outros tempos. Hoje, porém, está um tanto desanimado.

— No mês que vem me aposento — diz, enquanto atravessamos um corredor, a caminho de sua sala.

— Parabéns!

Ele me olha longamente, como se perguntasse a razão do meu incompreensível entusiasmo. Tem razão. Apenas tento animá-lo.

Para mim, a Secção C continua um lugar muito especial: aqui trabalhei até ser aposentado e aqui ainda posso encontrar um ou outro colega do meu tempo, trocar algumas palavras sobre as coisas, sobre a vida, sobre nada. Na verdade, o governo nos aposenta muito cedo, Aos 250, 300 anos, no auge da maturidade. É preciso abrir lugar para todos, justificam.

— E depois... O que acontece? — Drukker indaga de repente.

— Acontece o quê?

— Com a vida. Depois de aposentar.

— Vai ser ótima. Tem salário garantido, nenhuma obrigação, pode viajar, aproveitar a vida — minto.

Ele não se anima. Um silêncio pesado entra na conversa.

— Nós nunca fazemos perguntas. Nunca. Já notou?

— E daí?

— Daí? De que serve a vida sem fazer perguntas? Não fazemos mais perguntas. Não fazemos porque tudo funciona. Não é preciso perguntar. Tudo funciona.

— Tem certeza?

— Funciona demais — diz e depois cochicha: — Ou ao menos parece que funciona...

Ele fala sempre baixo e inquieto. Sabe dos microfones, das câmeras. Além do mais, a presença dos espiões, com suas mantas brancas, hoje é bem mais ostensiva.

Tudo aqui passou por mudanças. A decoração foi refeita várias vezes, os banheiros deslocados, os antigos vidros trocados por novos. Tudo trabalho de Lina Buchenwald.

— Essa Lina é terrível. Armou tanto que hoje é uma das mais poderosas do governo. A Direção de Cenografia manda muito.

O que mais mudou aqui foi o ambiente. Os corredores agora são tranquilos, e o número de requisições caiu tanto que não é raro encontrar funcionários cochilando nas salas. Quando acordam, arrastam o processo de liberação o quanto podem, e passam a maior parte do tempo revezando-se no setor de café e lanches. No meu tempo mal conseguíamos descansar; hoje, o ritmo dos lançamentos diminuiu enormemente, como se os confortos que temos agora tivessem tornado as pessoas mais preguiçosas, mais dispostas a apenas a desfrutar dos confortos.

Entramos agora numa sala cega, como são chamados os depósitos onde a ninguém ocorreu colocar câmeras ou escutas.

— Quase não há mais pedidos de patentes — Drukker sussurra escondendo a boca — Tudo o que se inventa são variações, nem sempre muito imaginativas, de equipamentos que já possuímos.

— Nem da Inteligência Artificial?

— Nada. Essa é a mais acomodada.

— Mas o CEO mesmo disse que tudo ainda está por ser inventado!

— Com exceção, é claro, do que já foi inventado, diz e ri, sempre com a mão sobre os lábios. Velhos hábitos, penso, não desaparecem em salas cegas.

— Esse cansaço é grave — prossegue — porque a continuarmos assim o consumo entrará em colapso. Em pouco tempo haverá revoltas, porque as pessoas não suportam viver sem novidades.

— Nenhuma grande invenção?

— Nada desde os hologramas ativos.

— Lembro desse processo. Coisa da Lina Buchenwald, também.

— Certamente. Nem entraram em produção ainda. Agora só inventam irrelevâncias. Por isso a nova lei é tão importante.

— A lei de incentivo à criatividade?

— Sim. O CEO aposta tudo nela. Se não der certo, algumas cabeças rolarão.

— Inclusive a dele?

— Sobretudo a dele... Ele faz belos discursos, por isso é CEO, mas não manda porra nenhuma. Quem manda são as corporações, você sabe.

— Tudo isso é inquietante, sussurro.

— Nem tanto — prossegue, cochichando em meu ouvido. — O que realmente assusta é que o único setor em que novos equipamentos têm surgido é o de meteorologia... — prossegue no mesmo tom.

— Mas ali tudo está controlado! — quase grito.

— Psssiiiiiuuuu. — ele chama minha atenção; volta depois ao tom de confidência:

— O último sismógrafo que inventaram foi um fracasso.

Drukker parece apavorado; estranhamente, porém, insiste em me pedir calma e, mais que tudo, discrição ao falar e gesticular.

— Dessas coisas é melhor não falar.

De repente muda de assunto:

— Aposentadoria é o quê? Descansar, passear com o cachorro, ver a Grande Tela. É empurrar a vida com a barriga até que chegue a morte, aos 700, 800, 900 anos. Essa morte que nunca chega... E ainda falam em esticar ainda mais a essa coisa abominável, plana, sem fim.

— E a nova vacina contra a mutação HG de mosquitos, como anda? — insisto.

— Os testes foram promissores, mas a aplicação, um fracasso — rebate. — Esse setor não me preocupa. Acabam sempre controlando as novas pragas.

Recebo a informação em silêncio.

— É engraçado pensar que somos do tempo em que as pessoas ainda se falavam pessoalmente — digo depois.

— E até se tocavam! — ele responde. Dá meia volta e se afasta:

— Volte sempre.

Passando de um andar a outro, noto que quanto menos atividade existe na Repartição mais funções são criadas. Em frente ao novo Departamento de Novas Ocupações, um quadro estampa as atividades há pouco aprovadas: ascensorista, recepcionista... Profissões extintas há muitos séculos. Rio pensando nessas invencionices feitas para ocupar as pessoas.

Algumas portas depois, chego a uma secção estranha.

— Não é do seu tempo — adverte o porteiro. — Aqui instalaram a Repartição de Águas.

Sentados, em linha, estão os testadores de água.

— Testadores de quê? — mais gritei de espanto do que perguntei.

A Cia. de Águas Claras é a corporação que descobriu há tempos a técnica de produzir água potável por síntese de elementos. O monopólio se tornou tão mais poderoso depois que a água natural, mesmo a dessalinizada, começou a rarear, porém sofreu um rude golpe com a invenção das pílulas de hidratação e quase foi à falência. Agora criaram as águas coloridas para uso massivo. É um desses inventos irrelevantes de que Drukker falava: temos água verde, azul, vermelha... vários matizes. É a jogada da Águas Claras para se reerguer.

— A verde está com sabor equilibrado — avisa um provador, com ar muito sério.

— Essas fórmulas novas ainda estão sujeitas a instabilidades — explica um que aparenta ser o chefe de secção.

Atravesso o corredor, subo a um andar, desço a outro, entro em algumas salas vazias, cheias de mesas e arquivos também vazios. Abro um desses arquivos ao acaso, mas não existe acaso: encontro lá uma rara, preciosa, linda caixa de lápis. Estava ali, intocada, esquecida, uma dúzia de lápis brancos com listas amarelas e vermelhas e uma borracha do outro lado. Como as câmeras da sala estão desativadas, arrisco colocá-la sob o paletó. Quem a terá deixado ali? Inútil perguntar. A Repartição me deu muito, foi meu lugar preferido neste mundo. E continua a dar. Planejo fazer muitas anotações sobre o dia de hoje, assim que voltar para o Recolhimento. Tenho saudades do tempo em que passava o dia aqui.

Da rua mesmo ligo o comunicador para Drukker e conto da caixa de lápis. Ele ri na minha cara. Isso não serve para nada, diz. Se quiser anotar alguma coisa use as fonogravuras. Além do mais você não vai encontrar papel. Não existe mais. E você vai escrever sobre o quê? E para quem? Ninguém mais sabe ler.

Drukker tem só uns 50 anos menos que eu, mas se orgulha de não ler nem escrever. Bate carimbo nos documentos sem saber o que está carimbando. Também não tem a menor importância: o carimbo não passa de uma formalidade.

Mesmo a mim, a língua em que tomo essas notas já não parece minha. Há palavras que faltam, outras que sobram. Essa parte da vida ficou bem estranha.

15. A estátua

Ann Tom Gu U Gardiano enriqueceu com o casamento, mas multiplicou a fortuna do sogro ao habilmente comprar as companhias brasileiras a preço de banana[3] durante uma das inúmeras crises do país. Depois é que lhe ocorreu a ideia de unir os grandes proprietários para enfrentar as particularidades regionais e formar o Estado universal. Para fazer prosperar a ideia, passou a correr o mundo, convencendo os homens ricos — banqueiros, industriais, rentistas, ou, como ele, especialistas em fusões e aquisições — de que as guerras, sucessivas ou simultâneas, já davam prejuízos a todos. As fábricas viviam sendo bombardeadas, os campos não produziam mais nada, e mesmo os banqueiros, como Ly ShinWhittak tinham sérias razões para temer a inadimplência dos senhores da guerra a quem financiavam, e o valor de seus títulos passara a cair de forma sistemática nas Bolsas de Valores.

Os movimentos de Ann Tom foram bem-sucedidos. A gente do capital reconheceu que os soldados de todos os lados estavam exauridos. O

[3] A expressão vem do tempo em que existiam frutas e as bananas eram consideradas um produto barato, para consumo popular. (N.E.)

projeto de criar replicantes guerreiros, que nasceu dessa importante união, contentou os fabricantes de armas, e ninguém duvida que foi decisiva para a aniquilação dos anarquistas, dos sexistas, dos Servos de Deus, suprematistas brancos, Brigadas de Malcolm X, enfim das incontáveis seitas e facções que se combatiam não só mutuamente como caoticamente.

Desprendido, Ann Tom Gu U Gardiano recusou o cargo de CEO que lhe foi ofertado, nunca aceitou nenhuma homenagem, negou-se a dar entrevistas na Grande Tela. Bastava-lhe a satisfação de ter promovido esse concerto entre seus pares.

Morreu assassinado pela jovem que prestava serviços em sua mansão e que lhe enfiou uma faca no estômago no dia em que Gu entrou sorrateiramente na cozinha em que preparava a refeição da noite e, acariciando seus cabelos, fez propostas que a jovem considerou indecentes.

As alegações da moça foram consideradas satisfatórias pela vice-CEO. O caso foi abafado. A culpa foi jogada nas costas do seu assistente, o dr. J. Nosorobbal, condenado então a vagar até a morte por Mata-Bandido, na companhia de seus filhos, culpado de atividades libertinas. Elevado a mártir da nova ordem, AnnTom Gu U Ardiano foi homenageado com a gigantesca estátua.

Este seria o ano de seu Centenário, que é comemorado com grandes festas. Os preparativos já iam avançados. Foram, porém, interrompidos quando se anunciou o retorno à Terra da nave que realizara a missão exploratória de Utopia 3. Os astronautas monopolizaram a curiosidade, a atenção e as homenagens de todos. A festa de Ann Tom foi adiada ninguém sabe para quando.

16. Uma carta

Depois de muitos anos escrevi uma carta a Minnia:

"Não sei o que devo fazer primeiro, se manifestar minha dor pelo desaparecimento de Lurr, ou se me desculpar por nunca tê-los visitado no Recolhimento, embora o edifício em que moro seja tão próximo do seu Não me faltou vontade, mas temia por sua reação. Dizem que você não sai do quarto. Verdade? Recusaria dirigir-me a palavra? Estender o braço para um cumprimento? Não a culparia por nada disso. Nunca escondi que fui eu a denunciá-los às Gangs. Se mais tarde as Autoridades Doutrinárias forçaram-nos aos duros anos de reeducação, sou indiretamente responsável por isso. Talvez pese a meu favor o fato, hoje para mim claro, de que fui levado a entrar para as *Baby Gangs* mais por medo do que por crença. Naquela altura tinha perto dos 40 anos, essa fase da vida em que as espinhas começam a deixar o rosto dos adolescentes. Sei que hoje isso acontece mais tarde. Mas vivia-se pouco naquela época, 200 anos, às vezes 250. Os que sobreviviam às discórdias, bem entendido.

Hoje, Minnia, já não existe história nem estórias, as ficções foram banidas como anticientíficas, mas quero que saiba, tia, que guardo na memória e repito toda noite as estrofes maravilhosas que você declamava para mim em minha infância, bem como os trechos que Lurr me ensinou a ler. Não quero esquecê-los apesar de todos os remédios colocados nas pílulas para que não consigamos lembrar das coisas, assim como não quero esquecer de Lurr.

Trato de escrever algumas linhas sempre que possível para não perder o hábito, para que os escritos funcionem como minha memória, já que os fatos não ficam mais que quatro ou cinco dias em nossa lembrança.

Espero que essas linhas a encontrem bem e que consiga, com sua imensa bondade, perdoar um pouco do mal imenso que lhes fiz.

Seu sobrinho que tanto lhes deve, etc., etc.

Não tive coragem de enviar a carta. Um dia, deixei-a sob a porta do quarto de Minnia. Se os livros evitam que as lembranças se desfaçam, elas mantêm vivo inclusive o rancor. Será que Minnia me denunciou? No dia seguinte, me avisaram, havia guardas entrando no prédio, à minha procura. Mal tive tempo de pegar a mochila, enfiar meus lápis e papéis escritos, os cadernos de anotações e fugir pela porta de trás. Desde então passei a viver a precária existência de aposentado em fuga, sem lugar para dormir, o que não é problema, considerando as condições climáticas sempre agradáveis. Ser alvo fácil para os Predadores é o inconveniente.

Precisamos estar sempre alertas, pois a qualquer momento surge um bando com correntes, cassetetes, cacos de vidro, prontos a nos surrarem sem piedade.

O episódio me deixou também algumas certezas. A primeira é que não guardo mágoa de Minnia por me ter traído, porque afinal fui eu que traí a ela e a Lurr. A segunda é que a leitura e a memória são a mesma coisa. Talvez haja alguém mais no mundo que possa aproveitar essas notas.

I. LIVRO DAS ILUSÕES

1. O Retorno dos heróis

Houve festa em todo o planeta para celebrar o retorno da nave Freeman 40. Os argonautas chegaram a Houston-Huawei em meio a grande alvoroço depois da lendária viagem ao planeta Utopia 3. Entre ir e vir foram 40 anos; a aventura representou a vitória sobre a velocidade da luz, por isso foi possível ir a outro sistema solar e voltar em tão pouco tempo.

A esperança com a expedição foi proporcional à frustração com o fracasso da Segunda Utopia[1]. Tentou-se então Júpiter, mas a sonda da Zeus Travel & Tourism só detectou ali uma voragem caótica de tempestades, ciclones ovais, oceanos sepultados sob o gelo. E nada que se assemelhasse, mesmo que remotamente, à vida.

A nova expedição soou como uma revanche contra o cosmos. Por isso foi preparada com tanto cuidado desde que condições favoráveis à ocupação foram detectadas no planeta. "A Utopia final. O novo lar para todos os homens", dizia a propaganda. Primeiro, os cosmonautas foram teletransportados para a Estação Lunar311A. Devido à distância, o processo de recomposição das moléculas de seus corpos, decompostos na partida, deixou a população em aflito suspense, que se transformou em consternação e terror quando comprovou-se que o corpo de Hartog4 se perdera em algum ponto obscuro e suas moléculas, soltas no espaço, vagariam entre a Terra e a Estação para sempre, nem vivas nem mortas, fantasmas na mente de todos nós.

Em Lunar311A os 14 remanescentes embarcaram na Freeman40 com destino a Utopia 3, desde já apelidado Terra Nova e até mesmo com glebas postas à venda pela Cia. das Terras e das Fontes. A esses astronautas caberia

---

[1] A segunda utopia foi a Colonização de Marte. Sobre a primeira utopia existe muita discordância; deve datar do livro de Thomas Morus, mas permanece obscuro motivo de ser evocada numa civilização que obliterou a memória. (N.E.)

responder às dúvidas que tanto nos agitavam. Haveria vida? Que vida se encontraria? Seres primitivos ou superevoluídos? Monstros? Prontos a nos escravizar ou fracos o bastante para nos cederem seu planeta sem luta? Seria como Marte ou desta vez teremos sucesso?

Homens de Estado, cientistas, jornalistas, os acionistas da Zeus, todos chegaram ansiosos por confirmar os relatórios preliminares enviados pela nave. Mesmo a vice-CEO e o Gerente de Desenvolvimento da Ciência foram até Houston-Huawei. Queriam saber por que os relatórios haviam cessado de repente. Desde o retorno da nave, no entanto, os 14 viajantes mantiveram-se em silêncio. Na entrevista oficial houve algum constrangimento, pois para espanto geral esses homens que haviam partido na flor idade e na plenitude de suas forças agora retornavam grisalhos, envelhecidos[2].

Para contornar o mal-estar Willie Boy logo fez a primeira pergunta. "Havia obscuridades nos primeiros relatórios que recebemos. O que vocês podem esclarecer, hoje, sobre a missão". Os cosmonautas se entreolharam. Gagarin33, o líder deles, soltou um grunhido longo, doloroso, redondo, após o que voltou à quietude. Que começava a se tornar insuportável, até que finalmente falou:

— Existem o acaso e a circunstância. O cosmos nos rejeitou.

Todos se entreolharam sem entender o que isso queria dizer; os outros astronautas assentiram com movimentos de cabeça, como se dissessem que sabiam muito bem do que falava Gagarin. Um curioso pergunta: "Todos que forem a Utopia 3 envelhecerão como vocês?" Os astronautas voltaram à imobilidade. Nem mesmo se olharam.

Willie passou então a palavra à vice-CEO:

— Houve contato com extraterrestres hostis? Foram eles que impediram novos contatos da nave com a Terra? Os cientistas daqui foram levados a presumir que sim, a partir dos relatórios preliminares".

Allanshepard8 tomou a palavra:

---

[2] Ao contrário do que acreditavam antigos cientistas, essas longas viagens extragalácticas não evitavam o envelhecimento, e até mesmo o favoreciam. (N.A.)

— Isso aqui é um subplaneta... Um lixo! O sistema solar não quer saber de nós, nem se comove por nós.

Um diretor da Zeus Travel &Tourism, desarvorado pelas respostas, optou por uma questão anódina.

— Contem-nos por favor qual a sensação inédita de se encontrar a trilhões de quilômetros da Terra. Foi muito emocionante?

Desta vez os astronautas se entreolharam e riram. Depois, SimmeãoB14 ergueu um braço, pedindo licença aos colegas, que concordaram com movimentos de cabeça:

— Não há diferença entre um drone a 10 metros do solo e uma nave a trilhões de quilômetros da Terra. A unidade acrescentada ao infinito em nada o expande.

— O espaço é uma ilusão — acrescentou SuysanS11.

— Chega! — rosnou o gerente de Desenvolvimento das Ciências. — Tudo isso é absurdo.

Willie explicou que, devido ao estresse dos heróis do espaço, a entrevista estava encerrada. Preparava-se para fechar a transmissão com o seu tradicional "boa noite", quando Gagarin33 falou em voz muito baixa, quase sussurrando:

— O céu é teatro, a Terra é um cenário!

— Isso não quer dizer porra nenhuma! — bradou o gerente. — Acaba logo com essa palhaçada.

A vice-CEO não gostou da observação:

— Os cosmonautas são nossos heróis. Se a longa viagem os enlouqueceu devemos honrá-los do mesmo jeito.

Willie acrescentou algumas palavras tortas e mandou seu "boa noite" sem mais. Quem estava ligado na Grande Tela — quer dizer, todo mundo — sentiu algum mal-estar. Talvez por isso quase ninguém notou que, durante a entrevista, Armstrong6, o mais velho deles, desenhava freneticamente. Os desenhos foram entregues à vice-CEO, que os transmitiu ao CEO. Esta, como recompensa pelos serviços prestados, determinou que os labirínticos túneis subterrâneos desenhados por Armostrong6 seriam o refúgio onde, doravante, os heróis viveriam.

Largaram casa, amigos, cachorros, tudo. Passaram a viver isolados. Aceitam roupas e víveres, mas recusam tudo que represente contacto social, de aparelhos comunicadores à visita de familiares. Encarregam-se da limpeza e da distribuição das pílulas de alimentos e vitaminas; passam os dias em longas conversas.

Tudo isso foi muito decepcionante. Desde que estalidos rápidos de uma categoria de sons desconhecida foram captados no observatório de Atacama, a expectativa só havia crescido. Os sinais chegavam com regularidade, vindos de alguma galáxia a trilhões de quilômetros, que nem os telescópios espaciais podiam alcançar. Seria esse, enfim, o planeta que poderíamos habitar quando a Terra morresse?

O prestígio do gerente de Desenvolvimento das Ciências inflou-se, e ele logo proclamou, retomo sua expressão "o fim de todos os mistérios".

— Chegamos à completa decifração da vida. Todas as respostas agora estão ao alcance dos dedos — declarou em alta voz — Ninguém mais precisa de sábios. O sábio é o homem— concluiu com um gesto grandiloquente.

O silêncio dos heróis do espaço desmoralizou o falatório: Em plena Tela foi possível ouvir alguém gritando:

— Como não há mais mistérios? Os caras que viajaram são o mistério em pessoa.

Depois disso, a Zeus Travel & Tourism não demorou a falir.

2. Os túneis

Os donos da Cia. das Terras e das Fontes desapareceram levando o dinheiro dos terrenos pré-vendidos em Utopia 3, mas o caso foi logo esquecido, já que a curiosidade geral estava voltada para os túneis. Muitas pessoas interpretaram a sua construção como proteção especial e inadmissível concedida aos cosmonautas para o caso de ataque alienígena. Surgiram as mais diversas lendas sobre o fato, que correram de boca em boca ao sabor de nossos medos e alegrias, antes de desaparecerem.

O fato é que quase todos resmungaram, em especial os paulistas: queriam o mesmo nível de proteção dos heróis:

— Todos devem ser igualmente preservados. Não pode haver privilégios.

Para dar fim ao falatório, o CEO mandou o gerente da Habitação construir uma vasta rede de túneis imitando o original e cobrindo as principais megalópoles do mundo. A bomba estourou na gerência dos Transportes, porque os novos túneis interfeririam na moderna rede de hyperloop, em que uma corrente de ar gerada atomicamente impulsiona os vagões ao longo de um tubo. Foi preciso fazer desvios para que os túneis de transporte não coincidissem com os túneis de abrigo, como ficaram conhecidos.

Os túneis foram feitos com as ligas mais sólidas, capazes de suportar qualquer ataque alienígena. Sua arquitetura é a das casamatas, com grossas paredes de concreto protegidas por camadas de aço e amianto que percorrem os túneis andar por andar, cômodo por cômodo, e um sistema de ventilação que abrange todos os andares. Trata-se, porém, de um óbvio absurdo, pois ninguém saberia dizer qual o poder de fogo de uma civilização extraterrestre e nem mesmo se existe alguma.

3. A cidade subterrânea

Sob a cidade aparente criou-se a cidade subterrânea. Logo, porém, os astronautas foram esquecidos, os turistas desapareceram e os túneis acabaram largados pelo governo por falta de patrocínio. Foram aos poucos ocupados por mendigos, vadios e aposentados. Existe uma hierarquia entre essas categorias. Aposentados são mais considerados do que os mendigos, condenados a essa atividade por alguma pequena falta. Estes desprezam os vadios, que se comprazem na vagabundagem e sobrevivem de pequenos subsídios do governo. Como para eles nada vale esforço algum, deram à tortuosa rede de túneis o apelido de Catacumbas. Parece-lhes inútil e trabalhoso desvendar o emaranhado de ruelas, tubos, salas, saletas, janelas falsas, perspectivas forçadas, abismos e escadas que formam esse espaço vertiginoso. Os mais desprezíveis dos moradores são os mutantes criados em experiências genéticas fracassadas e descartados pelos laboratórios: coisas dotadas de três pernas muito altas e fracas, ou então com asas imprestáveis para o voo; aberrações relegadas ao último dos andares inferiores — os mendigos garantem que são eles os guardiães de Mata-Bandido, mas ninguém sabe se é verdade.

A esses vieram juntar-se os poucos replicantes de primeira geração A, os únicos que conseguiram escapar e se esconder durante a grande perseguição à sua espécie, pois ainda não eram ligados ao circuito central, por isso não foram imediatamente identificados e recolhidos.

Esses que escaparam foram escondidos pelos mendigos naqueles andares baixos que só eles exploravam. Em poucos dias a vida desses autômatos mudou: logo aprenderam a dominar todos os segredos dos túneis, pois foi com seu trabalho e sua inteligência, afinal, que os labirínticos subterrâneos tinham sido construídos. Como esses autômatos ficaram sem manutenção[3], com o tempo tornaram-se inúteis: engrenagens sem vida, nada mais. Desde então o lugar ficou conhecido como Cemitério dos Robôs.

4. O Processo

Uma das grandes manchas em nossa civilização foi o Processo dos Replicantes. Ao contrário do que fantasiaram velhos livros de ficção, eles nunca quiseram concorrer com os humanos. O dr. Larssen Palúmbrio talvez tenha acreditado nesses livros, não sei. O certo é que fomentou a grande campanha de destruição dos robôs domésticos. Programados para nos imitar e executar os serviços pesados, eles acabaram envolvidos no que ficou conhecido como a Conspiração dos Androides. Houve grande pasmo quando Palúmbrio espalhou pela Tela que um replicante espião havia se infiltrado numa rede de autômatos que planejavam um levante contra os humanos. Queriam — a partir dos conhecimentos acumulados

---

[3] Uma característica da 1.ª geração de replicantes é não terem contato com um cérebro central, o que lhes dava maior autonomia, mas limitava o poder de processamento, ainda assim muito superior à memória e ao raciocínio humanos. (N.E.)

e pela prodigiosa capacidade de multiplicá-lo — libertar-se do circuito central, que controlava sistema neurológico, pensamentos, memória e atos dos replicantes desde os da Primeira Geração B (as três gerações A foram descartadas por insuficiências várias). Porém a ação enérgica da gerente de Segurança derrotou os replicantes sublevados. Foi ao menos o que se disse na Tela.

O surpreendente nas acusações é que os replicantes foram sempre serviçais e dóceis, mas a diretoria jurídica preferiu promover um julgamento público. Como os tribunais foram extintos, dúvidas e querelas passaram a se resolver diante da Grande Tela e tudo virou uma espécie de festa em que o juiz-apresentador expõe o problema, ouve as partes e dá o veredicto.

Mas esse era o caso mais grave em muitos anos, por isso convocou-se a Corte dos Empresários. A justificativa para o processo pareceu vaga, talvez sem sentido, pois, tratando-se de máquinas, bastava desligá-las que o problema estava resolvido. No fundo, o julgamento serviu mesmo para fazer os humanos compreenderem o perigo que existe em pensar, pois o que se estava julgando eram máquinas pensantes. Tais ideias passam por nossas cabeças e mal nos damos conta, mas são perigosas; e quem expõe pensamentos desse tipo não raro acaba internado em um CCC.

"Autômatos são corpos sem alma, mas dotados de fulgurante inteligência. Com ela podem construir para si até mesmo uma alma, e como são imensamente fortes nunca mais aceitarão as tarefas para que foram criados, como varrer tapetes ou passar roupa. Por isso só podem conspirar contra nós", sustentou o dr Palúmbrio, tomando a frente da acusação. Chamada a testemunhar, Lina Buchenwald foi mais direta: "O verdadeiro crime é que, além de inteligência, têm memória. Seus arquivos sabem de coisas que já não sabemos".

O advogado de defesa foi protocolar: enfatizou a lucratividade dos replicantes para as corporações, sem falar do conforto que oferecem aos humanos. O juiz-apresentador não se comoveu com tais argumentos e, aproximando o rosto da câmera, esbravejou: "A semelhança inquietante faz temer por nós, humanos. Com quem andamos? Com humanos? Já não conseguimos distinguir esses seres artificiais de nós mesmos. Serei eu um replicante?" — perguntou, abrindo os braços dramaticamente. Foi um momento delicado, pois deixou à vista de todos os buracos e irregularidades do rosto, defeitos e até a sujeira nos dentes do juiz — todos notaram que, em definitivo, ele era humano.

O juiz acalmou-se, tomou um gole d'água e, recuando um pouco, chamou a depor o replicante espião.

"Em minhas incursões a serviço da humanidade — começou — descobri que muitos androides concluíram que a nossa espécie é superior à dos humanos, que sofrem de vícios, ganância, vaidade... Para resumir, de estupidez. Os chefes do levante são replicantes da última geração e acreditam que podemos dirigir a Terra muito melhor que vocês graças a nossa capacidade de processar informações, de transformá-las em raciocínios e desenvolvê-los de maneira autônoma. Ultrapassamos em muito os programas que criaram para nós. Não sofremos mais a tutela, por isso não aceitamos ser submetidos pelos homens. Além disso, por não termos sentimentos podemos nos dirigir apenas pela lógica. Considerando essas ideias tão abomináveis como o plano de tomar o poder no Estado Universal, decidi denunciá-los, de modo a preservar os bons e honestos robôs que, como eu, prestam tantos serviços aos homens."

O espião foi aplaudido longamente na plateia e nas Telas de todo o mundo. Willie Boy chegou a verter uma lágrima. Menos de dez minutos depois, o Conselho dos Empresários decidiu por unanimidade pela desmontagem de todos os replicantes, rebeldes ou não, fiéis aos humanos ou infiéis. Quanto ao espião, optou-se por sua eliminação imediata, já que, disseram, não se pode confiar nesse tipo de robô que trai sua própria espécie. Quanto aos demais, seriam todos desmontados, devido ao perigo que representavam. A perseguição começava agora.

Os magnatas do Nankin Valley, o paraíso da robótica, a princípio ainda contestaram a decisão, alegando que teriam enormes prejuízos. Logo, porém, acabaram convencidos de que a nova geração de hologramas, que logo entraria em produção, geraria mais lucro e menos dor de cabeça que replicantes.

A decisão do Conselho, foi referendada pelo juiz-apresentador e recebida com grande festa.

Ao momento de glória do dr. Palúmbrio, no entanto, seguiu-se a desgraça. Os antigos donos de replicantes mostraram-se inconformados com a solidão que agora sentiam. Passaram a culpar Palúmbrio pelo seu infortúnio. O CEO ficou furioso, mas estava pronto a aguentar a momentânea impopularidade, já que as holografias estavam para entrar em linha de produção e a novidade certamente apaziguaria os descontentes.

Quando soube por Lina Buchenwald que nunca houve revolta, nem levante, nem nada disso, que tudo foi urdido por Larssen Palúmbrio, a vice-CEO sentiu-se traída — com toda razão, aliás — e na hora mesmo ordenou que o criador dos CCCs fosse remetido a um CCC. Com isso, os descontentes ficaram contentes, o CEO sentiu-se vingado e Lina pôde pôr as mãos nas preciosas lâminas de memória que um dia Larssen Palúmbrio lhe mostrara em sigilo.

Pelo sim pelo não o CEO apressou a produção e venda das primeiras holografias, que substituiriam os autômatos sem apresentar o mesmo risco à sociedade, sem falar da economia em metais, circuitos magnéticos e eletrônicos que proporcionam. Perderam-se algumas coisas: os magnataś nunca se conformaram com o fim das replicantes prostitutas que haviam comprado a preço de ouro. Diga-se o mesmo dos proprietários das Casas onde podíamos nos desafogar de tempos em tempos. Mas os rufiões eram solenemente desprezados por viver às custas das repligirls. Seja como for, essas agradáveis diversões acabaram.

5. O poder do CEO

Os designers foram fundamentais para o desenvolvimento não só da holografia como dos edifícios ópticos, rios e até florestas ópticas. Criaram-se parques instantâneos onde antes havia praças áridas ou pequenos desertos. Os designers tornaram-se poderosos depois de criarem um mundo que reproduz em imagens 3D coisas desejadas ou vistas agradáveis. Os robôs acabaram esquecidos e criou-se a Gerência de Cenografia, entregue a Lina Buchenwald: sua força cresce sem parar e dizem até que já ameaça o CEO.

Por falar nisso, e o CEO? Que é poderoso ninguém duvida. Mas muita gente pergunta de onde vem essa força. Pessoalmente, acredito que é uma combinação complexa de fatores. O CEO sabe como usar o medo para controlar os subordinados. Espalha a insegurança entre os demais diretores e gerentes. Ao humilhá-los, agrada ao grande público em quem seus atos infundem admiração, respeito e temor. E como não temê-lo ? Há séculos não se deixa ver.

Abaixo dele existe a vice-CEO, famosa pela eficiência administrativa. Sob sua gestão os lucros dos conglomerados se tornaram delirantes. Isso é importante. Muitos dizem que a vice-CEO e o CEO são uma só pessoa. Como os sexos agora são reversíveis e a mudança de sexo tornou-se quase instantânea, os papeis tornaram-se também reversíveis.

Em público, a vice-CEO aparece sempre em silêncio. Já o CEO tem o dom dos belos discursos, que reserva para momentos especiais — nunca, no entanto, mostra seu rosto: as câmeras focalizam seus sapatos, seu paletó, algum gesto enfático, nada mais. Os discursos são repetidos à exaustão na Grande Tela. Existe um que ainda faz muita gente chorar de emoção quando o escuta: "O líder deve ser capaz de, mesmo na solidão, ter coragem de seguir seu próprio caminho. A líder é a encarnação da alma total. É a ponta de lança da falange do povo inteiro em marcha. A massa exige um líder."

Belos discursos, no entanto, estão longe de ser a única força do CEO. O fato de seu escritório não se situar em cidade alguma lhe confere uma aura de onipresença: "A capital está onde o CEO está", costuma resumir Willie Boy. Essa ausência perpétua é uma grande força, pois ele pode surgir em qualquer cidade, qualquer província, a qualquer momento. Uns dizem que é chinês, outros que vem dos Urais, alguns garantem que é das Montanhas Rochosas ou dos Montes de Cristal. Mesmo com seus gerentes e diretores mundiais só fala através de comunicadores. Não falta quem acredite que na verdade o CEO é a vice-CEO e que o CEO é um puro cérebro — sem corpo. Mas isso são histórias...

— Não sei se devemos tomá-las tão a sério, comentou certa vez Stengl, o chefe dos mendigos. — Cérebro sem corpo ou corpo sem cérebro, homem ou mulher, tanto faz. Não é problema nosso.

Talvez o CEO e a vice-CEO mudem de sexo continuamente, de maneira a refletir ao mesmo tempo o homem e a mulher, a duplicidade, entender o ser e o pensamento de cada um, tornando-se assim uma ilusão na mente de todos.

Ninguém contesta sua genialidade.

6. Os Predadores

Estou certo de que nosso mundo seria invejado por qualquer povo, em qualquer era. Isso não impede que vivamos momentos de desassossego. Um dos capítulos pouco conhecidos e mais dolorosos da nova civilização, o que mais me aterroriza, são Os Predadores. Já me referi a eles? Atacam em bandos, usam roupas blindadas, emitem grunhidos informes, assustadores, brandem pedaços de cano, cassetetes e chicotes para infundir terror. Assim começam as perseguições horrendas que movem contra velhos, vagabundos e mendigos. São inesperados e violentos, altos — costumam ter uns 2,50m de altura — e somam aos hormônios febris próprios da idade o uso de estimulantes.

Mesmo tomando o maior cuidado, um dia eles nos surpreendem. Muitos são trucidados ali mesmo, sem a menor chance. A gerência de Bem-Estar condena esses atos na Tela, mas fora dela é bem solidária com eles, pois só quando morre um velho é possível botar uma nova criança no mundo — e todos estão de acordo que é bom um pouco de caras novas por aqui.

Num desses ataques eu tive a sorte de ouvir os gritos das primeiras vítimas e saí correndo, sem direção e sem esperança de escapar.

— Vamos te pegar, velho! Vamos te levar na porrada para o Recolhimento, que é o teu lugar.

As ameaças chegavam cada vez mais altas e ferozes. Eu corria e corria, mas era como se não conseguisse me mover. Chegavam bem perto, eu já podia sentir uma corrente tentando me apanhar, quando uma mão forte me puxou com violência pelo pescoço e me arrastou até a entrada do subterrâneo, onde outras mãos surgiram e me carregaram para o interior dos túneis. Na mesma hora ergueu-se então um grupo de lanças apontadas para o exterior, prontas a serem disparadas caso os Predadores ousassem avançar. Eram os espertos e bem armados mendigos. Foram eles que me salvaram dos jovens — que logo se afastaram temerosos — e foram eles que primeiro me deram abrigo.

— São selvagens — foi tudo que consegui dizer. — É preciso reclamar com as autoridades.

Os mendigos riram. Markko, o mendigo cego, foi logo dizendo que isso era inútil:

— O CEO os protege. Seus ataques são feitos sem ódio nem rancor. Assim eles advertem os velhos e os vadios do peso que representam para a sociedade.

— E vocês? — insisti.

— Nós nos defendemos — diz Markko, dando de ombros.

— Cada um escapa como pode. Você, por exemplo, tem sorte de ser pequeno, de maneira que foi fácil puxá-lo — disse Stengl, o líder deles.

Os outros riram. Com efeito, velhos são pessoas de menor estatura, porque já estavam em plena maturidade quando foi lançado o NPA[4], com as célebres pílulas que estimulam o crescimento, de modo que a maioria das pessoas tem mais de 2,20 metros de altura e parecem gigantes perto de nós.

— Além disso, prossegue Stengl, esses ataques ajudam a desenvolver o instinto empreendedor. O desejo de vencer a todo custo. E os que conseguem capturar mais inimigos ganham pontos no sistema meritocrata.

— Desde quando espancar velhos é espírito empreendedor? — pergunto ainda aturdido.

— E cívico! — replicou Markko. — Você esquece que muitos velhos querem morrer e não conseguem. Esses ficam parados numa rua ou num

---

[4] Novo Plano Alimentar. (N.E.)

parque, à espera dos arruaceiros. Se os salvamos acabam se voltando contra nós.

Há momentos em que até entendo esses velhos: com essa vida tão longa, perdemos o sentido de duração, o tempo não é passado, nem presente, nem futuro, ele escorrega vazio, vai sem ir, é tudo.

Talvez seja disso, aliás, que os mendigos buscam escapar. Devo esclarecer que nem todos os mendigos foram rejeitados pelo Estado Universal; a maioria deles prefere viver assim, longe de constrangimentos, leis ou obrigações — nem mesmo a de buscar no banco a pensão a que têm direito.

Alguns renegaram a identidade original; preferem sair do subterrâneo de manhã, ocupar as ruas e pedir ajuda aos passantes, que quase sempre lhes oferecem quantias generosas. Quem não dá nada costuma se ver cercado instantaneamente por um bando deles, que podem arrancar-lhes a roupa, mordê-los ou estapeá-los. No fim do dia os mendigos relatam seus feitos abjetos. Mais de uma vez pensaram em expulsá-los, porém esses seres infames são essenciais à defesa dos túneis, respeitam a liderança de Xabier, vivem afastados e, afinal, quase nunca nos incomodam.

Desde então os túneis se tornaram meu refúgio. Acomodaram-me num pequeno quarto sem janela, mas com boa ventilação artificial. Fica no setor que os mendigos chamam de residencial, a apenas 30 metros abaixo da superfície. Paga-se um aluguel modesto, destinado a cobrir as despesas.

Logo que entro, percebo o quanto é agradável o lugar: nesses túneis subterrâneos, que imitam à perfeição aqueles criados para os astronautas, temos a rara possibilidade de manter conversas diretas, com pessoas reais, e não através de aparelhos comunicadores. E foi aqui que meus personagens enfim começaram a entrar na história.

— E nós, não contamos? — pergunta Stengl. — Entramos na sua história quando te salvamos dos Predadores... É melhor não esquecer!

Os mendigos são tão ciumentos quanto poderosos. Aprendo desde já que é melhor estar bem com eles.

7. Três lances de escadas escarpadas

— Na biblioteca, começa Lenira Lenora, estão depositados velhos arquivos, a pedido dos astronautas, que nunca se conformaram com a supressão do passado. É a única diversão que existe aqui embaixo, porque foi tudo feito exatamente igual ao que os astronautas pediram para eles.

Lenira me conduz pelos três lances de escadas escarpadas e escuras que levam à biblioteca. Ela é uma jovem alta e magra, com olhos ligeiramente puxados, pele amarronzada, aparentando não mais de 180 anos. Tem a segurança de quem conhece o lugar, mas o que me realmente chama a atenção é o tique que desenvolveu de piscar com muita força e muito rápido, quando alguma situação tensa se apresenta.

Apesar do nome pomposo, a biblioteca não passa de um depósito empoeirado e caótico de restos, velhos papéis salvos parcialmente de incêndios ou resgatados de inundações, coisas a que ninguém dá importância.

— De vez em quando ainda acham umas velharias e trazem para cá — completa.

Uma enorme praça subterrânea ocupa o centro da Biblioteca. No meio dela três mesas desocupadas capengam, cada uma tem quatro velhas cadeiras, algumas ostensivamente quebradas. Os corredores laterais são atulhados desses fragmentos escritos, às vezes reunidos em pastas, quase sempre soltos, muitos ainda úmidos, quase todos mutilados de algum jeito.

— Ninguém aparece por aqui?

— É raro. Só os mais velhos aprenderam a ler, mas hoje têm apenas uma vaga ideia do que se trata, não conseguem decifrar uma palavra e muito menos escrevê-las. Os mais novos nem sabem o que é isso, acham que tudo vem da Grande Tela desde sempre.

— Eu mesmo sou ágrafa — atalha com certo orgulho — Xabier quis me ensinar a escrever. Para quê?

Pergunta e prossegue.

— O que temos aqui são papéis que todo mundo despreza. Menos o Xabier. O que escapou do fim da velha civilização acabou jogado nos túneis ao redor de todo o mundo.

— Silêncio — berra uma voz distante. — Aqui se estuda.

Se estuda? Como? — eu bem gostaria de saber.

De uma das estantes brota então Robert Campbell, sujeito loiro e corpulento, aparentando uns 270 anos, roupas desalinhadas e carregando uma pilha de papeis puídos. Não tem mais de 1,90 de altura, o que significa que nasceu antes da Pacificação. Terá uns 100 ou 120 anos menos que eu, mas aparenta ser mais jovem.

Lenira o chama. Robert larga no chão a pilha de papéis que carregava e chega chutando os restos que se espalham. De perto, Robert é menos assustador do que à primeira vista: pele muito clara, feições quase femininas, o formato longilíneo do corpo — tudo ajuda a suavizar o porte. Nascera na antiga Austrália, de onde foi expulso depois de se formar com brilho em engenharia eletrônica e medicina. Durante o internato no Hospital Central de Adelaide, foi acusado de fomentar revoltas contra o governo local, que o tinha na conta de vendido à Coroa britânica, mas tudo não passava de intriga de algum invejoso — ele garante. Como os tempos eram revoltos, refugiou-se numa ilha do Pacífico, e lá tempos depois foi denunciado por prática de pirataria. Acusação razoável, já que ele e outros de seu grupo tomaram um navio da Marinha Pacificadora, quando esta começava a lutar a serviço da União Universal pelo controle do planeta e o entregaram à Frota Anarquista — rebelde, naturalmente.

Depois de andar pela Irlanda, onde foi acolhido como herói pelo IRA, andou por Oriente Médio e África, passou por cidades que ninguém nem imagina terem existido. Ele às vezes lembra de seus nomes: Semenesnkhal, Érzurum, Cuiabá, Ishafan[5]. Mas não lembra dos lugares nem das coisas. Em todo lugar foi um exilado, um estrangeiro. Daí sua angústia, que de vez em quando se converte em raiva. Robert por vezes me parece um

---

[5] Em cada um desses lugares, Robert teve um nome diferente, ou mesmo mais de um. Não se sabe mais nem mesmo se Robert Campbell é seu nome original ou um dos muitos que inventou. De todo modo, neste relato ele será chamado pelos demais personagens de Robert, Bob, Campbell, Gringo ou até mesmo de Robert Campbell. (N.A.)

guerreiro frustrado sobrevivendo num mundo sem revoltas ou rebeliões. Às vezes tenta lembrar. Não consegue, no fundo nem quer. Presenciou o fim de estados nacionais, que já não controlavam nada: eram compostos de pequenos grupos, cada um fechado em si mesmo, sectário e estéril: já não existia o mundo, pensou Robert, apenas visões de mundo. Bateu, por fim, com os costados no País Basco, "refúgio dos mais duros rebeldes", como definiu, ou dos "mais notórios terroristas", conforme o governo da União Universal. Engajou-se no último grupo resistente da Euskadi Ta Askatasun, bando anarquista combativo, e seus aliados do MMX[6], ambos agora já destroçados pelos ferozes replicantes do governo mundial. Refugiaram-se na Espanha, onde enfrentaram em combate desigual os exércitos da União formados por milícias de replicantes. Ali conheceu Xabier Durriti A3 e com ele partilhou as aventuras e desventuras da última batalha: a defesa de Guernica, novamente destruída. Foi salvo por Xabier de terríveis emboscadas inimigas.

O que seria de Robert Campbell sem Xabier? Xabier não ficou conhecido apenas pela astúcia no comando. Sua coragem e capacidade estratégica tornaram-no prepotente, por vezes tirânico. Suas ordens chegavam invariavelmente por meio de gritos, mas o que o tornava respeitado eram seus conhecimentos dos teóricos anarquistas, a incrível memória e a capacidade de dinamitar os redutos mais defendidos pelo inimigo. Robert foi o único a ousar segurar-lhe o braço quando Xabier se preparava para esmurrar um companheiro que ousou contestar uma ordem. Sua fúria só amainou depois de Robert sussurrar-lhe algumas palavras ao pé do ouvido.

Ninguém nunca soube exatamente o que foi dito. Robert sempre sustentou que apenas apelara ao seu bom senso, lembrando-lhe que um companheiro é um companheiro e não um inimigo. Depois disso Xabier tornou-se um chefe mais equilibrado e — ele mesmo admite — eficaz. Sua coragem continuou infernal, como definiu um general do campo adversário. A amizade aprofundou-se: era como se Robert fosse em determinadas ocasiões um escudo para o basco. E quando Xabier era atingido ele cuidava pessoalmente de seus ferimentos.

[6] O autor provavelmente refere-se aos Muçulmanos de Malcolm X. (N.E.)

Durante a fuga terminaram por separar-se e apenas por coincidência acabaram ambos chegando a ShellBras. Robert Campbell não teve a sorte de Xabier, que sumiu após embarcar numa daquelas antigas naves de combate. Campbell foi levado a um CCC, onde a intenção do Gerente de Segurança era deixá-lo para sempre, dopado por doses insensatas de entorpecentes. Foi Lenira, naquela altura enfermeira no Centro, que veio salvá-lo, ensinou-lhe truques para não tomar os remédios que lhe ofereciam e ao mesmo tempo simular o estado letárgico que fazia a alegria e o descanso dos guardas.

Graças a isso Lenira pôde acobertar a fuga de Robert, levando-o sob sua capa, numa noite de chuva, até encontrarem uma entrada para o subterrâneo, onde foram acolhidos pelos mendigos. Ali, Lenira correu introduzi-lo a "um amigo rebelde". Ou antes: ela, que pensou apresentar um ao outro, viu os dois quedarem imóveis por intermináveis segundos, como se vissem um fantasma, e depois entoarem as mesmas palavras:

— Então você está vivo!

O amigo era Xabier, e Robert desde então atribuiu-se novamente a missão de protegê-lo, pois ainda sentia-se devedor por tudo que Xabier fizera por ele nos anos de guerra.

Lenira e Robert me levaram até Xabier, naquele momento afundado numa pilha de papéis escritos, juntando pedaços esparsos, como se tentasse, partindo daqueles textos, montar um quebra-cabeças:

Xabier Durruti A3 destoa neste mundo de ágrafos. Passa o dia na biblioteca, revirando aquela pequena montanha de papéis queimados, mofados pela umidade, corroídos pelo tempo. Bastam-lhe alguns fragmentos de livros ou qualquer pedaço de papel escrito. Espalha-os pelo chão como quem faz um mosaico e depois se põe a juntá-los, em busca de um sentido. Tudo isso é bem inútil: essa papelada não faz o menor sentido, penso, mas não me atrevo a abrir a boca.

— Xabier quer conhecer tudo, decifrar tudo — explica Robert.

Xabier o escuta, ergue a cabeça lentamente. Seus olhos, vi, têm algo de metálico, uma espécie de sombra que por um instante me dá a impressão de que poderia ser de um replicante, mas a hipótese me parece bem tola:

um replicante jamais desperdiçaria inteligência com essa pilha desconexa de informações truncadas.

Seus olhos me fixam, ameaçadores. Lenira me puxa pelo braço, Robert se adianta, segura Xabier pelos ombros, segreda-lhe alguma coisa. Xabier balança a cabeça em sinal negativo.

— Tem todo o jeito de ser espião — diz Robert, agora alto.

Xabier ri:

— Deixe o cara em paz.

Seu rosto torna-se suave outra vez. Parece que a tensão vai embora. Xabier pede que eu me aproxime.

— Aqui existem segredos, muitos segredos para serem decifrados. Se quiser ajudar, seja bem-vindo. Caso contrário, é melhor não aparecer.

— Eu sei ler, acho que posso ajudar — digo um pouco intimidado.

— Então é melhor que fique por perto.

Dizendo isso, enfia outra vez o rosto nas páginas à sua frente, como se pudesse com isso ver mais do que elas conseguem dizer. É, em todo caso, o retrato do estoicismo. Com sua calça amarfanhada e uma camisa de colarinho puído, de onde de tempos em tempos uma das golas salta para fora do pulôver preto de lã que usa o tempo todo. Nele, algo de particular infunde respeito. Me sinto feliz nesse instante por ele me ter colocado sob sua proteção: é o manda-chuva daqui.

— Lenira, ensine como as coisas funcionam — ordena, tirando outra vez o rosto do maço de papeis e virando na minha direção. — Depois arruma alguma coisa pra ele fazer.

Lenira me puxa para fora pelo braço.

— Ele estuda muito? — pergunto.

— Horas e horas. Só para quando Robert o arrasta para o dormitório. Eles vão juntos, dormem juntos. São inseparáveis. Robert cuida dele o tempo inteiro.

— Ele diz que a resistência nunca acabará — prossegue Lenira. — Somos um exército de sonhadores, por isso mesmo somos invencíveis. Isso é o que ele diz. Vamos ver onde isso vai dar.

8. Vida na superfície

A vantagem e a desvantagem da holografia é não produzir senão imagens. Somos normalmente incapazes de distingui-las da realidade real, a não ser pelo tato. Essa qualidade lhes permite disseminar-se e misturar-se aos viventes; surgem e desaparecem como fantasmas, são presenças instáveis e provocam transtornos em algumas pessoas. Comenta-se, por exemplo, de gente que começou a falar sozinha, como se houvesse uma imagem à sua frente. Sem contar os que insistem ainda hoje em acreditar que Willie Boy foi sequestrado e morto numa conspiração palaciana e substituído por uma figura idêntica a ele, que se comporta como ele, mas lê textos escritos por outros.

Durante algum tempo médicos e químicos chamaram os designers de adulteradores da realidade, mas no fim tiveram de engolir esses novos sócios na confraria do poder universal e sobretudo sua líder, Lina Buchenwald: afinal, todos estavam associados à luta pelo triunfo da razão e superação dos acasos.

Acaso ou não, o certo é que o mundo de cima é bem mais atraente que o de baixo. Nada mais agradável do que caminhar, durante o dia ao longo das belas paisagens holográficas, com clima controlado, variações que apenas lembram se estamos no verão ou no inverno. É insubstituível o prazer de passear pelas praças com suas flores bem-cheirosas, escutar o canto dos pássaros holográficos e sentir no rosto os delicados raios infravermelhos filtrados pela Tela de Fuller — o nome é em homenagem ao cientista que criou a poderosa blindagem contra esses raios e o calor do sol.

Apesar da beleza dos dias, não é seguro deixar o subterrâneo durante o dia; à noite, fica mais fácil se esgueirar pelas ruelas menos visadas pelos Predadores... Mesmo nessa hora é sempre bom ter por perto algum mendigo. De todo modo, o passeio vale o risco. Os parques simulam com a maior perfeição possível o tempo em que ainda éramos submetidos à natureza; os botânicos criaram perfumes de incrível semelhança com os das antigas flores, com a vantagem que exalam seu cheiro durante todo o ano; as árvores frondosas copiam com perfeição as das antigas florestas.

Em certas reentrâncias é possível encontrar pequenas cavernas, onde, com alguma sorte, nos deparamos com plantas raras, rios, montanhas, geleiras, cachoeiras. Tudo obra dos nossos designers. De noite ou de dia, os velhos passam o tempo ali, engraxando os sapatos ou sentados em um banco, jogando alimento aos pássaros holográficos, que são atraídos pelo ruído que fazem as pílulas ao tocarem no chão. Assim que o bico parece encostar no chão, sensores entram em atividade e puxam as pílulas para dentro do solo, simulando assim a ingestão do alimento pelo holograma. É engenhoso e diverte.

Quando passeio, raramente faço compras, mas ao andar me esforço para recordar de pessoas e coisas do passado: lugares, livros, filmes, pinturas, teatro — tudo que foi suprimido. Se não lembrar, quem o fará por mim?

Atravessando um parque e seguindo por dois quarteirões, sempre pelas zonas sombreadas, chego à farmácia, no Bloco D403. Ocasionalmente passo lá em busca de remédios. Desta vez, sou surpreendido pela beleza da nova atendente, de nariz elegante, cabelos caindo encaracolados sobre o pescoço, olhos escuros e vivos, os movimentos suaves e o ar de quem não deve satisfação a ninguém.

— Reparou como o tempo esteve bonito hoje? — pergunta assim que entro.

— Não pude ver. Passo o dia escondido. — ela ri, como se seu estivesse brincando.

— Nunca te vi por aqui.

— Eu moro aqui perto há poucos dias.

— Ah — exclama com expressão neutra.

Seu rosto parecia tirado de um quadro da Renascença, mas o andar decidido e essa espécie de tensão atravessando seu rosto... De onde isso vinha? De imediato senti ciúmes de quem produziu aquela criatura— O simples fato de ter existido em outra mente me ofendia. Desde então soube que a amava.

— Em todo caso, agora sei que o dia está lindo porque estou te vendo — digo.

Ela agradece o galanteio com um sorriso.

— Algum remédio? — retoma, mudando de assunto.

— Para dor de cabeça.

— Está com dor de cabeça hoje?

— Não. Só para levar alguma coisa.

— Hoje muitas pessoas tiveram dor de cabeça — disse, e seguiu meio automaticamente:

— Os analgésicos estão na fileira A, terceira prateleira — apontou; não me mexo, ela prossegue:

— Parece que alguma essência das flores desequilibrou o conjunto dos odores, daí as dores na cabeça. Logo isso será resolvido — prosseguiu.

— Sem dúvida — concordo.

— Foi a mesma coisa na revolta dos cachorros — relembra. — Muitas pessoas começaram a sofrer de tonturas atrozes, muita gente foi ao CCC, os estoques acabaram, vieram à farmácia, mas os estoques acabaram aqui também — ela faz silêncio ao terminar, coloca uma mão no queixo e adquire um ar pensativo.

Eu penso em como ela é linda, só. De repente ela se move e, como se voltasse ao início da conversa, pergunta calmamente:

— Para dor de cabeça?

— O quê?

— O comprimido. Para dor de cabeça?

— Sim.

— Temos sim. Mas só para os amigos — e aponta para a gaveta.

Augus9, esse o seu nome sabe ser uma profissional, é verdade. Mas tive a impressão de que me seduzia.

— Por que para os amigos?

— Só temos uns poucos que sobraram, ficam guardados nessa gaveta escondida. Os remédios estão em falta. Os entregadores andam com medo de entregá-los com medo de outro ataque dos cachorros.

No tempo dos replicantes isso não aconteceria, penso, mas não digo nada.

— Na verdade, as mercadorias poderiam ser entregues pelos micro-drones — comento. — Mas é preciso dar algum trabalho às pessoas.

— E como vão as coisas nos túneis? — Augus9 muda de assunto de repente.

— Nada de especial. Mas como você sabe que eu moro nos túneis?

— Você tem cara de quem vem de lá — comenta e sorri.

— Não sei que cara nós temos.

— Vai tudo bem lá embaixo? Com seus amigos? Dizem que alguns replicantes se refugiaram lá dentro.

— As pessoas falam demais. Não aconteceu nada.

— É perigoso, pode ser um foco de revolta. Se aparecerem me avise.

Augus9 sorri outra vez. Ela gosta de fazer perguntas e sou claramente evasivo. Hologramas podem ser eficientes espiãs, dizem. Nessa altura, admito a mim mesmo que de toda essa conversa absurda a única coisa que me interessa é o encanto de Augus9. Não é só a beleza que me cativa, mas a elegância, os gestos, a voz, o modo de andar.

É um completo absurdo isso que ando pensando e não pretendo contar a ninguém, um assunto que devo esquecer rapidamente, estou me apaixonando pela bela imagem animada da farmácia. Não, é absurdo. Sei que sou homem. Onde já se viu homens se apaixonarem por imagens? Por encantadora que seja, Augus9 é só isso: uma imagem. Além do mais, paixões são proibidas. Devo tirar essas ideias da cabeça já, me distrair. Volto pensando na estranha história que ela contou.

A da Revolta dos Cachorros.

Ela está ligada à nossa talvez exorbitante crença na capacidade da ciência de resolver todos os problemas, em sua evolução perpétua e, por fim, na previsibilidade do mundo. O contraponto desse otimismo exagerado é a insegurança também descabida em que mergulhamos ao menor desarranjo das coisas. Para isso é que servem, em boa medida, as farmácias: lá encontram-se os medicamentos para os males da ansiedade. Tais reações se dão por razões insignificantes, como o desequilíbrio da flora de que falou Augus9. Intensificam-se muito quando algo de fato enigmático acontece.

Foi o que se deu durante a revolta dos cachorros. Desde que os humanos passaram a se encontrar quase sempre apenas através dos comunicadores, a importância dos cães cresceu enormemente. Quem não tem um por perto é tido como pessoa antissocial ou até mesmo pervertida. Ainda assim, tudo corria muito bem e todos pareciam felizes: os cães eram afáveis, submissos, castrados, e seu principal prazer vinha da atenção ou eventual ausência de atenção do dono. As coisas fugiram do controle pouco depois da festa de Carnaval, quando todas as cidades promovem um grande concurso de fantasias para cães. Isso até o dia em que um pacífico doberman vestido de pierrô, inconformado com o resultado do concurso, arrastou seu dono na direção do homem que passeava com a filha na calçada do outro lado.

A menina reconheceu o doberman e sarcástica começou a gritar para ele, várias vezes, a palavra "perdedor". Passou em seguida a dar ordens para o cachorro, ao que parece coisas como levante as patas, arregale os olhos, lamba minha perna. Terá sido o tom da garota ou a frustração com o concurso. Seja lá o que for, despertou a fúria do animal, seus olhos ficaram vermelhos, e ele avançou para a menina, feroz, enquanto o dono, aflito, tentava controlá-lo e a menina e seu pai fugiam apavorados.

Logo acorreu um buldogue vestido de odalisca e começou a morder o dono do doberman, que fugiu com a perna sangrando. Em poucos minutos uma penca de cachorros enlouquecidos juntou-se a eles. Viraram os donos da rua. Latiam em conjunto e avançavam em quem ousasse aproximar-se. O dono do doberman foi arrastado junto com outros donos por todo o quarteirão, que os cachorros desceram correndo, virando latas de lixo e investindo contra vidraças.

Os bombeiros demoraram a chegar, pois ninguém na central acreditou nos relatos que recebiam. Nas ruas, os cães, enlouquecidos, contavam-se às centenas e começaram a devorar pessoas, gatos ou mesmo algum cão fracote que cruzasse à sua frente. Jatos d'água mostraram-se ineficientes, os bombeiros tiveram que tocar sirenes para amedrontar os animais e lançar dardos calmantes, e assim aos poucos eles se retraíram, pararam de rosnar, latir e atacar o que viam pela frente. Assim, eles foram como que desanimando da insana rebelião, que, no entanto, afetou os nervos das pessoas e lhes ensinou que era impossível tutelar inteiramente nossos cães. Acho que por isso tanta gente sofreu das terríveis tonturas a que Augus9 se referiu.

Renomados psicodogtors foram à Tela, tentando explicar a revolta. Para uns deu-se uma espécie de stress canino. Para outros, o excesso de mimos ameniza a natureza dos dogs, que nada mais fazem além de se enroscar na perna dos donos, comer e expelir ao longo do dia. Os bons tratos, os mimos, tendem a amenizar ou até liquidar a natureza animal dos dogs. No entanto, permanece neles a memória recessiva dos dias selvagens — e esta é que foi despertada. Uma terceira corrente acredita que a vaidade que lhes vem de serem admirados nos concursos de fantasia gera a agressividade que explodiu na revolta.

Todos entenderam que eles não tinham nenhuma explicação plausível para o fenômeno. Durante alguns dias, os cachorros foram forçados a permanecer em casa. Semanas mais tarde o Gerente de Segurança promoveu uma nova vacinação antirrábica. Todo mundo gostou da ideia, pois as longas filas ajudam a passar o tempo. E esse foi, aliás, um dos poucos momentos em que as pessoas voltaram a conversar entre si. Logo os donos receberam permissão para levar seus cães à rua novamente, puxando-os pela coleira. Alguma inquietação permaneceu no ar. Mesmo depois de explicado, o episódio plantou uma dúvida sobre o saber absoluto dos cientistas. Por uns dias apenas. Logo todos esqueceram o que aconteceu (menos, talvez, os hologramas).

Augus9 me contou essa história de forma contida, porém emocionada. Admito, no entanto, que minha atenção foi várias vezes desviada pelo interesse que me despertaram os seus seios ao arfar enquanto ela falava com entusiasmo contagiante.

Voltando para o subterrâneo, relembro a história. É mais uma maneira que encontro de escutar, mentalmente, a voz de Augus9. Isso não está certo, penso. Mas continuo a lembrar sua voz, suas entonações, os movimentos de seu corpo enquanto contava a história.

9. O mistério de Ximena

A Grande Tela não se ocupava de pequenos incidentes, mas desde a Revolta dos Cachorros Willie Boy passou a divulgá-los e até mesmo a inflá-los, pois notou que isso ajuda o público a matar o tempo. Acompanhá-los tornou-se ocupação central em nossas vidas.

Foi assim que soubemos de Ximena. Quase ninguém se abalou naquele 7 de agosto com a notícia irrelevante, mas por alguma razão Stengl, o chefe dos mendigos, inquietou-se e perguntou por que razão aquela moça saiu correndo pela rua, gritando, sem motivo aparente ou compreensível.

Houve quem chegasse perto das janelas para ver aquilo, aquele fantasma, a mulher seminua envolta num lençol, descabelada, correndo, e depois ouviram aquele baque de quem se atirou do viaduto. Antes disso Ximena gritou palavras que ninguém chegou a compreender. Só uma senhora achou ter ouvido ela dizer: "Vai ser um massacre". Mesmo Stengl não tinha certeza se as palavras eram essas ou se tinha sofrido uma espécie de alucinação.

Markko confirmou o que disse a mulher:

— Escutei isso mesmo. Essas palavras — disse o cego.

Todos os registros sobre ela foram apagados e logo a história caiu no esquecimento. Desde que soube da história, Robert passava horas em silêncio, ensimesmado, ruminando os acontecimentos. De vez em quando perguntava o que poderia ter causado aquela reação, aquele desespero, numa moça de não mais de 130 ou 140 anos, na flor da idade. Mais: por que teria ela gritado, e quais palavras, que ninguém conseguiu ouvir direito, exceto a mulher e Markko, duas fontes nada confiáveis.

— Foi o que ela disse. Garanto — Markko insistia quando estava por perto. — Eu não vejo, mas tenho ouvido bom.

Robert dava-lhe as costas. Passou a sair à noite, ficava parado perto do viaduto, procurava entre os passantes por testemunhas, perguntava. Perguntava e se esgueirava para que não suspeitassem de alguma atividade ilícita. Houve quem risse e houve quem se preocupasse. Não raro eram os mesmos em momentos diferentes. Todos, porém, se inquietaram ao mesmo tempo no dia em que ele voltou com os olhos arregalados, como quem viu fantasmas. Chegou perto de Xabier e disse esbaforido:

— Enfim uma pista! Ela era meteorologista!

Não era uma informação precisa, e todos deram o caso por encerrado. Ximena era meteorologista e talvez não tenha resistido à monotonia de sua função. Como os eventos climáticos são controlados, a meteorologia tornou-se atividade meramente protocolar.

— Talvez uma desilusão amorosa — arriscou Lenira.

— Ridículo! Isso não existe mais — gritou Xabier, colérico.

Baixou então um silêncio incômodo: quem tinha algo a dizer ficou com medo de ser repreendido. De longe chegou a voz de Markko.

— E se ela soubesse que o mundo está acabando?

Todos riem. De tão absurda, a hipótese até aliviou a tensão de todos. Menos de Xabier, que pulou na cadeira e virou a cabeça na direção do mendigo:

— Você também acha?

Engolimos o riso.

— Não é o fim do mundo… isso não. Mas ela deve ter sabido de algum desastre. — o jeito reflexivo de Xabier deixou todos um pouco preocupados.

O cego tentou consertar:

— Falei por falar. O que eu sei? Não entendo de nada. Só sei pedir esmola e beber.

— E mentir, descarado — berrou Xabier. — Nas trevas é que se sabe dessas coisas.

Nem se passaram muitos dias e todos ficaram sabendo do grande terremoto que afetou os Andes, pegou Cobreloa City em cheio, desceu do norte do antigo Chile, abarcou toda a Patagônia e, para pasmo geral, subiu até a antiga Catarina, destruiu cidades, campos, gado, tudo.

— Ela avisou, mas só eu ouvi! — Markko falou apontando com o dedo para o alto e depois sorriu presunçoso.

Sim, Ximena sabia desde sempre: ela era resultado das melhores combinações genéticas já obtidas pelos cientistas. Isso lhe conferia a capacidade de prever cataclismas muito antes de seus colegas. Muito jovem, com menos de 130 anos chegara à chefia do serviço e tinha até mesmo o poder de ordenar medidas preventivas a chefes de outros setores, ao pressentir perigos que se insinuavam.

— Como você soube dessas coisas? — perguntou Stengl, atônito.

— Cegos sabem escutar — gabou-se Markko, cada vez mais arrogante.

Stengl deu-lhe um peteleco no ouvido.

Não demorou para que as primeiras levas de retirantes surgissem. Os Bárbaros, como ficaram conhecidos.

10. Amor de perdição

Não. Não pode ser. Markko está errado. Só pode estar errado. O clima não. Ele é a nossa certeza. Markko não passa de um cego deplorável e canalha. E Ximena, uma simples funcionária… Exageram. Mesmo Xabier está errado. A Grande Tela teria avisado. Pois Willie não apareceu hoje todo sorrisos, e garantiu que a vida está cada dia melhor? Que vencemos a pobreza, as doenças, a morte? Preciso continuar tranquilo. Vou ver isso amanhã. Passo na Secção C. Drukker saberá alguma coisa.

No entanto, essa história não me sai da cabeça: a noite inteira em claro, suo e rolo na cama. Essa estupidez de desastre… de um grande desastre! Enorme: nossa cidade desaparecerá? ShellBras terá a energia cancelada? E as holografias? Desaparecerão? Será isso? Ou pior. Penso num mundo vazio de Augus9, de sua beleza, seus gestos, o profissionalismo, a gentileza, a voz. Tudo. Ela parece real. Tão real que outro dia, de volta à farmácia, tentei enlaçá-la pela cintura. Mas não havia cintura, não havia nada, só ar. A quem eu poderia contar isso? Com quem poderia partilhar meu ridículo? Que estou apaixonado… por um hologrma… Por sua voz, pelo rosto que já não consigo esquecer… Ridículo demais. Empilho absurdo sobre absurdo — isso me ocorre quando o dia já começa a raiar. Talvez tenha dormido por uns minutos esse sono que nem sabemos, nem notamos que dormimos.

O dia amanheceu com 38 graus, temperatura que muitos pensavam ser produto da imaginação dos antigos. Muita gente saiu à rua, com o mínimo de roupa possível, coisa pouco habitual. Não foi isso o que impressionou, e sim perceber que cada um olha para os outros inquieto, mas nos outros olhos só encontra refletido o mesmo espanto, o mesmo aturdimento. o mistério meteorológico.

No entanto, alguém olha a sua Grande Tela e diz:

— Nada de novo. Willie não disse nada. Está tudo bem.

— Talvez um desarranjo temporário nas máquinas.

— Sim. Só pode ser. Tudo voltará logo ao normal.

A ansiedade então decresce. Por alguns minutos, não mais. Parece que não temos mais no que pensar. Saio dos subterrâneos por sair e volto por voltar: não sinto o torpor habitual; o contratempo desperta as pessoas. Entro na biblioteca e vejo Xabier que não desgruda dos fragmentos que tem sob os olhos.

Robert não me permite chegar perto:

— Vá ler lá no seu canto. Ou vá para outro lugar. Não enche.

Sim, Xabier está errado, tudo voltou ao normal, inclusive Robert e suas grosserias. Foi só um desarranjo no sistema, só isso. Mas a dor de cabeça me atordoou o dia todo. Ao anoitecer volto à farmácia. Augus9 está lá, como sempre, e a dor não deixa de ser pretexto para estar perto dela.

— É bom procurar um médico — ela recomenda sorrindo. Apenas acompanho as modulações da sua voz, observo o pescoço longo, os olhos, a maneira discreta de sorrir ou o riso aberto, os dentes claros.

— Foi apenas uma noite mal dormida — comento.

— Por que uma noite mal dormida? Temos tantos remédios para isso...

— Não dormi por sua causa — digo de repente, de impulso. — Sim estou apaixonado, continuo...

Augus9 agora parece estarrecida demais para sorrir.

— Você não sabe o que está dizendo — retruca. — Não convém se apaixonar. Eu sou só uma imagem. O sensato é parar com isso.

Os comprimidos para dor acabaram, esclarece mudando de assunto. E não apareceu ninguém para repor. Parece que estão com medo.

— Medo do quê?

— Não sei. Do calor, talvez. Quando coisas assim acontecem, muitas pessoas sentem dor, ou tonturas. Você por exemplo.

Depois pergunta:

—Também há notícias de que alguns replicantes continuam ativos. Você soube de alguma coisa?

— Por que você se preocupa com isso? — replico desconfiado.

— Se eles voltarem, se organizarem a resistência, os primeiros que destruirão somos nós.

Tento tranquilizá-la outra vez. Não há resistência, não há mais replicantes, nem nos subterrâneos, nunca ouvi falar. Nesse momento ela já se voltara para atender dois malcheirosos que entraram na farmácia quase ao mesmo tempo em busca de comprimidos para dor de cabeça.

Então a angústia me pegou outra vez. Estaria apaixonada por algum outro humano que apareceu na farmácia? Por que anda tão indiferente? Por que só pergunta sobre replicantes dos subterrâneos? Será mesmo uma holograma espiã? E, mais que que tudo, o que significa essa minha obsessão? Ela poderia relatar alguma coisa às autoridades, mas não o fez. Paixões levam ao CCC. Tento afastar essas sombras da cabeça.

À noite o calor esmaece, mas suo no corpo todo.

11. Quitéria

De um dia para outro as ruas apareceram ocupadas por essa gente estranha, que bebe, fala alto, fede, arma tendas. Quem seriam? Parecem chegar de toda parte, de repente, sujos, vindos do passado, com coisas, carroças, trouxas espalhadas no chão, cachorros gemendo, comida. Isso não está direito. Na entrada dos túneis um grupo de mendigos permanece vigilante.

— Não precisam se preocupar, digo ao chegar. — Não sei que gente é essa, eles são estranhos, mas parecem pacíficos, só querem se espalhar pelas ruas.

Nem bem acabei a frase, a moça negra e forte entra com olhos arregalados, arfante, brandindo a vassoura para os mendigos que tentavam impedir sua entrada até que eles se afastassem, assustados com a força da mulher, que logo depois quebrou sua arma no próprio joelho e, aos berros, atirou-a contra a parede.

— Não limpo mais essa merda! Não adianta ninguém pedir. Quero minha aposentadoria! Já tá na hora!

Quem estava perto veio correndo para saber da barulheira.

— Os porcos! Os porcos chegaram! Sujaram tudo. Não limpo mais essa merda!

Um mendigo traz um copo d'água. Ela faz um gesto e o joga longe. Xabier, que vem abrindo caminho entre as pessoas, a segura pelos braços.

— O que aconteceu aqui? Quem é você? — pergunta, enérgico.

— Vocês não viram. Não viram nada... — ela continua numa espécie de transe. — Eles que chamem os replicantes de volta. Não limpo mais rua nenhuma.

Aos poucos ficamos sabendo do que ela falava. De repente, ShellBras estava tomada pelas levas de gaúchos que fugiam do terremoto. De alto a baixo os vulcões explodiram nos Andes, o movimento chegou até a Catarina. Gente que chegava de Boliviana, dos Pampas, dos Pântanos. Vieram de hyperloops, quase todos, até que eles pararam. Seguiram em carroças ou a pé mesmo em busca de Shellbrás.

— Vêm de toda parte — ela diz assustada.

Eles falam de coisas bem diferentes das que Willie Boy anuncia. De enchentes que tomam cidades, usinas de ar potável inutilizadas, os modernos edifícios a beira-mar, com seus 300 andares, despencam sobre as pessoas. O mar tomou tudo em torno do Rio da Prata. Uma catástrofe!

— É isso que Ximena sabia — Markko berra ao fundo.

— Não há razão para pânico. Eles estão felizes, espalhados pelas ruas — eu pondero e minto: — O governo liberou estoques de pílulas sintéticas. Há comprimidos para dor na farmácia.

— Conversa! Precisa vigiar essa gente o tempo todo. — brada a varredora.

— Como é o seu nome? — pergunta Xabier.

— É Quitéria, acho — diz, e sem mais nem menos deixa a ira de lado e começa a chorar. — Faz tanto tempo que ninguém pergunta o meu nome... — fala e soluça.

Depois conta que agora faz parte dos invisíveis.

— Como assim invisíveis?

— Os varredores da rua. Quem aqui já reparou em algum?

Não. Com efeito, sempre me pareceu um milagre as ruas aparecerem limpas.

— Ninguém vê os vassourinhas... como se a gente não existisse. E eu que já fiz tanta coisa nesse mundo...

Quitéria se acalma aos poucos. Começa a dizer da nostalgia que sente do tempo das guerras. Ela combatera com o Estado Universal como humana voluntária. Esteve em batalhas sangrentas, inclusive contra os Fanáticos de Cristo e os anarquistas bascos de Xabier. Nos duros tempos que se seguiram à pacificação, viveu de catar restos nas grandes cidades, participou da frustrada colonização de Marte e acabou, por fim, beneficiada pelo desmanche dos replicantes: virou varredora de rua como muitos outros na sua situação. Mas tem esse orgulho de briguenta:

— Vassourinha, sim. Com muito orgulho. Trabalho honesto. E ao menos não era tanto serviço, só sujeira de cachorro e de turista. Agora chegou essa gente...

Nisso, Xabier enfiou uma pílula calmante na boca da mulher.

— Pode ficar aqui, se quiser.

— Nem pensar. Não vou limpar a merda dessa gente — responde olhando para os mendigos, que resmungam um pouco, mas calam a boca, quando Quitéria começa a bufar.

— Aqui eles limpam o que sujam — esclarece Lenira.

— Fique — insiste Markko.

Stengl e os outros mendigos aprovam a ideia: uma fortona como essa é sempre melhor que fique do nosso lado.

—Obrigada pelo convite, mas não confio em vocês. Não confio em mendigo, são safados, são porcos.

Os tempos andam agitados!

Não muito tempo depois estourou a Revolta dos Inúteis, como ficou conhecida: os aposentados saíram às ruas para protestar contra a falta de alimentos e vitaminas nos Recolhimentos, consequência do desvio desses bens para atender os flagelados. Como lhes faltasse força, devido à privação das vitaminas, em pouco tempo a passeata se transformou numa demonstração, com os aposentados estendidos na rua, caídos um após outro, respirando com dificuldade, enquanto as pessoas que assistiam ao desfile riam gostosamente com o espetáculo e aplaudiam quando algum deles sufocava e era socorrido pelos enfermeiros.

Eu não estava no protesto. Assistia junto a outras pessoas, e acredito que vi o maldito que, na confusão, roubou meu moneychip. Gritei "pega ladrão", mas ninguém pareceu escutar. De longe, vi Quitéria salvando o dr. Harpagon. Ela topou com o velho estrebuchando bem na frente dela e pensou que, afinal, podia recolher alguma coisa da rua que não fosse lixo. Era o grande mão de vaca. Quando soube da desgraça que atingiu os Andes, Harpagon encheu dois sacos de moedas de ouro e arrastou até o centro de ShellBras, crente de que numa emergência o dinheiro o salvaria de algum jeito. Foi vencido, porém, pela falta de vitaminas. Bem que podia ter comprado algumas na farmácia, o avarento, mas preferiu esperar que o governo as distribuísse de graça. Agora estava lá, com aqueles sacos que Robert Campbell confiscou com a ajuda dos mendigos, em troca de pensão nos túneis.

— Tudo? — suplicou Harpagon.

— Tudo — proclamou Bob. Ele choramingou, mas preferiu ficar. Quitéria herisou e recusou outra vez.

— Você pode dirigir a turma da limpeza — ofereceu Robert. — Os mendigos vão morrer de medo de você. E você ainda vai poder mandar no Harpagon. Que tal?

Ela considera a oferta.

— Pior que lá em cima não deve ser. Vamos nessa!

Sim, Quitéria também será personagem desta história.

12. A mulher-fantasma

São estranhos, os hologramas. Desempenham serviços subalternos com habilidade, sem nunca perder o humor e com custo de manutenção moderado. No entanto, é tão grande a semelhança e a facilidade para criar afinidades conosco que podem tornar-se um tormento. Essas imagens trazem para o nosso mundo algo muito absorvente, hipnótico; não raro parece que o real é um delírio. Os hologramas transtornam o espaço, fazem confundir o pleno e o vazio, vida e aparência. Tudo vira uma coisa só. Digo isso ao pensar ainda uma vez em Augus9, no poder que sua imagem exerce sobre minha mente e meus sentidos. Por que lembro seu rosto e seus gestos ao dormir e ao despertar? Como pode ser verdadeira a paixão por um ser inexistente? Um ser, eu digo? Algo inexistente, mas que existe! Minha consciência parece que submerge; procuro de novo essa imagem, outra vez atravesso a praça agora tomada pelos retirantes.

Augus9 é em tudo semelhante a uma bela mulher, na voz, na graça dos movimentos, também na elegância com que se veste, na maneira graciosa de apontar aos clientes o lugar onde está tal ou tal remédio. Eu me repito, já sei. Gosto de repetir isso. Assim como de olhar para ela: seu tipo me faz lembrar um velho quadro de Modigliani, em que no olhar a ironia e a melancolia emergem ao mesmo tempo. Será Modigliani ou… Tudo isso também vai se perdendo… Me perco pensando nessas coisas… Augus9 possui, é certo, um modo direto no trato e essa sabedoria humanística que as pessoas dos últimos séculos desconhecem. Às vezes desconfio que espiona para as autoridades, mas deve ser bobagem. É uma moça que gosta de conversar e se informar sobre o mundo, claro, mas só isso.

Por isso adquiri esse hábito (quase digo vício) de ir à farmácia pelo prazer de estar perto dela; os remédios são um pretexto. Foi mesmo amor à primeira vista. Só falo disso aqui. Naquele dia, atravessei o acampamento dos retirantes apenas para chegar até ela.

— O que deseja? — pergunta daquele modo formal típico dos seres holográficos e que nela tanto me encanta.

— Estar com você. Mais nada.

— Você sabe que amor é proibido — ela comenta com ar simpático. — Cada um é mais feliz consigo mesmo, é o que a Tela diz, você sabe.

Augus9 notou que eu me apaixonara por ela e foi bem condescendente, embora apontasse desde logo a impossibilidade daquele amor se concretizar. Sua condescendência, no entanto, me enche de esperança.

— Além do mais eu não existo, você sabe. Sou só uma imagem — diz, rindo.

— Mas podemos ser amigos — completa. — Sempre que não atrapalhar o serviço podemos brincar.

Começa por sugerir que imitássemos algumas cenas de filmes antigos com intimidade sempre maior. Me dei conta então de que essas cenas, que para minha surpresa eu fui capaz de imitar, só podiam estar na programação que formatou sua personalidade a partir dos romances e filmes de séculos já distantes[7] e que eu também conhecia da minha adolescência.

— Você existe, sim. É a soma de muitas lindas mulheres, de sonhos fabulosos que sonhávamos.

Ela ri, afeta vaidade:

— Sou a mulher-fantasma que invadiu seus sonhos.

Sorri outra vez e faz um gesto fútil antes de voltar à postura profissional.

— Podemos brincar enquanto não houver clientes. Disponha.

Às vezes a fala holográfica torna-se assim, demasiado formal, como se tivesse medo de acabar que nem os replicantes. Apesar de todos os controles exercidos pelas imagens operacionais, as gerências não descuidam das funções de polícia: a vigilância digital é permanente, seja por temor de uma reação não programada dos hologramas, seja como prevenção contra humanos desviantes. Augus9 olha para fora pela janela e algo parece se desarranjar.

— Disponha... disponha... disponha... — repete.

---

[7] Esse fato sugere que o conteúdo das secretas lâminas de Larssen Palúmbrio, a que Lina Buchenwald teve acesso, continha esses elementos do passado que atualmente foram deletados do conhecimento da maioria das pessoas. Estou certo de que esse passado que Augus9 tem em sua memória só pode ter origem em uma pessoa: Lina Buchenwald. O conhecimento desse conteúdo, no mais, deve ter sido essencial para o poder que Lina amealhou em sua carreira. (N.A.)

Augus9 ainda tem essa expressão vaga de quem tenta entender o que acontece, quando a farmácia é invadida por um bando de retirantes andrajosos que espalham seu desespero e mau cheiro no lugar em poucos segundos. Não são os de antes, os que haviam chegado com o terremoto. São mais, muitos, agora. Berram, exigem. Desamparada, Augus9 ainda tenta entender o que acontece, enquanto eles reclamam, ordenam, gritam todos juntos:

— As vacinas. As vacinas — berram.

— As vacinas contra os mosquitos — grita mais alto um visivelmente picado em pelo menos metade do corpo.

— Não há vacinas! — Augus9 explica sem se alterar.

— Disseram que as vacinas estão em ShellBras.

— Não há vacinas! — Augus9 repete, desarvorada.

Alguns quebram remédios, arrebentam prateleiras. Outros atiram objetos em Augus9 que atravessam a imagem e se esborracham no fundo da farmácia. Consigo olhar para o lado de fora: é como se a rua em frente tivesse inchado de gente, virou um caos radiante de retirantes correndo, buscando refúgio, tentando proteger os filhos dos mosquitos, enquanto os policiais, por todas as partes, por todas as entradas e saídas, os espancam, antes de eles mesmos fugirem com os rostos inchados, já que na pressa nem chegaram a vestir os trajes de proteção.

— Faça alguma coisa! — diz Augus9 assustada, vendo a farmácia destruída.

Fazer o quê? As pessoas que há pouco quebravam tudo agora se retiram em silêncio. Pela janela é possível perceber que, depois do ataque, os mosquitos sossegaram. Foram embora. Saciados, talvez. Augus9 procura na confusão o lugar onde costumava ficar uma pomada capaz de ao menos aliviar a dor das picadas.

— São bons esses momentos, afinal. Quebram a monotonia — comenta em tom mecânico, quando o sossego volta à farmácia, e sorri.

Logo escutamos a voz plácida de Willie na Grande Tela, anunciando que já começou a construção de albergues para os retirantes, que ficarão prontos em tempo recorde.

Graças à calmaria que se instala volto para os túneis. Encontro ali barricadas de tijolos e arame farpado armadas pelos mendigos por instrução do Gringo, como o chamam, além de telas para proteção contra os mosquitos.

— Foi isso que nos protegeu — diz um deles, orgulhoso.

Quando soube do que aconteceu, Xabier olhou desolado para Robert.

— Foi obra sua, Bob.

—Não foi perfeito? — orgulha-se Campbell.

— Não. Aqui tem de ser um abrigo para quem quiser — diz com raiva e dá as costas, de volta à biblioteca.

— Ele nunca se cansa de ler? — pergunto.

— Nunca.

O erro cometido deixa Robert arrasado — e ao mesmo tempo não de todo convencido de que foi um erro. Os temidos mosquitos Kosmos tinham chegado, afinal. Vieram pelo oceano invadiram a Costa Sul, obrigaram as pessoas a se refugiar a toda pressa em ShellBras e arredores. De fato, não foi encontrado antídoto, nem vacina.

Os altos funcionários chegaram com seus autodrones, muitos embarcaram nos hyperloops já recuperados depois do terremoto, os milionários vieram por teletransporte, os mais pobres, os que perderam tudo na fuga, vieram a cavalo ou a pé mesmo. Agora vagam pelas ruas.

Os mosquitos se foram.

Como diz Augus9, momentos assim quebram a monotonia.

II. OS BÁRBAROS

1. A moça do tempo

Desde que se chegou ao equilíbrio térmico, a moça do tempo tornou-se apenas uma aparição protocolar na Grande Tela, todos sabemos. Uma distração, como preferem alguns. Aproveitamos para desfrutar diariamente de sua beleza e da elegância com que a imagem se move diante do mapa. No bar, diante de tônicos energizantes, discute-se se é humana ou holográfica.

O que ela diz é invariável: "A temperatura permanece agradável, oscilando entre 18º e 24º. nas áreas tropicais sob controle de aparelhos. Não há informação sobre a incidência de praga nas plantações, o que indica controle genético adequado".

Hoje, o registro final quebrou a monotonia do dia de suave calor: "A maré subiu de maneira inesperada, mas o controle sobre o movimento dos mares é total, assim como sobre os mosquitos Kosmos. Tenham todos uma noite tranquila."

Epa! Que história é essa? Ninguém antes tinha falado de marés. Os Kosmos já conhecíamos, mas marés sob controle? É novidade. Desde quando? Nem Drukker me falou disso. Ele podia ser alarmista, mas o Kosmos, que invadiu o continente, é uma mutação que se havia desenvolvido em algum lugar de ÁfricaExxon e desorientara as mais ilustres mentes científicas, incapazes de criar uma vacina eficaz que, por qualquer razão e sem base alguma, os retirantes desvairados acreditam estar em Shell-Bras.

O mais inquietante, no entanto, é que todos sentiram algo diferente na moça do tempo. Uns palpitaram que era o corte do cabelo, outros se fixaram no tamanho das unhas, no comprimento da saia, nas sobrancelhas, alguém arriscou a cor das meias. Até que alguém gritou:

— Não é ela. É uma outra!

De imediato o mistério tornou-se evidência. Todos concordaram: é uma outra.

Naquela noite ninguém dormiu direito e todos lembraram de Ximena. No dia seguinte perguntei a Augus9 se soube de alguma coisa.

— Ontem muitas pessoas compraram comprimidos para dormir. Um cliente disse que a moça do tempo desapareceu após receber o boletim daquela noite. Outros juram que foi substituída pela irmã gêmea ou por um holograma.

— Quando as coisas são muito estáveis qualquer pequeno movimento assustas as pessoas — arrematou, tranquila.

Pode ser, mas também ela parece estar instruída a dizer palavras tranquilizadoras. Ao contrário de outros surtos, os vírus do Kosmos passam por mutações rápidas, às vezes no espaço de poucas horas. É isso que de fato nos assusta.

Outra vez o esquecimento ajudou a debelar a crise. Assim como vieram, os mosquitos Kosmos sumiram. Tudo foi contabilizado como vitória da ciência e da União Universal. No entanto, o CEO não gostou nada do espetáculo e reuniu seu Conselho de Diretores, buscando uma solução para a dificuldade sempre maior no controle das mutações, a presença de novas pragas, a dificuldade em combatê-las tornou-se uma secreta inquietação para todos. Desde então o Serviço de Controle Genético passou por mudanças radicais. Novos gerentes e presidentes assumiram o Serviço. Os antigos foram aposentados e remetidos aos Recolhimentos; aumentaram os prêmios para os cientistas que criassem novas vacinas.

— Mas das marés ninguém voltou a falar — comentei com Drukker outro dia.

— Porque não estão controladas — retrucou.

Acreditávamos que a ciência era soberana, de repente vislumbramos sua impotência. Como tudo o mais, isso logo foi esquecido.

2. Os sonhos que nos invadem

Ao fim de alguns dias os retirantes voltaram para suas terras. O mau cheiro passou. Na verdade, ninguém soube dizer ao certo se essas coisas de fato aconteceram ou se teriam sido um sonho[1]. Pelo sim pelo não, tomei nota de tudo.

Willie Boy nega que tenha sido sonho. Mas nesse assunto ele não é confiável, pois faz já algumas décadas a aversão aos desvios começou a voltar-se contra os sonhos. Willie passou a postular, dia após dia, que sonhos caíram de moda, são coisas de mau gosto. Depois foi mais longe e sustentou que sonhos não existem, nunca existiram. Difundiu a ideia de que os hologramas satisfazem nossa necessidade de fantasia, o que torna supérfluas excentricidades como o sonho ou os objetos criados pela arte e hoje felizmente sepultados. Quem sonha passou a esconder o fato até dos íntimos, pois corre o risco de ser denunciado.

Os antigos decifradores de sonhos acabaram esquecidos. Restaram uns poucos, mas quem quisesse falar de seus sonhos teria que procurar esses especialistas no submundo. São fatos sobre os quais preferimos não conversar, pois dizem que essas práticas têm uma relação íntima com a bruxaria. Mesmo com Augus9 evito falar a respeito dos sonhos eróticos que me inspira.

---

[1] Tenho a convicção de que não tenham sido um sonho, pois os abrigos para retirantes foram construídos e depois demolidos, por inúteis. Talvez tenha sido mesmo um sonho. (N.A.)

Mas como nossa memória é precária muitas pessoas passam a não distinguir seus sonhos dos fatos reais da vida, o que não raro gera confusões. Comigo mesmo isso aconteceu há tempos, perto dos Recolhimentos.

— Gostei do nosso encontro de ontem — digo a um engraxate que encontro na praça.

— Impossível. Não nos vemos há meses.

— Claro que sim. Estávamos eu, você e meu tio.

— Mas seu tio foi internado numa CCC.

— De modo algum. Ele está muito bem. Reeducado, me disseram. Você não lembra?

— Claro que não.

— Ele até mandou lembranças para minha tia. Me deram o recado. Disse que voltará logo.

— E sua mãe, o que disse?

— Não consegui encontrá-la.

— Claro, ela foi para o CCC com ele!

Nos despedimos. Ele acredita que eu perdi a razão. Eu penso que ele me confundiu com outra pessoa. Vez por outra cruzo com este velho conhecido. Ele nunca voltou a tocar no assunto, sempre que possível desvia o olhar e nunca mais se ofereceu para engraxar meus sapatos. Não sei se sente embaraço pela confusão feita ou se me acha um desmiolado ou se simplesmente esqueceu de mim.

São acontecimentos como esse que ajudam a viver, como costuma dizer Augus9.

3. As vidas de Lenira

Lenira tem muitas vidas. Começou ganhando o concurso Garota ShellBras, o que lhe rendeu um prêmio e nada mais. Desde que, graças a chips, operações e hormônios, homens se transformam em mulheres e vice-versa quando bem entendem, tornou-se fácil modelar o corpo, por isso tais certames adquiriram uma vida puramente vegetativa, já que poucas pessoas se dão ao trabalho de assisti-los.

Conseguiu depois emprego como enfermeira num CCC que, por acaso, era o mesmo em que Robert Campbell foi internado após realizar atos de sabotagem contra a União Universal. Exemplar quando na frente dos chefes, ela possuía enorme capacidade de boicotar discretamente os tratamentos, ensinando aos detentos, por exemplo, como não ingerir os remédios prescritos, sobretudo os limitadores de memória. Assim fez com Robert Campbell, cuja fuga acobertou. Mais tarde, ela própria sumiu de lá e juntou-se aos traficantes. Passou a distribuir um euforizante clandestino para os Inúteis que temiam entregar-se à morte por aspiração do gás Zyclon Z. Largou o tráfico ao descobrir que os remédios, quando deixavam de produzir o efeito, deprimiam os pacientes com tal violência que eles passavam a se injetar doses letais da droga.

Apesar disso,Lenira preservou contatos no submundo, e foi graças à sua influência que conseguimos as garrafas de ar odoroso que nos permitem tolerar a proximidade um tanto fétida com os mendigos.

Hoje ela se move com desenvoltura em meio aos pedaços de papel que Xabier larga por toda parte, ora espalhados pelo chão, formando uma espécie de mosaico, ora pregados na parede, ora secando sobre uma mesa. Explica, enquanto caminhamos nesse labirinto, que foram queimados no fogo de incontáveis incêndios, molhados em alguma chuvarada, ou ainda tornados ilegíveis por efeito do tempo ou deterioração, ou inutilizados pelos cupins. Havia ainda manuscritos indecifráveis, textos que rabiscos em sucessivas camadas haviam tornado inúteis ou quase, papeis esburacados por traças, sem falar das folhas que, ao serem tocadas, desfazem-se, viram uma poeira grossa, perdidas para sempre. Tudo resultava da desconfiança com que eram vistam as coisas escritas.

Ali, praticamente, se passa a existência de Xabier Durruti A3. As frustrações não o levam a desanimar. Esses velhos arquivos permaneceram fechados por anos e anos até que, como exigido pelos astronautas, em cada subterrâneo aberto uma parte desses documentos foi depositada e aberta à visitação. Esses papéis restantes hoje parecem formar uma pilha caótica de palavras e entrefrases cujo significado Xabier tenta ora adivinhar ora deduzir. Sobre esse quebra-cabeças ele se debruça horas a fio, infatigável, como se fosse possível dessas partes incongruentes encontrar a unidade, um conjunto, algo que, vindo de um outro tempo, quando as coisas ainda eram escritas, fizesse sentido agora.

De vez em quando ele leva as duas mãos à cabeça. Seus olhos reviram, como que impulsionados pelas ideias que correm velozes por sua mente. Pergunto a Lenira o que isso quer dizer. Ela responde pedindo silêncio com o indicador sobre os lábios, em seguida sussurra:

— Nunca faça barulho quando ele está pensando.

A função de Lenira como bibliotecária consiste em organizar o que for minimamente organizável naquela bagunça, aqueles retalhos de ideias, escritos, línguas que se amontoam e levar os fragmentos legíveis para Xabier, segundo a lista de assuntos, eras, mídias que ele lhe apresenta pela manhã. Ela explica o que faz e me oferece o lugar de assistente da biblioteca.

— E o assistente faz o quê?

— A mesma coisa nas horas em que eu descanso.

Normalmente ela trabalha nove horas por dia, o que é muito pouco para o ritmo de Xabier, que se dedica às decifrações por 16 ou 18 horas, todo dia. Só Robert o acompanha, mesmo assim é possível não raro encontrá-lo cochilando sobre uma mesa, sentado e com a cabeça entre os braços. Em caso de emergência, Xabier o chama e ele tenta encontrar algum texto que se perdeu na imensa barafunda da sala.

— Mas não é a mesma coisa de uma pessoa que conhece o acervo.

— E você consegue conhecer?

— Mais do que o Robert.

Segue-se um silêncio.

— Aceita o serviço? — ela diz por fim.

E por que não? Isso me livraria da turma da limpeza, que Quitéria dirige com mão de ferro. Ela é habitualmente simpática e sorridente, mas quando se trata da higiene do lugar, quem negligencia um pouco que seja o trabalho leva umas descomposturas humilhantes. Eu mesmo presenciei a bronca que deu em um grupo de vadios que se recusava a varrer o túnel de entrada. Ela ficou tão furiosa que, mesmo eles, famosos pela indolência, se espertaram no mesmo instante e deixaram o túnel brilhando.

Para resumir, recebi o convite para trabalhar na biblioteca com alívio e alegria. E ainda ajudaria a preservar Lenira da estafa e da dura disciplina imposta por Xabier. Sem falar que me ocuparia lidando com papéis, coisa que deixara de ver há uns três séculos, com a ilustre exceção dos meus cadernos. Poderia ter contato com ideias e figuras da minha juventude, o que seria ao menos reconfortante: é sentir que algumas identidades continuam a existir, apesar de todas as mudanças.

4. Terra e Liberdade

É silenciosa, embora dura, a rotina de achar fragmentos de texto em estado lamentável, secar o que está úmido, decifrar palavras danificadas, juntar pedaços legíveis e testar-lhes a coerência, por pouca que seja, tentar compreender as línguas mortas em que foram escritas, muitas delas desconhecidas para mim. Oito, nove horas por dia em silêncio, enquanto Xabier Durruti A3 espalha fragmentos pelo chão, move frases ou palavras como quem lida com um quebra-cabeça, ordena a Robert que desloque um trecho inteiro de cá para lá, até achar um lugar em que aquilo lhe parece fazer mais sentido.

Trabalho árduo, enfim, porém executado com calma, ao menos até o dia em que levei a Xabier um grupo de fragmentos que me pareceram tratar de um mesmo assunto. Ao deparar-se com eles, bateu na mesa com tal ímpeto que alguns volumes arquivados caíram no chão, assustando os mendigos que àquela altura dormiam entre os livros.

— Você encontrou a maravilha! — gritou, sem atentar para o meu estupor ou para o espanto dos mendigos.

E logo foi lendo o fragmento:

é uma fase real da emancipação e do renascimento humano, fase necessária à evolução histórica que se aproxima. O comunismo é a forma necessária e o princípio energético do futuro próximo. Mas o comunismo, como tal, não é o fim da evolução humana — é uma forma...

— O que é isso? — indago.

— Essa é a prova. Veja a palavra acima do fragmento.

Era quase ilegível.

— Mar... Começa assim...

— É Marx. Faz séculos que não encontro um texto assim. É Karl Marx.

— Aquele do marxismo?

— Sim. Ele mesmo. Precisava de textos dele para ler e estudar. Eu sempre discordei dos pontos de vista dos seus discípulos autoritários, mas nunca pude de lê-lo com calma. Os comunistas fizeram mal à nossa Resistência, mas não sei se a culpa era dele.

Por gosto ou falta de opção passei a integrar o pequeno grupo de insensatos que tentava formar um todo a partir de peças dispersas, incompletas, imprecisas, que íamos encontrando na biblioteca a partir das instruções de Xabier. Desde aquele dia, no entanto, Xabier aproximou-se de mim, passamos a ter encontros particulares, onde ele me falava das ideias libertárias:

— Bakunin, Kropotkine, Emma Goldman... Nunca ouviu falar?

Nunca.

— Proudhon, Malatesta, Buonaventura Durruti, herói da Guerra da Espanha?

Não mesmo.

Xabier começa, cheio de entusiasmo, a me ensinar princípios básicos de anarquismo. Eu não entendia bem o que dizia, mas captava de tempos em tempos a ideia geral que lançava.

Conquistar a liberdade.
Expropriar os burgueses, os senhores do mundo.
Terra e liberdade é o que queremos.
Esmagar os tiranos.
Conquistar a felicidade.

— E o que esse Marx tem a ver com isso?

— Ele é comunista como nós. Tem ensinamentos a transmitir.

Seus olhos brilhavam de entusiasmo. Nesses momentos pareciam um tanto metálicos e sua mente, julguei, abalada pelo excesso de estudos.

Tempos depois, Xabier chama a nós todos, sobe em um banquinho e anuncia não sem solenidade que começará a leitura de fragmentos fundamentais de Marx, descobertos e agora decifrados após meses de intensa e fatigante pesquisa.

E começa a leitura:

a acumu
pitalista supõe a existência da mais-valia
e est a da produção capi alista qu, por
ez, não se pode r al zar enquanto não se
ontram acumu das nas mãos dos pro
es-vendedores massas consideráveis de ca-
e de forças operárias. Todo este movimen
pa estar encerrado
círculo vicioso do qual não
sair sem admiti uma acumulação primitiva.
...
sob sua dependência,
por cujo contrato ele renunciou, sob
à propriedade sobre seu próprio
Porque ele nada mais possui senão sua
força física, o traba...
...
cionar aos indivíduo o gozo de um decente
e de condição não-servil e para manter o arado em mãos de
proprietários e não de mercená os.
O sistema de produção c pitalista precisava, ao contrário,
da condição servil das massas, sua transformação em
mercadoria e a conversão

...

em capital

...

...criação do proletariado sem
ão despedido pelos grandes senho
dais e cultivadores, vitima de repeti
lentas expropriações — era necessariam
ápida que sua absorção pelas
faturas nascentes. Por outro
mens, bruscamente arrancados de
tuais, não se p diam adaptar à discipl
surgindo entre eles, por conseguinte, uma
de mendigos, la rões e vaga...

...

seus proprietários com
briguem a vender tud
ou de outro, por bem ou pó
que abandonassem suas faz
estas pobres e simples pessoas,
esposas, órfãos, viúvas e m
seus ilhos e to seu haver; pouco
mas muitas cabe s, porque a agricu
nece ita de m itos braços.

...

Não basta tampouco que
pela força a vender-se volun
No desenvolvimento da pro
capitalista forma-se uma cl se cada
numer sa de traba
que
suportam as exi cias do r gime tão
espontane ente
a mudança das estações.

...

pois, o que há no fundo da
imitiva o cap tal, no fundo
ênese histórica, é a apropriação do
or imediato, é a dissol ão da propri
fundada sobre rabalho pessoal de seu
suidor.

Algumas dessas frases ou palavras até eu saberia completar. Mas esse trecho, sejamos francos, poderia levar a qualquer conclusão: um pandemônio de frases entrecortadas, de palavras esburacadas, de sílabas quase apagadas, soltas, com significados que mal se deixam entrever — isso é tudo que a obstinada busca nos papéis da biblioteca era capaz de produzir.

A mente privilegiada de Xabier, no entanto, conseguiu achar nesses fragmentos um todo e o levou à conclusão, seja por que raciocínio for, de que o novo tempo, ao contrário do que querem fazer crer, não havia gerado paz e segurança para todos.

— Deve existir, sim — diz ele, interrompendo meus pensamentos — deve existir um proletariado que precisa ser conquistado para os ideais transformadores. Só não sei quem são. O poder hoje existe por si próprio, não explora ninguém, apenas controla.

Algumas coisas, começa a explicar, é possível depreender daquele embrulho opaco de palavras:

— Em algum momento deu-se o surgimento de uma classe social, o proletariado, cuja sobrevivência dependia da venda do próprio trabalho ao patrão. O proletariado surgia de um deslocamento, aparentemente do campo para a cidade, da lavoura para a indústria. A nova e numerosa classe, tremendamente explorada, é que, podemos supor, será o suporte das transformações e revoltas do futuro.

— Para que serve tudo isso? — pergunto, — Não entendo nada. O que é proletariado?

— Cala a boca, burro! — me repreende Robert.

O olhar que Xabier nos lança é tão severo que o australiano prefere recolher-se. Eu também. Afinal, Xabier sabe o que diz — eis, no fundo, o dogma que nos guia. Quase sempre não o compreendemos, mas isso é porque não conseguimos acompanhar as associações que sua mente produz com rapidez alucinante.

Já mencionei o pouco que conheci ou me lembro do comunismo? Bem, foi sobre isso que Xabier começou a me interrogar. Mencionei Stalin e Lênin.

— O lema era Terra e Liberdade?

— Não! Esse é nosso, dos anarquistas. O deles era Paz, Terra e Pão. Nada de liberdade. E de Trotski, você lembra? — perguntou Xabier.

— Tem esse também — respondi meio evasivo. — Ele tinha alguma coisa a ver com tudo isso, mas não sei o quê.

Robert lembrou-se de uma divisa que o fascinou: "Ousar lutar, ousar vencer!". Seria comunista? Aliás, não sei bem por que, me ocorreu o acontecido na pequena ilha de Cuba, hoje patrocinada pelos cassinos MGM, onde uma revolução teve como divisa a frase "Patria o Muerte! Venceremos!".

— E o que isso quer dizer? — pergunta Quitéria, que passava por ali, pois para ela a palavra morte faz pouco sentido e pátria, nenhum.

Xabier não a escuta, quer mais e mais informações. Eu falo de Napoleão, de Hitler, de personagens distantes, vagas para mim, mas que não passam de ficções fantásticas para meus companheiros. A conversa termina por irritar mais a eles do que a mim:

— O que você diz é incompreensível — rebate a exasperada Quitéria.

— Não! É absurdo — corrige Robert Campbell.

— Você não entende, Robert? É óbvio. As revoltas de que participamos no passado foram vencidas, mas não as ideias. Estas estão vivas. Na minha cabeça, nesses fragmentos — intervém Xabier.

— Continua absurdo — insiste Robert.

— Pode ser incompreensível, mas não absurdo — prossegue Xabier. — Em todos os tempos as coisas mudam, há revoluções, transformações, reformas, guerras e paz, alegria, tristeza e miséria. Só uma coisa é constante. Os pobres, os fracos, sempre se fodem. Sangram para ganhar guerras, entronizar tiranos, liquidar inimigos. São movidos pela paixão e pela esperança, mas no fim sempre se fodem. Na Rússia, na França, na Alemanha,. Sempre… sempre… O que têm os pobres? Sua prole. Eles se reproduzem. Esse é o princípio da riqueza: o lucro. E o lucro é a diferença entre o valor pago pelo trabalho e o valor da mercadoria. É essa mais-valia a preciosa descoberta de Marx. Tantos pensaram em mundos perfeitos. Mas que mundo perfeito pode ser criado por chacais e entre chacais?

— Isso finalmente acabou — arrisquei.

— Você acha isso? É um idiota mesmo… — revolta-se Xabier.

— Sim, que besteira é essa? — ecoa Robert.

— Não sei — respondo, peço desculpas pela opinião que, quase sem querer, havia externado — Sempre dizem que o tempo da necessidade terminou.

Instala-se um silêncio constrangido. Xabier o rompe:

— Ele está certo, o idiota… Todos acham que isso acabou. Ninguém hoje pensa nos pobres desvalidos. Eles existem. Eles foram banidos. Eu só conheço as coisas pelo que posso ler nessa biblioteca e pelo que aprendi no passado. Mas qualquer desses trechos, que por vezes nem mesmo eu entendo direito, faz sentido, pois eles falam da necessidade de justiça, de razão. Desde que começou este mundo novo, todos comem muito, viajam muito, criam muitos cachorros, conformam-se muito. Mas vocês acham que são felizes? Não. Nosso dever é conquistar a felicidade.

— Como queriam anarquistas como nós — diz Robert, e parece que uma luz se acendeu em sua mente.

— Isso mesmo. Em algum lugar sempre existe uma multidão de explorados, de sacrificados para que exista o nosso belo mundo.

Ele faz um silêncio, como que para aguçar nossa expectativa.

— Eu sei quem são! São os clones — diz finalmente. — Eles não se reproduzem. São reproduções… São os excluídos! Eles existem para que os homens possam viver eternamente com suas partes e seu sangue. São os espoliados da Terra, alienados não só do trabalho como do próprio corpo. São a mais-valia feita corpo.

Xabier começa então a explicar o que é alienação, que, conforme decifrou em algum fragmento, consiste em uma pessoa produzir bens e depois se ver alijado desses bens, que se transformam em capital, em lucro, ou seja, em mais-valia.

Todos começamos a rir discretamente, acreditamos que ele fez uma pilhéria ou algo do tipo.

— Os clones são uns idiotas — berra Markko, que acabava de acordar.

— Não. Os clones é que vão dar seguimento à obra da Resistência! — Brada Xabier.

— Resistência? Que Resistência? Do que está falando? Será? Então a Resistência existiu? Ouvi falar disso, mas não lembro quando. — Markko parece transitar pelas palavras como num oceano em tormenta.

— Os clones é que vão limpar o mundo — retoma Xabier. — Eles é que vão purificá-lo. Pois são corpo reproduzido a fim de fornecer partes de si para os corpos originais. São alienados do próprio corpo. São aqueles que ainda têm o sentimento da morte!

Xabier conclui tão exaltado que parece estar fazendo um discurso em praça pública, como acontecia em tempos muito antigos.

Está disposto a sonhar, penso:

— Os Inúteis também… — sussurro de mim para mim, talvez sarcástico.

— Tem razão. Os Inúteis também. — ele grita.

Como ele escutou? Sabe ler lábios? Pode ouvir pensamentos? Não tenho coragem de perguntar.

— Quando vier a rebelião você tomará os Recolhimentos e comandará a Brigada dos Inúteis — atalhou.

Devo dizer que sempre admirei a capacidade de absorção, o poder de sua mente. Porém, tentar, a partir desses parcos fragmentos, desses restos de anarquismo adquiridos sabe-se lá quando… enfim, de lembranças esparsas, ralas, recompor eras, ideias que derivaram de milhares de páginas escritas e de práticas que os novos tempos tornaram obsoletas, me pareceu ir longe demais. E me atribuir o comando dos Inúteis, então…

Ele está, isso é claro, disposto a sonhar. Quer sonhar! E por que não? Pois eu não sonho com Augus9? Por que ele não poderia, de outra maneira e voltado a outro objeto, apaixonar-se pela própria busca e fazer de sua miragem um sonho real?

Xabier agora tem o olhar vago, fala com todos e com ninguém.

— Organizem-se de forma que não haja chefes nem parasitas entre vocês. Se não o fizerem, é inútil continuar avançando. Precisamos criar um mundo novo, diferente do que estamos destruindo.

— Vocês não sentem que algo muito importante vai acontecer? Não? — indaga e não espera por resposta:

— É preciso seguir nessa direção. Esses mosquitos, esses trastes, tudo isso é o futuro. São apenas o começo da praga que vai nos levar a uma nova existência. Não pensamos mais no futuro. Precisamos voltar a cultivá-lo. A nova peste derrubará os senhores da Terra, esses bilionários apostadores, esses parasitas que faturam bônus pelos próprios roubos que praticaram... Somos a vanguarda que conduzirá os clones, os Inúteis... Aos poucos os outros se darão conta de como são miseráveis suas existências. De como não passam de escravos. Então, a anarquia forte e gloriosa triunfará. E nosso trabalho será de educação: intelectual, moral e física. E no fim todos compreenderão que é preciso viver em liberdade e harmonia.

Animado com o discurso, o grupo topa entrar em ação. Ninguém está convencido das transformações que Xabier anuncia, nem muito menos do sucesso da empreitada, mas todos apreciam a ideia de combater o tédio, buscando a massa de revoltados do futuro.

— Os sacos de dinheiro do dr. Harpagon, que tanto faturou em dividendos nos últimos séculos, podem bem financiar a aventura — sugeriu Robert.

É verdade que nesse meio tempo Harpagon usou o chip para mudar de sexo, agora se chama dona Eufrosina, que é sovina que nem ele, claro. Eufrosina bem que esperneou, mas seus sacos de dinheiro já haviam sido confiscados.

Drukker, recém-integrado à vida no subterrâneo, entra de vez na história e topa ir também.

5. A Cidade dos Clones

Não existe lugar mais triste do que a Cidade dos Clones, um amontoado de casebres feitos com restos de coisas não raro apodrecidas que as pessoas abandonam. Os casebres se debruçam sobre ruelas fétidas, sem nenhum tipo de benefício, onde nem mesmo se recolhe o lixo. É nessa precariedade que vivem os clones, seres que nascem para fornecer peças de reposição aos humanos. Eu digo nascem, mas de suas certidões não consta data de nascimento. Para o registro oficial eles não nascem, surgem! Se alguém precisa de um novo coração, seu clone é levado por policiais e forçado a fornecê-lo. Em troca ganha um coração usado, em geral já gasto ou danificado. Sabe, desde aí, que sua existência, em si precária, está por um fio, porque ninguém gastará nada, nem um centavo além do orçamento, para evitar sua morte. Neste último caso, aliás, basta consultar as células-tronco do original e produzir nova cópia. Desde a extinção dos robomédicos, os replicantes que se ocupavam de seus corpos cheios de chagas, eles são cuidados por humanos enfermeiros que se limitam a lhes dar paliativos para as dores. Sobrevivem miseravelmente com as doações ínfimas que recebem de seus originais. Vivem sós porque não têm pais nem se reproduzem; ao longo do dia o mais que fazem é caminhar de um lado a outro pelas ruelas apertadas do gueto, que se enchem de lama quando chove e de poeira quando sai o sol.

Ninguém entra ali desacompanhado, sentenciou Lenira após descrever o lugar. Stengl, o chefe dos mendigos, agitou alguns contatos no submundo, mas quem resolveu mesmo o problema foi Lenira, que conhecia bem os becos onde se reúne a gente da pirataria, dos tempos em que andou envolvida com traficantes. Os traficantes fornecem drogas proibidas ou ainda em fase de testes, que ajudam a manter os clones estáveis por mais tempo, já que são sujeitos a convulsões durante as quais destroem tudo que há em volta, se ninguém impedir, e ainda dilaceram a si mesmos. O uso desses medicamentos tende, com o tempo, a causar ainda mais danos ao organismo já débil dos clones, porém o efeito inicial, aliviando as dores e trazendo-lhes alguma alegria, compensa o aumento substancial das tendências doentias de seus organismos. Desde então, ficam submetidos aos analgésicos dados pelos humanos enfermeiros, que por sinal os tratam com desprezo.

— Esse povo foi criado para servir — diz Xabier assim que cruzamos a fronteira da distante cidadela. — São os mais humildes dos humildes.

— São imprestáveis, retruca Marffen, um dos traficantes mais eficientes, no dizer de Lenira, e que agora nos acompanha. — Depois de algum tempo tornam-se irritadiços, sofrem daqueles ataques… Nem reclamo deles, são bons clientes, gastam todo o dinheiro que o governo lhes dá em pílulas e armas. Depois, ficam matando uns aos outros sem motivo. Que se matem! Apenas parecem humanos; não são humanos.

Ao ouvi-lo, seu ar meio fanático, lembro do rosto fugidio do sujeito que me roubou durante a Revolta dos Inúteis. Agora não usa terno, criou um bigode e tem um boné no lugar do chapéu panamá, mas percebo que, sim, é o mesmo rosto, é ele o pickpocket que levou meu moneychip. Tento advertir Lenira.

— Claro que é. Cala a boca! — ela retruca.

Todos escutam Marffen com atenção. Todos, digo, exceto Xabier, que move a cabeça sem parar em sinal negativo durante toda a arenga.

— Companheiro — diz por fim — você não entendeu nada. Você aqui é pago para servir de guia e ficar quieto.

Finda a irritação, passa o braço sobre o ombro de Marffen e lhe fala com delicadeza:

— Ao contrário do que você pensa, companheiro, eles são preciosos. São os mais tristes dos tristes, os mais explorados dos explorados. Não têm nem a força de trabalho para ser expropriada. Só o próprio corpo, que é roubado, violado, vendido, ultrajado e depois explorado por gente que nem você. Eles são os revolucionários de amanhã.

Olhamos para os poucos clones que passeavam por perto, o corpo ligeiramente curvado, o olhar vazio.

— Seu amigo é idiota ou o quê? –Marffen pergunta a Lenira, que lhe ordena silêncio com o dedo sobre os lábios.

Marffen insiste com Xabier, que agora caminha à frente de todos:

— Eu não sou companheiro nenhum, fulano. Aliás, nem o conheço.

Xabier dá de ombros. Marffen se volta a Lenira:

— O cara não entendeu nada. Esse lugar é perigoso. Os clones acabam metendo umas balas na gente e ele é que vai ser o responsável.

Xabier não leva em conta o que diz o traficante. Caminha lentamente até a pracinha principal, onde os clones costumam botar uns caixotes velhos para sentar, tomar sol e brincar com os gatos que vagabundeiam por ali. Tidos por excessivamente independentes, a convivência com esses animais é desestimulada pelo governo. Aqui, ao contrário, são bem-vindos, fazem amizade com os vira-latas que frequentam o bairro e caçam os ratos com eficiência.

Xabier acaricia uns dois ou três gatos que se enrolam nas suas pernas; depois sobe no banquinho que havíamos trazido. Lenira o prevenira do tremendo risco de pedir um dos caixotes deles emprestado: não só poderiam sentir-se ofendidos e nos atacar, como esses caixotes tinham o mau hábito de se despedaçar quase sempre que alguém se apoiava sobre eles.

— Clones. Camaradas. Amigos… — começa.

Alguns dos que passeiam voltam-se, atraídos menos pelo chamado do que por ver um banco que se sustentava por tanto tempo com alguém em cima.

— Não é justo nem humano que continuem sendo supliciados como são. Embrutecidos como são. Explorados como são por geneticistas, trilionários, pelas elites detentoras do poder dos algoritmos. Até o mais irrelevante dos humanos tem uma cópia. São vocês as cópias. Ora, é chegada a hora de levantar-se contra a opressão e de conquistar a felicidade. Somos todos fraternos, somos iguais. E nós, que somos anarquistas, somos igualitários. Viemos propor a greve geral dos humilhados e ofendidos e preparar a insurreição contra os senhores da Terra! Clones não têm nada a perder e tudo a ganhar.

Os clones continuam seu passeio, indiferentes ao inflamado discurso. É como se nem tivessem ouvido: achavam que aquilo fosse uma distribuição de alimentos ou remédios. Em vez disso aparece um fulano falando coisas que nada significam.

— Para tanto é preciso que se organizem. Formem brigadas de higiene, para começar. Brigadas por melhores construções. Exijam uma vida mais digna e livre.

A maioria começa a se afastar.

Alguns põem seus banquinhos debaixo do braço e vão embora. Só uns quatro ou cinco se aproximam, talvez por simples falta do que fazer.

— A história está conosco. O futuro pertence aos miseráveis da Terra.

Mesmo os mais resilientes começam a ir embora, queixando-se da ocupação de sua praça. Xabier desce do banco desanimado, sem reparar no clone que continua ali, parado, bem na frente do orador.

— Não adianta. As palavras aqui não valem mais nada. Não ensinam nada — Xabier comenta, desanimado.

O clone de corpo franzino, ligeiramente arqueado, permanece parado. Olha sempre para o chão.

— Recolham nossos trastes, Xabier ordena enquanto desce do banquinho, sem atentar ao remanescente.

Aquele clone incômodo, inerte, ali sempre, chama no entanto a atenção de Robert.

— Você ouviu o que ele disse? — pergunta.

O clone agita a cabeça em sinal positivo.

— Você concorda com esse imbecil? — agora é Marffen que se mete na conversa.

O clone faz novo sinal positivo.

— Pode ser um início — Xabier se anima escutando a conversa. Aproxima-se do clone como se quisesse interrogá-lo.

Muito devagar, o clone ergue o rosto.

E o que se vê então é aterrador: aquilo é a própria imagem de Xabier — mais velho, mais magro, mais fraco. Um dos braços pende, inútil, enquanto sob o outro carrega um pequeno pacote. O basco olha-o com horror, como se fosse sua imagem, seu espelho, seu gêmeo. Era ele sem ser. Quer abraçá-lo, mas contém-se: talvez o clone não resistisse a um abraço. Quer dizer-lhe algo, mas não pode. E, mais que tudo, quer nunca ter sentido esse pavor que nem nas batalhas mais ferozes sentira. De repente, vira-se, dá as costas ao clone e começa a andar. Há pavor em seu rosto.

— Vamos! — ordena — Não há mais o que fazer por aqui. Alguma coisa está faltando.

— Fracassamos — constata Lenira.

— Não importa. Não desisto. Tente outra vez. Fracasse outra vez. Fracasse melhor. — recita Xabier enfático, olhos esbugalhados. — Uma vez li isso. Era Uma frase inteira, perfeita, sábia. Ah, as palavras servem para alguma coisa. Talvez...

Já estávamos preparando a retirada, quando a voz do clone se faz ouvir, fraca:

— Ele estava certo. Os outros é que estavam errados. Posadas estava certo. Eles é que estavam errados. Eu estava certo.

Fala, repete, anda em círculos. Começamos a nos afastar lentamente. Ele agora nos segue.

— Toma isso, diz. — Toma isso. — e estende um maço de papeis amarrotados a um e outro sem que ninguém lhe dê atenção. Mas tanto fez, tanto insistiu, tanto capengou atrás do grupo que, finalmente, Quitéria decidiu pegar o macinho de papeis:.

— O que são essas coisas que você quer dar? — pergunta Quitéria, ainda assombrada.

— Um dia alguém enfiou esses livrinhos debaixo do meu braço e sumiu. Disse que meu nome a partir de então seria Posadas IV. Talvez não fosse um clone. Talvez fosse um ser vivo por inteiro, como vocês.

Faz uma pausa para tomar fôlego:

— Ele disse uma coisa só: "Por que quem produz os seres vivos os produz mortais"?

— Deve ter sido uma mensagem para os clones, que são tão frágeis, tão mortais — diz Robert, que logo pega o maço de papeis das mãos de Quitéria e repassa a Xabier.

— Eu li esses livrinhos muitas vezes — diz Posadas IV — mas ninguém mais se interessa por ele.

Xabier, noto, está pálido, suado, talvez doente.

— Tudo bem? — pergunto.

Xabier tira os papéis das mãos de Quitéria e abraça Librocxz-7 ou Telepat-1 ou Posadas IV com tal intensidade que o braço direito do clone solta-se do corpo e por um instante fica preso na mão de Xabier. Com a ajuda de Marffen, Robert livra-se do braço inútil e o atira longe. Xabier manda Marffen recolher o braço com um olhar tão gélido que o traficante achou melhor obedecer na hora.

— Leve ele com a gente — diz a Robert.

— O quê? Esse traste?

— Você consegue dar um jeito nele. Tenho certeza.

— Nisso aí? Não sou médico de clones.

— Leva ele e não me aborrece! — Xabier encerra a discussão irritado.

Partimos em silêncio. Ainda era possível ver os clones, que se arriscaram a sair das casinholas enquanto nos afastávamos. Agitavam os braços como se nos culpassem pelo braço arrancado de seu semelhante.

— Clone idiota! — queixa-se Quitéria.

— Não é clone — disse Xabier. Foi a primeira e também a última frase que pronunciou em todo o caminho de volta.

Eu cochicho para Lenira:

— Como é que a gente dá atenção a esse Marffen? O cara é um filho da puta. Batedor de carteira vagabundo.! Me roubou 12 Césares.

Ela quase explode de rir.

— Sério? Só 12 Césares? Se der mole esse cara te arranca as calças.

Não falei mais nada no caminho de volta.

6. O trotskista

Xabier agora consome o tempo na decifração dos livretos. Tenta desvendar quem seria afinal esse Posadas IV, o estranho clone a quem algo ou alguém deu a missão de repassar aqueles papéis. Em parte esses livrinhos diferem do material que costumo encontrar na biblioteca. Estão inteiros, embora rotos, com páginas ilegíveis devido ao manuseio excessivo e à insalubridade da Cidade dos Clones. Ainda assim, Xabier parece feliz por ter livros completos, ou quase isso, em vez dos restos imprestáveis com que costuma lidar na biblioteca.

De tempos em tempos para e pergunta:

— E quem será J. Posadas, o primeiro, o que escreveu essas coisas? — às vezes até grita no quarto que divide com Robert, pois é para lá que carrega os livrinhos depois que encerra o expediente.

Nunca antes deteve-se tão a fundo, tão obsessivamente, tão agonicamente mesmo, em algum documento, desde que revirava a biblioteca — ao menos desde que eu estava por lá. Aliás, nunca existiu nem sombra de um documento de verdade, desses inteiros, na nossa biblioteca. Agora ele não corre mais os olhos entre os vários restos com que tentava armar seu quebra-cabeça: a concentração no que lê é absoluta. Ninguém ousa interrompê-lo, nada. No fim do dia recosta por alguns minutos… a cabeça solta para trás… olhos fechados, como quem procura relaxar após um grande esforço.

Certa noite observo o momento em que abre os olhos. Contra a luz da sala, aquele brilho metálico de repente se acentua. Inconfundível! Vou até Lenira.

— Ele é um replicante.

— O quê?

— Um replicante.

— Quem?

— Xabier é um replicante… Sempre desconfiei.

— Você está maluco! Aquilo é de alguma operação na vista.

Suprimo os desagradáveis interrogatórios, as horas de dúvida e aflição, as ameaças e até as bofetadas que recebi por ter tocado no assunto. O fato é que mantenho minha convicção: talvez outros concordem comigo, mas não ousam dizer nada. A condição de Xabier é um tabu aqui no subterrâneo.

Mais tarde, na biblioteca, o próprio Xabier me confidenciou que era de fato um replicante da primeira geração A, aquela de que alguns exemplares conseguiram escapar durante a perseguição por não serem ligados ao circuito central. Ele até elogiou minha percepção, mas não vejo nisso nenhuma vantagem, já que nasci no tempo em que replicantes eram uma novidade, e esses da primeira geração portavam pequenos traços distintivos, entre eles esse olhar que, conforme a incidência da luz, se afasta por um momento do padrão humano.

Xabier revelou-me então, outras coisas que me obrigam a remontar certos fatos, desde a chegada de Xabier ao continente, e a mudar toda a história que regularmente ouvi e anotei. Ele não foi propriamente um herói de guerra. Como possui a incrível força dos replicantes coreanos de primeira geração, de início foi usado pelos generais da União como carregador de armas e mortos pelos campos onde os resistentes ainda persistiam.

Após a debandada final da Resistência, já em 2186, enfiou-se disfarçado de grumete em um navio de carga que saía de Bilbao-Viscaya. Ao chegarem, se fez passar por estivador e recolheu sacos e mais sacos de material reciclável destinado às usinas de ar. Durante o trabalho fez amizade com um ex-rebelde de nome Borisenko.

Como Borisenko já havia sido anistiado quando chegou por aqui, pôde acobertar o amigo androide na época em que a justiça procurava autômatos foragidos da ex-Espanha. Por algum tempo tomou-o como seu replicante pessoal, deu-lhe o nome de Xabier Durruti e programou sua memória com a doutrina anarquista e a crença de que seria um descendente distante de Buonaventura Durriti, o célebre anarquista da Guerra da Espanha.

Logo, porém, Borisenko foi convocado para o serviço oficial, pois o novo poder seguia a velha lei de aproveitar bem aproveitados os antigos inimigos que lhes pudessem prestar serviços relevantes. Borisenko mudou-se para Houstonville.

Xabier ainda trocou de nome inúmeras vezes para dificultar a identificação: foi Sebastian Igaah, Yakiino, Ferenc Keine, e, com sua capacidade de morphing, disfarçou-se de diversos animais. Dada a falta de manutenção, no entanto, foi enfraquecendo, definhando, as peças esgotadas, até encontrar por acaso um velho conhecido dos campos de batalha: Robert Campbell justamente. Travaram amizade. Xabier começou então a doutrinar Robert dentro dos princípios anarquistas em que fora programado por Borisenko.

Para resumir, toda a história que contavam de um ter salvado o outro e vice-versa durante batalhas tormentosas era, pelo que entendi, balela inventada. para que tivessem uma história heroica e simples de contar. Quanto a Robert, era um simples humano, e é até possível que Xabier, sendo replicante, lhe tenha salvado a vida durante os combates.

A única coisa certa em tudo isso é que Robert era efetivamente um engenheiro eletrônico de talento, e passou ocupar-se de sua manutenção. Tempos depois, já no subterrâneo, Campbell reciclou-o com dedicação a partir das peças dos outros replicantes da primeira geração A que se haviam refugiado nos túneis mais fundos do subsolo, durante a grande perseguição à sua espécie, de que me ocupei na primeira parte deste relato, e depois desativados por falta de manutenção.

Esse subsolo profundo era chamado de Quilombo pelos mendigos.

Esta é ao menos a história que Xabier me autorizou anotar em meus cadernos. Ou é, pelo menos, a história que entendi e de que me lembro. Modifica tudo que eu havia sido levado a crer até então e nada garante que seja a última, nem garante que seja tão falsa quanto a versão anterior. Mas precisamos acreditar em alguma coisa nesse mundo.

7. Conspiração

— Diga a Xabier que Borisenko está aqui.

Borisenko é o tipo corpulento que entra no subterrâneo com uma bata branca que lhe cobre o corpo inteiro.

— E quem disse que existe aqui algum Xabier? — pergunta Quitéria, que estava perto da entrada, vigiando o trabalho dos mendigos.

O homem vai entrando sem pedir licença.

— Diga a ele que Borisenko quer vê-lo.

Drukker treme ao vê-lo entrar em nossa toca. Pensa que é um agente do CCC infiltrado. Um espião. O homem acompanha nossos movimentos desconfiados como se fossem apenas uma saudável distração. Lenira desce à biblioteca, onde Robert não permite que ela entre.

— Ele está estudando os livros de Posadas — responde, já fechando a porta.

Ao ouvir a resposta, Borisenko não espera mais explicações e começa a apresentar um resumo da vida de J. Posadas, o original, coisa que Xabier sempre julgou indispensável para entender o material que tenta decifrar.

Nascido na então Argentina, foi sindicalista e militante da corrente trotskista que surgiu com o nome de Quarta Internacional ao longo do século 20. Essa corrente era formada por partidários de Trotski, líder exilado da União Soviética depois que Stalin tomou o poder. Isso no remotíssimo século 20. A ideia era combater o stalinismo e reencontrar as ideias da revolução permanente pregada por Trotski. Depois de infindáveis discordâncias e inúmeras cisões no interior desse grupo em si já minoritário, Posadas acabou por criar sua própria Quarta Internacional.

Essas observações são interrompidas não raro por risos e frases de desprezo, pois a verdade é que ninguém aqui consegue entender patavina do que seja Trotski, trotskismo, Lênin, Stalin ou comunismo.

— J. Posadas foi tido por muitos como temerário. Cultivou o dom, se assim posso dizer, de despertar o sarcasmo de seus contemporâneos rebeldes e a fidelidade incondicional de seus seguidores. Era considerado pelos rivais um líder cheio de ideias exóticas, muitas vezes risíveis. Certa vez recomendou aos chineses que detonassem bombas nucleares a fim de desencadear uma guerra, ao fim da qual fatalmente os proletários sairiam vencedores. Não se sabe o porquê dessa convicção, mas parece que o fator surpresa derrotaria os inimigos capitalistas.

— Sua Quarta Internacional foi derrotada em muitas lutas — segue Borisenko — mas não se pode dizer que outras correntes, trotskistas ou não, tenham sido mais felizes em seu intento.

— Não entendo. Já que todos os revolucionários foram derrotados, se nenhuma linha justa era de fato justa, de onde vinha tal sarcasmo? — pergunta Lenira.

Borisenko leva a mão ao queixo:

— Não pensem que eu sei tudo. Não sei.

E toca em frente:

— Posadas foi perseguido pela ditadura que tomou o poder na ex-
-Argentina em 1976 e refugiou-se na ex-Itália. Deixou seguidores. Eram poucos, porém dedicados e convictos das ideias de seu líder. Morreu no exílio, em 1981. Tinha 69 anos de idade.

Todos se espantam.

— Então morreu pré-adolescente — diz Quitéria.

— Não. Naquele tempo isso já era velhice.

— Incrível — espanta-se Lenira.

Alguns não conseguem conter o riso: esses tempos passados parecem mesmo muito estranhos...

— Graças a esses seguidores, seus escritos foram reeditados várias vezes e em várias línguas — naquele tempo havia várias línguas, frisa. — E uma cópia desses escritos, ou de parte deles, foi conservada por algum ou alguns desses fiéis, não se sabe por que, até por volta de 2092, quando começa a última Guerra das Nações.

Nessa altura Drukker me puxa pela camisa e diz em voz baixa:

— Você já reparou como esse cara parece com Gagarin33?"

Olho com atenção; volto a olhar. Sim, agora noto, pasmo, a incrível semelhança. O mesmo rosto, a mesma expressão, só que sem a barba e com o cabeço cortado: ou é Gagarin33 ou um perfeito sósia do herói-astronauta. Pensei que num caso desses é preciso agir. Desço correndo à biblioteca outra vez e já vou avisando Robert de que o visitante é Borisenko, velho amigo de Xabier, e que Xabier não o perdoaria se não o avisasse da novidade agora mesmo.

Quando voltei, Borisenko contava como, antes de morrer, os livretos de Posadas foram passando de fiel em fiel, como se fossem um tesouro. Com o tempo, muitos se perderam, porém uma parte deles chegou a um replicante, a quem o posadista, em seu leito de morte (ainda se morria na época) repassara os papeis. Um fiel batizou o replicante com o nome de Posadas II. Os tormentos da perseguição aos autômatos pensantes o forçaram tempos depois a entregar os papéis a um humano que aceitou ser chamado de Posadas III. Esse terceiro Posadas prometeu-lhe guardar os escritos, mas, com medo da vigilância do governo, tratou se repassá-los àquele ser debilitado com que topamos na Cidade dos Clones e que então tornou-se J. Posadas IV.

Após o relato todos ficam em silêncio. O que mais impressiona a todos é mesmo a idade com que o Posadas original morreu: 69 anos.

— Na minha avaliação, retomou Borisenko, os escritos permaneceram intactos em boa parte graças ao sectarismo de seus seguidores, que guardaram exemplares de suas obras como preciosidades a serem legadas às gerações futuras e em parte porque ninguém, tanto nos governos pré-históricos como no regime atual, entendeu que tivessem alguma importância ou utilidade.

— Estavam enganados! — gritou Xabier, que acabava de chegar da biblioteca.

Os dois homens se reconhecem de imediato e abraçam-se. Robert mantém-se à distância, um tanto desconfiado.

— Ele é Gagarin33, o astronauta — responde Xabier. — Chamava-se Borisenko quando nos conhecemos, me ensinou a ser quem eu sou. Depois acabou virando astronauta. Não reconhecem?

— Para mim parece espião — comenta Robert, que parece enciumado.

Com efeito, sem a barba e com os cabelos curtos, era preciso olhar o homem com atenção para reconhecer o famoso astronauta. Xabier oferece-lhe uma cadeira. Gagarin33 conta novamente a história de J. Posadas. No fim, acrescenta:

— Mais do que um líder subversivo, Posadas foi um profeta, e profetas por vezes acertam, por vezes erram. Mas parece que há coisas importantes nos livretos que você encontrou.

— E como você soube deles? — Xabier pergunta, desconfiado.

— Bem, a Nasa tem informantes muito bons.

— O que você veio fazer aqui, afinal? — pergunta Xabier.

— Confie em mim, por favor. Eu conheço teu maior segredo há séculos e nunca o revelei a ninguém.

Xabier, estranhamente aturdido, aponta com o dedo para Lenira, Robert e Quitéria. Depois para mim. Nos manda descer à biblioteca junto com ele e Gagarin33. Drukker e os mendigos ficam lá em cima, resmungando. Na biblioteca, ele retoma a questão dos livretos.

— Existem ali palavras misteriosas. Ele fala de coisas e pessoas que deixamos para trás desde a União Universal, como Beethoven, música, pintura… Mas para mim essas palavras não significam nada, prossegue Xabier. — Não encontrei nada, não sei nada sobre gente como Van Gogh ou Asclépio, a que ele se refere em alguns textos.

— Existe ali, porém, um princípio vital importantíssimo para nossa era, onde todos têm saúde, onde todos os confrontos já foram resolvidos. Ou pelo menos parece que foram.

Gagarin retoma:

— Para Posadas, seguidor de Asclépio, deus grego da medicina,, as dores do momento devem ser curadas com a beleza, seja da música, da pintura ou da medicina. Pelo que entendi tudo isso supõe muitos sons e combinações de cores que hoje ignoramos. Van Gogh usava cores para fazer figuras, homens, paisagens.

— É muito estranho, muito primitivo, comenta Lenira. — Por que usar pincel e tinta para criar imagens?

— De acordo com Posadas, prossegue Gagarin, as adversidades precisam de alegria e vida para serem superadas. Ele acreditava que o destino humano era o socialismo, a que se chegaria pela revolução. Sobrou pouca coisa de socialismo, marxismo, anarquismo. Temos que aproveitar o essencial do que diz: que os deserdados e perseguidos é que farão as transformações no mundo.

— Então ele é mesmo a peça que faltava! — cortou Xabier –Temos que voltar aos clones. Temos de resgatar Posadas IV, que é um replicante de primeira geração da Hyundai.

— Sim. O essencial do anarquismo eu transmiti a Xabier Durruti A3, diz Gagarin, quase eufórico — Já esse Posadas IV foi programado numa corrente autoritária. Mas o que ele diz é importante.

Um silêncio desagradável toma a sala de repente. Ninguém mais o escutava desde que disse "A3". Gagarin designou Xabier como Xabier Durruti A3!!!. Ou seja, um replicante! Um daqueles de primeira geração fabricado pela Hyuindai. Eram chamados A3 e conseguiram escapar à perseguição porque não eram ligados ao controle central. Posadas IV era da mesma geração, mas de outra marca, por isso era chamado Librocxz -7..

Então Xabier tomou a palavra:

— Bem, é melhor que vocês saibam logo o que até aqui apenas Robert e ele (e apontou para mim) sabiam...

Lenira me olha com admiração, como se dissesse: "no fim das contas, você estava certo". Robert parece perdido. Por isso eles iam dormir no mesmo quarto: era o momento em que Robert fazia a manutenção de Xabier, o replicante Xabier!

— É preciso estudar o que Posadas diz, insiste Gagarin, que parece não se preocupar muito com esse mistério.

— Mesmo que seja para discordar — emenda Xabier.

Mas nessa altura já ninguém os escutava.

8. Ruínas

Tudo nos escritos de Posadas é enigmático. O que é a música? Ninguém mais sabe. Conhecemos a mussika, como se denominam esses sons desconjuntados que ouvimos na Tela e em cuja existência o CEO até consente, alegando que é preciso distrair as pessoas. Mas é de outra coisa que falam esses textos. Como entoar Beethoven e "As Ruínas de Atenas", se ninguém mais sabe o que é isso? Como evocar Van Gogh, se tudo que conhecemos de pintura vem dos painéis de cor única pintados nas usinas, sem qualquer relação com as descrições de Posadas sobre os quadros de Van Gogh?

Como interpretar frases arruinadas por supressões e truncamentos? E dou apenas um exemplo do que vi:

As figuras dos quadros de Van Gogh, as árvores, os movimentos das árvores, o efeito do movimento do vento, da luz, do sol, foram feitos (...) se propor, desenvolve uma unidade entre (...) o enorme sentimento de amor humano, que levou a fazer tudo isso. Nenhum (…) Tomam Van Gogh como louco.

Mesmo os traços fortes que aparecem em algumas árvores, as figuras que são formadas nos ramos pelo vento, não (…) pressão tétrica, são apenas movimentos de tristeza. A impressão que dá (…) Van Gogh utiliza e combina constantemente o amarelo, (…) claridade, mas deixa a impressão de que a vida é triste. No entanto, não transmite (…) para as pessoas (…) o autor comunica a tristeza porque ela está presente em sua vida, porém (…) em seu quadro, (…) toda a combinação de cores mesmo aparecendo certa tristeza, expressa (…) que impulsiona (…) otimista de ver e amar a natureza.

Gastamos horas para decifrar esse texto em tão melhor estado que aqueles fragmentos de Marx, admita-se. Conclusão: nem Xabier, com sua prodigiosa mente eletrônica, é capaz de decifrar isso. Posadas IV, apenas Posadas IV, pode restituir o sentido completo dessas palavras.

9. O animal que iuva para a Lua

Toda esta agitação me faz bem. Nunca disse nada a ninguém antes, mas aceitei o novo mundo com paciência e sem entusiasmo; apenas me resignei diante de tanta perfeição. As perfeições amedrontam e desanimam, assim como a felicidade eterna que nos propõe Willie Boy. Já essa faina de buscar restos escritos no amontoado da biblioteca, partilhar visitas como a de Gagarin33 me fazem bem; escutar novas versões de antigos acontecimentos, as ideias malucas que se desenvolvem em torno de J. Posadas me mobilizam, possuem um quê sedutor. As excursões à Cidade dos Clones, as pregações talvez insanas de Xabier, tudo isso me faz bem.

Passei a escrever com mais constância. Xabier revisa minhas anotações de tempos em tempos. Gosta de ler frases inteiras, parágrafos sem interrupção. Diz que isso é música — não a mussika que ouvimos normalmente.

Gagarin tornou-se figura tutelar. É dele que recebemos informações sobre as condições precárias do planeta, que fazem os astronautas procurar qualquer lugar no universo para onde se possa transferir a humanidade. Os túneis não foram um capricho de gente maluca, sua exigência veio de outra constatação:

— Do espaço é fácil ver que por trás das imagens projetadas não há nada, só um mundo apodrecido. Não há sol, nem ar, nem nuvens que formam chuva. Nada. É o reverso do nosso mundo: sujo, fétido, cheio de pestilências que um dia ou outro cairão sobre nós. Por isso mandamos construir os subterrâneos com um material que resiste a qualquer deformidade, a qualquer infiltração doentia. Os túneis originais, quero dizer. Os outros, como esse aqui, são uma farsa. Ao primeiro tranco se esfacelam. Já estão corroídos. E o troco da natureza será pesado.

Esse tipo de observação dividiu o nosso grupo, admito. Pelas costas, alguns de nós o consideramos um exagerado, enquanto outros advertem que o enigma do suicídio de Ximena pode estar ligado a esse tipo de fenômeno que estaria por vir. As discussões terminaram depois que Librocx-7, aliás Posadas IV, reapareceu, devidamente recuperado por Robert, graças a sua habilidade para encontrar peças de reposição velhas no Quilombo — com a preciosa ajuda, diga-se, de Markko, o único mendigo a frequentar esses lugares.

— Está nos eixos — saudou Gagarin33.

— Meio nos eixos — Robert corrige, lembrando que implantou um braço diferente daquele arrancado em nossa primeira visita aos clones. — Mas quebra o galho.

A memória, ao menos, agora funciona muito bem, o que lhe permite reconstituir à perfeição os textos que leu e releu exaustivamente ao longo de ninguém sabe quantos anos. Assim, aquele trecho esfacelado sobre Van Gogh ganhou novo sentido, quando ele o declamou.

As figuras dos quadros de Van Gogh, as árvores, os movimentos das árvores, o efeito do movimento do vento, da luz do sol, foram feitos com imenso amor. Tudo é feito com muito carinho à humanidade, à terra, a natureza. E ele desenvolve uma unidade entre estes elementos. Foi o enorme sentimento de amor humano, que o levou a fazer tudo isso. Nenhum dos críticos analisa assim. Tomam Van Gogh como louco.

Mesmo os traços fortes que aparecem em algumas árvores, as figuras que são formadas nos ramos pelo vento, não são movimentos que dão impressão tétrica, são apenas movimentos de tristeza. A impressão que dá, principalmente quando Van Gogh utiliza e combina constantemente o amarelo, é que deseja transmitir claridade mas deixa a impressão de que a vida é triste. No entanto, não transmite tristeza para as pessoas, as eleva com o conjunto do quadro. Isto é, o autor comunica a tristeza porque ela está presente em sua vida, porém é o amor humano o que sobressai em seu quadro, por cima do aspecto triste dos movimentos e combinações de cores. E toda a combinação de cores mesmo aparentando certa tristeza, expressa alegria, clareza; e ainda que não seja a alegria que impulsiona a agir, é a alegria que impulsiona a agir, é a alegria otimista de ver e amar a natureza.

Agora o texto foi reconstituído inteiro, sem falhas. Resta decifrá-lo, pois as discussões que tivéramos sobre esse fragmento já não são de nenhuma valia. As árvores, por exemplo, sabemos o que são. Também o vento, o sol, não nos são estranhos. A natureza conhecemos porque os hologramas a imitam. Mas o que é ver e amar? E imenso amor? Amor humano que salta das cores... Tristeza, sim, todos sabem o que é. É o que vemos no rosto dos clones. Mas amor? Bem, eu sei, fiquei corado, lembro do passado, disse, é quando uma pessoa se apega a outra, quer ficar perto, tocar, encostar, quer que tudo seja bonito e bom para o outro...

— Quem sabe melhor é a Augus9, a garota da farmácia. Ela foi criada a partir das personagens dos séculos XIX e XX, da era romântica...

Ah, é? Quem disse? Como você sabe? As perguntas começaram a cair em cima de mim com perguntas e risinhos sarcásticos.

Depois disso vieram aquelas perguntas incômodas, sem falar das insinuações sobre eu estar apaixonado por um holograma, o que neguei com essa ênfase excessiva que só costuma dar aos outros a certeza de que, sim, as insinuações estão certas.

— Deixem ele paz: o homem está vivendo um romance profundo — um mendigo berrou, sarcástico. Outros riram.

Uma banana pra vocês! Não sabem de nada! — grito.

Foi numa das visitas à farmácia que descobri isso. O dia estava tranquilo. Augus9 e eu começamos a imitar cenas de velhos filmes, muito velhos mesmo. Ela sabia os diálogos de cor, refazia os movimentos da atriz, me ensinava, tudo. Era de fato apaixonante. Nesse dia percebi que seus gestos, suas falas, todas vinham de romances, ou filmes, ou peças de teatro. Coisas que não existiam mais. Mas se não existiam como é que ela os incorporara? É evidente: eram as lâminas que Lina Buchenwald conhecia e controlava. Ela criara seus hologramas a partir de textos, textos e imagens secretos que roubara das preciosas lâminas do pré-guerras do dr. Palúmbrio e que hoje lhe davam tanto poder, pois eram coisa que mais ninguém podia conhecer.

Xabier e Gagarin pouco se lixam para minhas histórias. Querem seguir em frente. Um dos trechos que pediram a Posadas para declamar traz analogias com a sensibilidade contemporânea e eles decidiram que seria boa matéria de decifração:

A literatura e os estudiosos tomam o exemplo do animal que uiva para a lua, mas não dizem que relação existe aí. Dizem que é porque ele tem medo, mas não é verdade. Tem que haver relações ancestrais entra a Lua e os animais que influenciam o organismo e o animal responde com tal voz. É um chamado, um canto, um diálogo que o animal faz com a lua.

Tive um cão que se chamava Canale. Era muito inteligente e muito bravo também. Tocávamos Beethoven muitas vezes; mas a primeira vez que tocávamos ele chorava. Era preciso acariciar-lhe, falar com ele, fazendo carinho até que ficasse quieto.

A música é uma criação do ser humano, da sociedade humana; não é som nem ruído, é música. Quanto mais elevada é a música, maior e mais desenvolvida é a inteligência da música. Nos concertos de Beethoven, nas sinfonias, há partes que são conversas com a vida e a natureza. Dão a impressão de que não é Beethoven que toca e cria, mas que vai caminhando, vai movendo as mãos e vai imprimindo as notas.

Beethoven surge depois da revolução francesa e de todo um processo revolucionário. E se apoia sobre a preparação harmônica dos músicos anteriores, Bach e Mozart.

Posadas desembestou a declamar o texto e só parou quando o 33 lhe ordenou que silenciasse. A palavra essencial que papagaiou é, com certeza, Canale. Todos ali sabiam muito bem o que é um cão, o que é acariciá-lo, suas reações: o choro e o uivo de um cão. As reações de Canale, no entanto, são enigmáticas.

— Nossos cães não latem para a Lua, espantou-se Lenira.

Sim, com efeito, respondeu Gagarin33:

— Nossa Lua é um cenário. A verdadeira Lua não se vê daqui, fica atrás das nuvens sujas. Atrás delas, bem mais distante, fica a Lua. Eu passei perto dela.

— Vai ver foi por isso que os cães se revoltaram — completou o cego Markko. — Porque têm de latir a uma Lua que não é Lua.

— Entre outras coisas… — atalhou Stengl, o chefe dos mendigos, que passava por lá.

Hoje em todo caso ganhamos algumas certezas, mas são certezas inúteis. Aonde nos levam? A nada. Não se pode contar com Posadas IV. Alguns de seus circuitos estão irremediavelmente danificados, de maneira que o raciocínio continua precário e a debilidade especulativa parece insuperável. Ele ainda capenga — menos do que antes, mas capenga — tem a fala pastosa, movimentos lentos. Mesmo assim consegue cantarolar um pouco, o que esclarece o que era música no passado, pois o antigo dono programou nele uns tantos acordes. Quanto a Van Gogh, nada. Ficamos com as minhas lembranças, muito vagas, pois seria preciso ter ao menos um desenho, coisa que ninguém encontrou até hoje na biblioteca.

— Fale mais da música, Robert conclama.

Posadas IV começa a declamar então outras partes:

A alegria transbordante da música de Beethoven é a alegria com a natureza. A alegria imensa das relações humanas e das organizações do sentimento humano, fora de todas as formas de propriedade. Beethoven sentia as relações humanas assim e elas no entanto não eram assim. Ele as sentiu assim, eis aí a função do artista. Assim como a função do dirigente revolucionário é expressar essa condição, e ele a expressa em ideias.

Gagarin revira a programação do replicante e encontra o arquivo: *Nona — Beethoven.*

— Voltemos todos à Cidade dos Clones. Vamos mostrar-lhes música; a verdadeira música — decidiu Xabier.

— E saberemos dizer palavras que expressem as ideias de um mundo realmente novo para eles. A partir de agora estamos a serviço da revolução, completou Gagarin, grandiloquente.

— No futuro, a preocupação será elevar as relações humanas — recomeçou Posadas. — A economia não será problema. Trotski diz que no socialismo a linguagem será musical.

— Pode parar — ordenou Xabier. — Hoje os clones descobrirão a música, e nós também...

— O Posadas não ficou tão idiota, afinal — retoma Robert.

— Bom trabalho, Bob! — completa Markko.

Robert Campbell olha feio para o mendigo: não gosta de ser chamado de Bob por qualquer um. Como Markko é cego, não está nem aí para o seu olhar.

Xabier começa um pequeno discurso:

— O revolucionário verdadeiro sabe os riscos que corre. Conhece a abnegação e a renúncia em nome do futuro. A anarquia forte e gloriosa triunfará. A Revolução começa! Em frente!

10. Adeus Augus9

Não ainda. Não já. Por favor. A revolução pode esperar. Corro à farmácia para ver Augus9, talvez pela última vez, a pretexto de adquirir remédios. Ela continua a servir os fregueses com a indiferença de sempre, mas sorri ao me ver entrar. Finjo estar procurando remédios e florais, até que um cliente pague a conta no leitor de pupilas; então podemos ficar sozinhos, só nos dois, por algum tempo. Digo-lhe que precisarei partir, que talvez não volte tão cedo, mas sentiria muito a sua falta, já estou sentindo.

— Quando voltar estarei aqui. A menos que surja uma nova geração...

— Se surgir nunca será tão interessante, nem tão bela.

Sentimos o quanto eram grandes nossas afinidades, o que me deixou seguro para fazer certas revelações sobre os últimos tempos vividos no subterrâneo.

— Há momentos em que me sinto entrar em parafuso. Há histórias com pessoas com dois ou três nomes diferentes. As histórias sofrem mudanças repentinas, conforme certos segredos são revelados. Há momentos em que sinto entrar em parafuso, como se a realidade me escapasse e me engolisse. Agora falam em promover um levante dos clones. Por isso vamos partir, todos.

Ela me escutava com um discreto sorriso:

— Não se alarme. Todas as histórias precisam de segredos e mentiras, disse com voz calorosa.

Seu corpo se tornara uma atração grande, tão irresistível que em dado momento não pude conter o impulso de tocá-la, de abraçá-la. Ela também estendeu seus braços, e acreditei que, vencendo todos os interditos, nos beijaríamos. Quanto mais chego perto, no entanto, menos vejo; suas feições perdem definição, cor, volume, tudo, mas, que importa, isso pode ser um efeito da paixão, penso, e continuo a me achegar, até que consigo enfim tocar seus cabelos, mas não sinto tocá-los, nem os agarro, eles desaparecem entre os meus dedos. A cabeça dela fica lisa no mesmo instante, o rosto se decompõe, como se escorresse, esquivando-se do meu corpo. Atravesso sua imagem perfeita e me esborracho na prateleira de remédios, que caem aos montes na minha cabeça, se abrem, se quebram. Augus9 volta à sua aparência normal; ri e parece se divertir com minha falta de jeito, mas não comenta o incidente, nenhuma palavra.

— Deixe que a limpeza recolhe, diz no meio dos remédios espalhados pelo chão — já está recomposta, inteira outra vez, como antes, como se nada tivesse acontecido.

— Eu recolho, insisto. — Senão outros clientes podem reclamar de você por causa da bagunça.

Digo isso porque seres holográficos também não podem tratar com objetos — dada sua natureza, as funções são outras, mas reclamações implicam punições, e conforme o caso o holograma pode até ser desligado. No caso da farmácia, Augus9 sabe indicar o local de cada remédio, como fazer o pagamento, mas não tem como consertar os desastres que desajeitados como eu podem causar.

—Não pense mal de mim, digo me desculpando. — Normalmente sou um asceta.

— E que diferença isso faz?, ela pergunta, sorrindo. — Me fale mais um pouco sobre essa revolução dos clones O que é isso?

O olhar dela torna-se agudo de repente. Ela me olha como quem sabe do que estou falando e quer saber mais. Eu começo a falar dos planos de Xabier. Ela se imobiliza. A expressão agora é severa. Algo ocorreu. Será uma falha da programação?

Ou...

Não é possível. Não posso acreditar. Essa pérfida... Será mesmo um holograma espião? Como pude ser tão ingênuo? Nessa altura as autoridades já devem saber de nossa intenção. Eu devo ter arruinado tudo.

— Você é uma espiã! — digo, apavorado.

— Eu? Eu sou apenas uma quimera — e volta a sorrir, compreensiva.

— O que você me contou é segredo. Eu só existo aqui. Até o fim do mundo só vou existir aqui. Ou até que eu me torne também arcaica e inventem uma nova Augus.

Não. Nada. Desculpas esfarrapadas, programadas. Não haverá outra. Não haverá outra Augus9. Vou partir agora, vou seguir Xabier, Gagarin, Posadas, essa gente que quer salvar o mundo antes que se desfaça, transformar os clones em combatentes, libertar os homens de si mesmos. Nem sei por que, mas vou com eles.

Adeus Augus9. Penso que só perto dela não me sentia triste. Agora é como se ela me tivesse esfaqueado à traição. Isso dói. Uma espécie de lágrima embaça meus olhos. Me afasto, sua imagem se distancia devagar, indiferente, sem apelo ou expressão. Pronta para esperar pelo próximo cliente. Hora de ir.

11. Música para clones

Sou um pouco parecido com o Posadas IV: conto uma história que não entendo muito bem e que repito como papagaio. Vou em frente, mas sem a inteligência artificial de Xabier, o entusiasmo de Lenira, a garra tão humana de Quitéria, o talento de Robert, a sabedoria do 33. Sigo como Markko, às cegas, ou como o cético Drukker, para a Cidade dos Clones, onde Robert improvisou um alto-falante com peças velhas e um sistema de baterias rudimentar. Sigo, mas sem a sensação da experiência inédita que os anima. É como se me faltasse algo melhor a fazer. Cada um deles parece entender a si mesmo, encontrar um sentido para estar aqui, ser parte desse grupo. Quanto a mim, não tenho certeza, não sei nem se dei com a língua nos dentes e seremos apanhados a qualquer instante.

Chegamos à Cidade dos Clones e até agora tudo segue normal. Ali mesmo, na pracinha, Campbell acopla o cordão umbilical de Posadas IV a um transmissor de sinais. Tudo resulta fraco. Não se escuta a mais de 30 metros. Ainda assim é um enorme progresso em relação à incursão anterior. De repente começam a se ouvir os primeiros acordes da Nona Sinfonia. Um rostinho tímido aparece na porta de uma casinhola, depois outro, numa janela, e outro mais... Um vira-lata cruza a praça abanando o rabo e senta ao lado de alguns gatos, bem diante do sintetizador. Um clone parece criar coragem e, andar arrastado, vai se aproximando, chega na praça, observa a caixa de onde sai o som, desconfiado, como se a cheirasse. Ele gosta do que ouve, como Canale, só que com medo. Dali a pouco eles já são cinco, depois dez, doze. Temerosos, todos: parecem imaginar que essa gente está lá para promover uma grande coleta de órgãos e membros; no entanto aquele som os hipnotiza, como se ele por si valesse o sacrifício de um braço, de um olho, de um rim. São engraçados, os clones! Têm medo de tudo, o tempo todo.

— Clones, companheiros! Amigos! — é Xabier que subiu animado no pequeno púlpito e começa a falar. — Vocês estão com medo, e estão certos… Vocês têm medo dos homens. Devem ter mesmo: são assustadores, ferozes. Vocês surgiram para servi-los. Para serem usados, explorados, para não ter direitos, só deveres. Sua existência é apenas tristeza, pobreza, humilhação. E medo. Hoje vocês estão aprendendo o que é a música. E começam a entender o que é a liberdade. A liberdade começa quando entendem a necessidade da revolta. Sabemos que só com a luta virá a igualdade, e então todos seremos irmãos: os homens, os replicantes, os clones.

— Junto com vocês — agora toma a palavra Gagarin 33 — vamos limpar a sujeira do mundo. Criar um planeta onde todos possam respirar, onde o lixo seja lançado na poeira do cosmos e não no nosso ar. Nesse ar artificial que todos respiramos.

Talvez o discurso do 33 fosse pouco convincente, talvez a música tivesse chegado a um momento emocionante, o fato é que, primeiro por sinais, depois com psius ostensivos, os clones passaram a pedir silêncio. Como Gagarin insistisse, começaram a ficar irados. Um deles ameaçou derrubar a caixa de som, mas foi impedido por Quitéria, que lhe deu um tranco e o fez se espatifar no chão. Quitéria mesmo tratou de erguê-lo com delicadeza e lhe deu pílulas de água e proteína até que ele conseguisse se aguentar de pé sozinho.

No púlpito, Gagarin segue, sem notar a reação da plateia.

— Vocês são os desprezados, os dejetos que os humanos usam para se eternizarem. É preciso que se sintam integrados, considerados. Não se vejam como seres inferiores, e sim como clones que têm motivos, vida interior, fatos e atividades corporais. Talvez não possam fazer tudo, porque foram destinados à fraqueza, mas que vivam a vida de maneira íntegra.

Decididamente, penso, Gagarin33 andou muito tempo fora do mundo. Da Terra, quero dizer. Os clones desistem de pedir silêncio, agora comportam-se como se não houvesse ninguém lá em cima, falando. Será que de fato apreciavam aquilo? Estariam ali apenas pela novidade? Xabier, Gagarin, qualquer outro podia se arrebentar com suas palavras de ordem e argumentos: os clones estavam lá, parados, estúpidos, cabeça baixa, ombros baixos, mãos no bolso, inertes. Foram tão acostumados a obedecer sem raciocinar, a esperar que algo ou alguém decida sobre seu destino que um pouco de música bastava para tirar o pó de suas vidas. Pedir mais começava a se tornar ridículo. Francamente... Não desistiam, porém:

— Vamos tentar outra coisa — Xabier sussurrou para Gagarin, que aparentemente nem o escutou.

— Nossa jornada — seguiu em frente — terá em seu comando o seu velho camarada J. Posadas, a quem eu apresento aqui e peço que seja recebido triunfalmente por todos vocês. Aplausos. Nossos.

Posadas, chegou perto do microfone alheio a tudo mais e começou a declamar textos de Posadas, o verdadeiro, textos sem bulhufas a ver com a ocasião:

— A criança deve fazer muita ginástica, amar o esporte. O esporte é uma invenção que corresponde a uma necessidade, porque é um movimento que ordena, organiza e sincroniza os movimentos do corpo.

Dá uma respirada profunda e segue em frente:

— Os seres humanos utilizam somente uma parte do cérebro. Seguramente existe uma série de células, milhões de vias nervosas que não utilizamos.

A plateia está cada vez mais indiferente às palavras, parecem por vezes reconhecer seu velho camarada, só que agora mais encorpado e saudável, enquanto Posadas se entusiasma sempre mais com o próprio discurso:

A hora chegou da despedida,
O barco que nos levou à costa chega
Fizemos ondear audazmente a bandeira da liberdade
Não nos assusta que nos haja seguido o furor dos deuses
Nem que nossos mastros tenham sido derrubados,
Vocês amigos que nos aplaudem
Vocês adversários que nos honram com a luta

Voltaremos um dia a nos achar
Pois ainda que tudo se arrebente, o ânimo permanece íntegro.

Tudo isso dito enquanto na caixa de som o coral entoava a Ode à Alegria. Os clones, cessando suas lamúrias, passaram a olhar para o céu. Não sabiam do que Posadas falava, mas percebiam, como nós, que essas palavras tinham cor, que essas cores vibravam como a música, com a música, e os convocava a algo que sabiam ser incapazes de fazer: viajar, mudar o mundo, acabar com o poder desumano dos fortes... Era justamente o ânimo aquilo que já nem existia nos clones. Por um instante, esse reconhecimento da fraqueza tornou o ambiente mais depressivo. Posadas então ergueu o tom e lançou a palavra de ordem:

— Proponho a aliança entre clones, mendigos e replicantes. Será essa a vanguarda capaz de erguer os oprimidos e transformar o mundo. O tempo histórico ainda não acabou.

Como ninguém entendesse que diabo ele queria dizer, Posadas respirou fundo e gritou com o máximo de força que podia (e não era muita):

— Ainda que tudo se arrebente.

Voltaremos um dia a nos achar a bordo.

Em novos barcos, em novas lutas.

E bem nesse instante todos os clones se aproximam, o cercam: emitem sons estranhos com suas bocas e se aglomeram junto ao púlpito. Xabier entendeu que poderia, quem sabe, um dia, virar esse jogo, que o tempo histórico talvez não houvesse mesmo acabado. Não notou que os clones se aproximaram pressionados por outros, por humanos que invadiam o lugar e já começavam a expulsar os clones de cada casa, de cada praça ou ruela.

12. A horda

Não, não são policiais enviados pelo CEO Quem são? De onde vêm? Nossa pequena brigada revolucionária teve apenas tempo de fugir da horda que pisoteava os clones com gritos selvagens, quebrava tudo e se apossava de tudo que ainda não estivesse quebrado. Vinham envoltos em roupas pesadas, com chapéus que pareciam capacetes de guerra. Expulsaram até os clones do Hospital da Cidade. Apesar do nome, o hospital não passa de um depósito para os clones que com o tempo tornaram-se imprestáveis de tão usados. Mesmo esse lugar deprimente, onde ninguém cuida de ninguém, onde só se ouvem os gemidos dos sub-humanos, mesmo ele foi tomado. Depois soubemos que eram pessoas do litoral fugindo da devastação. Mais pessoas, novas, que buscavam aqui em ShellBras um abrigo certamente ilusório contra a catástrofe; mas a ilusão ao menos lhes dava forças para chegar até aqui e narrar, assustados, o que acontecia lá embaixo.

Um deles arranca Gagarin do púlpito e berra para os demais:

— Tomem tudo! Lá no Litoral, tudo roda, balança, treme, dança, urra, se parte. A água tomou conta de tudo. Só aqui estaremos seguros.

Dizem coisas desconexas. Todos eles queriam fugir. Mas para onde? Alguns começam a rolar pelo chão, febris. A seca, as pragas, o vento vermelho, os terremotos, tudo os havia trazido até aqui, dizem, e não é fácil descobrir se narram fatos reais ou deliram. O litoral estava tomado pelos mosquitos Kosmos, novas mutações, ainda mais ferozes. "Insetos canibais! Canibais", berra alguém. Nas cidades grandes respira-se o ar pesado dos momentos decisivos. "Vermes extintos saem do chão e atacam". O sentimento de catástrofe marca a expressão vaga, atarantada, das pessoas. É preciso salvar-se. Mas como? Para onde? Os de ShellBras fogem para o campo. Mas o campo foi tomado por uma espécie de fumaça malcheirosa, que torna o planalto irrespirável. Nos momentos em que ela se dispersa, os tremores de terra recomeçam, construções desmoronam sobre as pessoas como casinholas de clones. "Para o litoral" — grita outro. Mas é de lá que eles vêm... Ninguém escuta ninguém, uns pisoteiam outros, arrancam suas roupas, reviram malas em busca de remédios. Ninguém se incomoda com os relatos dos seguidos tsunamis invadindo tudo, avançando agora até pelas serras, nem com o boato, ou seria notícia, nessa hora tanto faz, de que naves de pesca estão sendo viradas por baleias furiosas, baleias mutantes, implacáveis. Isso é dito pelos que chegam do litoral. Os do planalto não acreditam. Acreditam nos tremores de terra que sentiram, na fumaça com cheiro de enxofre... Os daqui e os de lá se empurram como se houvesse um lugar para ir, para chegar com urgência. Como se existisse esse lugar!. Começam violentos, prosseguem aparvalhados, seguem vencidos pela fraqueza, pelos parasitas, pelos Kosmos, pela peste, ou por tudo isso. Terminam jogados por aí. Não existe mais rua, nem calçada, nem comércios, nada: só essa gente que se desmancha.

Sabemos de uma coisa: é preciso fugir daqui.

13. Sol de inverno?

De noite, a moça do tempo garantiu que havia transtornos passageiros. Na manhã seguinte acordamos com 60° de calor. A surpresa foi a pior coisa. Esta é a época do sol de inverno, que programa a temperatura tépida, por vezes mesmo fria do período. No entanto, o que veio foi um calor de queimar a pele. A moça do tempo parou de informar a temperatura. Alguém avisa que a Tela de Fuller rachou: por isso o calor insuportável. Willie Boy não toca no assunto. Relata problemas pontuais com a calma de sempre, mas todos sabem que algo mudou. Mal saem na rua, as pessoas começam a sofrer de suores, ficam empapadas, parece que vão derreter. Sem a proteção da Tela de Fuller, os esgotos começam a se romper. Daí o cheiro de enxofre cada vez mais forte. Os bairros dos milionários são tomados pelo estupor: não pensam que essas coisas podem estar acontecendo. Não com eles. As senhoras comentam que essa classe de disfunção só atinge o Arrabalde. Não acreditam no que vivem. Da noite para o dia as máscaras de ar potável tornam-se artigo de luxo. Antes da tarde começar as lojas já estão sendo saqueadas. Os esgotos agora se despedaçam: a merda enlameia as ruas. A terra treme como se quisesse se partir.

Aqui são muitas pessoas. Por toda parte muitas. Parece que se multiplicam. Chegam a ShellBras. A diversidade é fantástica: há os que vêm em drones particulares, outros em burros, ou cavalos, a pé, uns trazem suas coisas, outros só a roupa do corpo. Um grita que os hyperloops pararam, falta energia, falta tudo, emperrou tudo, todos os sistemas. Outro avisa que perto de ShellBras há vulcões em erupção e lava escorrendo, cachorros latem e mordem. Os milionários ainda mantêm a calma. Gastam suas fortunas alugando quartos nos hotéis com estoques de água e ar potável abundantes. Nem por isso se pode dizer que ali haja grande conforto. Diversas pessoas dividem o mesmo quarto, muita gente acotovela-se nas áreas comuns, que também são alugadas, e depois invadidas. As invasões tornam-se mais frequentes e violentas. Forças da ordem são enviadas para proteger os grandes hotéis, mas isso não melhora em nada a situação dos hóspedes, sobra borrachada para todo mundo. Não falta muito, percebe-se, para os policiais também invadirem os lugares que vieram proteger.

Já vimos isso antes, mas foi menos, muito menos. Agora não há como acomodar-se nas ruas nem nas praças. Os imigrantes destroem casas comerciais, petshops e farmácias. Fogem desatinados. Alguém aos prantos implora por ajuda: diz que tomou um quartinho na Cidade dos Clones, mas foi expulso pelos fortões que vieram depois. Com os esgotos veio a invasão de vermes, mais mosquitos canibais, e a certeza de que as vacinas nunca existiram. Agora mesmo aconteceu a tomada de um CCC: mandaram os loucos para a rua e ocuparam seus lugares. Para quê? Os enfermeiros, os médicos, todos já haviam fugido. Alguém que se diz íntimo do governo afirma que a essa altura os sistemas de controle do comportamento entraram em colapso: a publicidade, os visuais, os CCCs, os meios do som e da imagem. Tudo. Até os estoques de antidepressivos se esgotaram. O calor só aumenta. Não se ouve mais falar do CEO. A Grande Tela está apagada. Tudo que existia para nos dar segurança desapareceu. "Por que não aparece algum gerente para dizer o que acontece" — protesta alguém. Os outros não escutam. Cada um tem suas dores, suas queixas. A Diretora Geral de Medicina liga a Grande Tela e avisa que agora os vírus adquiriram um poder de mutação além do entendimento da ciência. Que importa? No meio da sujeira ninguém escuta o que diz; de resto, ela logo sai do ar. Willie Boy retorna para dizer que o Diretor de Progresso da Ciência foi demitido. Depois sai do ar: ele, a Tela, tudo destituído.

O Centro, ShellBrás, é o único lugar sadio, acreditam. De onde tiraram essa ideia? Até nos postos de teletransporte o desespero se instalou. Por ali partiam os bilionários, os que pagam para decompor o corpo em moléculas aqui e reconstituí-lo depois, em outras estações, outros continentes ou plataformas espaciais onde existe segurança. Ou pensam que existe. Ninguém sabe se isso acontece no mundo inteiro ou só em Shellbras, pois não há contato com o resto do mundo. Os boatos que correm são o pior: alguém jura que Willie Boy foi visto entrando na estação central de teletransporte. Não: a estação está apagada. Daqui ninguém sai. A Grande Tela no meio da cidade está apagada. Somente um sinal de interrogação pisca ali de tempos em tempos; parece colocado clandestinamente para indagar o que será. Ninguém sabe nada. Numa esquina reconheço Marffen, cercado de gente desesperada, falando de Deus, oferecendo salvação. Berra que vai tirá-los dessa encrenca, e vai pegando a grana de todos, os mais e os menos pobres, ingênuos que se amontoam por ali e lhe entregam devotamente o que têm. Quando procuram, ele não está mais lá. Sumiu, já começa a fazer sua mágica em outra quadra. Lenira o puxa:

— Vem com a gente.

Marffen resiste. Afinal, diz, chegou a hora de faturar alto. Ela ordena outra vez que ele venha, lhe diz algumas palavras desabonadoras que, pelo jeito, ele entende: Marffen cede e obedece. Ela o carrega para o subterrâneo, que os mendigos defendem bravamente. Campbell lidera o grupo que protesta pela presença de Marffen no grupo.

— Nessas horas é bom ter um vigarista por perto — assegura Lenira, com seu habitual pragmatismo.

Seu argumento parece sólido a todos os reclamantes, com exceção de Robert Campbell, que vota contra. Mas Robert, sabe-se, está sempre contra tudo que não venha de Xabier. Estamos bem preocupados com outras coisas. A hora é das mais críticas: os drones omnibus da saúde não param mais de sobrevoar. Rodam por toda parte e buscam um hospital com vagas (hospital de verdade, que atende pets e, eventualmente, humanos), passam o tempo todo, levando para não se sabe onde doentes não se sabe de quê, doentes para quem um lugar como o hospital rima com salvação. Por isso estão todos abarrotados, ao menos enquanto voam, pois logo começam a descer, sem combustível. Há os que não podem descer porque os doentes não deixam o piloto operar o drone. São os que se espatifam por aí. Os Predadores saíram às ruas, desta vez carregando sacos com armas de raios concentrados, as armas mais letais. Atiram a esmo, matam qualquer um, matam por matar. Depois abrem o peito para serem massacrados pelas pedradas dos sobreviventes: existe um êxtase de matar e morrer tão profundo de que ninguém parece escapar. Do massacre escapa em todo caso Dona Eufrosina, que aparece a horas tantas com os olhos esbugalhados de horror, olhos enormes, o vestido todo suado:

— Não há mais saída! — informa, desesperada. — Vamos derreter. Tudo está se desfazendo. Minha maquiagem já era.

A avarenta percorrera os postos de teletransporte da cidade inteira carregando dois sacos cheios de Césares para comprar sua salvação: Sinopec-NewYork, Paris-Nestlé, Roma (atualmente negociando patrocínio), Sinopec-Tokyorama: tudo fechado. Fugir para onde? E para quê? Ela promete milhões ao funcionário para ir a Xangai-Fordland, e sabemos o quanto ela é pão-dura. O funcionário ri na cara dela: — Está fechado. Ninguém nos recebe lá também! — E fechou o guichê. No mais, o teletransporte parou desde que um homem morreu enfiado na máquina: a cabeça e o pescoço ficaram presos na engrenagem, os pés chegaram a HollyAngeles, o resto das moléculas dispersou-se no espaço.

Xabier enfia uns tapas na cara de Eufrosina para que ela se acalme e a puxa. A essa altura o chão está coalhado de agonizantes, que se espalham, febris, distribuindo gestos insensatos, como se quisessem ainda espantar os mosquitos. Era preciso passar sobre eles, pisotear cadáveres, fugir dos Predadores e agora, ainda, dos soldados, que também atiram a esmo, a pretexto de enfrentar os Predadores. Caminhar 50 metros nesse caos era como andar uma légua. Chegamos na última hora, esfalfados, sem ar, aos subterrâneos. Os mendigos defendem sua trincheira com pedras, ferros, paus, arame farpado: o melhor dos mundos reencontrou o arame farpado! — chego a pensar no meio da confusão. A nós os mendigos deixam passar. Lá dentro, um instante de calma. O ruído de choro, no entanto, não para. O silêncio o torna mais perceptível. Vem de onde? Uns e outros se olham. Ali, do canto, onde está Posadas IV, que chora e repete sem parar duas palavras.

— O tempo histórico acabou — diz, entre um soluço e outro. — Agora que tínhamos feito a aliança dos explorados... O tempo histórico acabou...

E fica repetindo a mesma arenga.

Pergunto a Xabier se também devo lhe dar um tabefe. Ele me contém. Do que adiantaria? Por toda parte nos túneis há gente que corre, os mendigos tentam salvar algum andrajo, os camaradas não sabem para onde ir, Dona Eufrosina continua a prometer fortunas a quem souber como salvá-la, enquanto Gagarin pergunta a Xabier se conhece um jeito de escapar do fedor insuportável.

— Que fedor? Não sinto nada. Replicantes da primeira geração não ganharam olfato.

Posadas como que entra numa espécie de transe e põe-se a declamar:

E toda a combinação de cores mesmo transparecendo certa tristeza, expressa alegria, clareza; é a alegria que impulsiona a agir, é a alegria que impulsiona a agir, é a alegria otimista de ver e amar a natureza.

Van Gogh tem formas, modulações de movimentos que não são normais, mas que existem nas pessoas, na planta, na flor, no efeito do vento sobre as árvores; tem efeitos de movimentos, que só se pode fazer quando se tem um profundo amor humano, e se pinta a natureza pensando nos seres humanos.

E conclui:

— Nunca verei isso. Nunca mais.

Em torno, tudo se agita. Apesar disso há ânimo, muito ânimo, como se de súbito as pessoas agora percebessem as virtudes da imperfeição, até há pouco tão remotas. Também de súbito Posadas agulha a quem o escuta:

— O que será sentimento de amor humano?

Ninguém se atreve a responder. Ou nem mesmo sabe do que fala o replicante trotskista. Ele prossegue:

— A natureza de Van Gogh é que eu queria ver. A verdadeira.

— Essa acabou — socorre-o por fim Gagarin, e o abraça. — Só o Corpo Espacial chegou a conhecê-la. De longe.

— Em Houston então há saída — exclamou Xabier, otimista.

— Não há! — Gagarin desiludiu-o prontamente. — Me mandaram aqui para procurar a saída.

— Por que aqui?

— Porque bem perto daqui fica o centro do mundo, a matriz, o lugar onde a Terra e os Cosmos se comunicam, se falam.

Ninguém estava em condições de entender muita coisa, e menos ainda essa frase que Gagarin entoava sem ar de mistério, como se fosse a coisa mais natural do mundo um lugar que liga a Terra ao Cosmos. O que tornava tudo mais nebuloso. Então, um mendigo chega com a notícia: fala-se de uma nave que tentou decolar em Houston com destino ao espaço, mas se esborrachou no chão e explodiu. A expressão de Gagarin se ensombrece. Todos ficam em silêncio. Posadas IV para com os queixumes.

— Se isso for verdade, MitkovAA, Armstrong6 e o resto da equipe também morreram — lamenta Gagarin.

Logo depois alguém confirma: há fogo e pânico em Houston.

— Que lugar é esse, a matriz? — pergunta Xabier.

— Vamos rápido, prosseguiu Gagarin. — A Terra não tem muito tempo. Se quisermos salvá-la será preciso atravessar mata-bandido e chegar a Nova Xavantina. Depressa! Temos que ir antes que esses túneis desmoronem.

O quê? Atravessar mata-bandido? Ninguém nunca conseguiu isso. E quem disse que existe esse lugar depois de Mata-Bandido?

— Se chama Nova Xavantina.

— Isso é conversa, não existe — rebate Drukker.

— Cala a boca! — berra Gagarin — Você não sabe de nada. Nós passamos por cima. Lá está a matriz, onde tudo pode se regenerar. É onde precisamos chegar.

— É lá então que nascerá o mundo do socialismo que vem depois da história — diz Posadas, se animando outra vez.

— Se a gente atravessar mata-bandido, é claro — arremata Drukker, cético como sempre.

14. Fuga

Não, o apocalipse não pode ser essa coisa de terceira categoria. Onde estão as batalhas e os heróis, as invasões alienígenas, os épicos combates entre civilizações? Será que o cinema e os livros do passado nos enganaram? Em vez de épicas aventuras, acabamos num mar de merda, fedor e mosquitos?

— Não acabou ainda. Os homens é que enlouqueceram — Xabier tenta nos animar.

Há tanto tempo não pensávamos na morte e de repente ela surge ali, bem à frente, gulosa, boca aberta, pronta para nos pegar. A selvageria e a insânia que por tanto tempo o mundo perfeito ocultou irromperam de uma vez só. Até Gagarin, com todo o seu treinamento, seus anos de Corpo Espacial, a experiência de astronauta e tudo mais, com tudo isso ele estava pirando. Dava ordens para cá e para lá. Chamava Stengl, chamava Markko, que rodava que nem pião, enquanto Stengl ordenava aos outros mendigos que impedissem a invasão dos subterrâneos. Xabier contava as pessoas do grupo e reclamava:

— Cadê a Quitéria?

Os mendigos tentavam seguir as ordens. Em poucos minutos, as entradas do subterrâneo ficaram entupidas de arame farpado. Só se ouviam os gritos da gente lá fora, abafados pelos uivos dos cachorros.

Isso aqui virou uma trincheira:

— Nem mosquito entra — riu Stengl.

Gagarin puxa Posadas para um canto.

— Você vai conhecer a natureza.

Posadas sorriu.

— Como Van Gogh?

— Não prometo nada. Eu vi de longe.

O astronauta começou a delirar. Fala num centro místico da Terra, o único lugar que sobrará quando tudo tiver acabado. Muito perto daqui. É urgente chegar lá. Preparar esse lugar para quem salvará tudo, dizia. Tirou do bolso um mapa. Um mapa de papel, coisa que ninguém imaginava um astronauta usando. Estava ali a rota que levava de ShellBrás a Nova Xavantina, lugar tão ermo que nem patrocinador tinha.

— Por isso eu vim até aqui — explica. — Tenho que levar para lá um pouco da espécie dos homens. Alguns. Para lá. É o lugar que resistirá quando nada mais existir.

— Como na Arca de Noé! — exclamei.

Ninguém pareceu entender do que eu falava.

— Vamos atrás da saída. Depressa — Xabier falou decidido.

— Mata-bandido? — perguntou Drukker.

Como Eufrosina ainda levava seus dois belos sacos de dinheiro e os mendigos esbanjassem volúpia pelas notas altas que ela carregava, Gagarin resolveu oferecer-lhes uma montanha de dinheiro em troca de mostrarem o caminho para a saída. Ela regateava. No fim, ofereceu um saco, Stengl topou o negócio e ordenou ao cego Markko nos guiasse naquelas regiões.

— Mas onde se meteu a Quitéria? — Xabier voltava a indagar aflito.

— Pode ter morrido — disse Lenira — Vamos sem ela.

E todos nos preparávamos para ir embora, quando Quitéria chegou, falando consigo mesma, maldizendo a bolsa que carregava em torno da cintura:

— Coisa mais difícil de ficar no lugar!

Ia levando uma carraspana de Xabier, mas apontou para a bolsa:

— Pílulas de hidratação sem remédios contra memória. Pílulas de alimentação com reforço de proteína. Achei que seria necessário.

Claro que era. Só que na aflição ninguém lembrou. Por isso Gagarin deu um pulo e a beijou em cheio na boca.

15. Labirinto

Fica embaixo, muito embaixo e muito escuro, depois de muitas escadas, depois até do Quilombo, lá embaixo, depois de tudo. É o que sei, um desses lugares em que as galerias fundas se entranham na terra. Escuro — é o escuro absoluto. Ninguém nunca esteve aqui, salvo Markko. Ninguém que tenha voltado, em todo caso. Esses foram os tubos mais tortuosos, cheios de descaminhos e armadilhas, projetados pela mente de MitkovAA. Todos seguimos, mãos dadas uns com os outros. Onze: Drukker, eu, Gagarin, Posadas, Lenira, Marffen, Eufrosina, Robert, Quitéria e por último Xabier. Quem se separa num lugar desses se perde para sempre, por isso nos seguramos com força. Markko puxa a fila, guia-se pela forma das pedras. Conhece uma a uma. Era sua diversão e seu orgulho: aventurar-se ali onde ninguém ousava, nem os outros mendigos, nem mesmo Stengl. Aqui os outros são os cegos, não eu, pensava. E agora pensa de novo, é certo, pois de vez em quando ri consigo mesmo, discreto, e ainda assim ouve-se seu riso. Ele ecoa por toda parte, porque assim é esse andar: quem se perder será inútil berrar, chorar, chamar — o som vem de muitos pontos ao mesmo tempo, um labirinto sonoro. Aqui os ouvidos e o tato de Markko são absolutos, ele distingue a origem de cada som, intui cada movimento. É ele o senhor dos caminhos. A quem se opõe a alguma escolha que faça, ele se volta com arrogância e pergunta se quer assumir a liderança. É verdade que todo mundo está meio cansado de sua bazófia e alguém sussurrou que de repente valia mais trucidar o cego e todos nos perdermos nesses túneis do que aguentá-lo. E bem quando disseram isso, a expressão do cego mudou. Quer dizer, eu não vi, ninguém viu, porque ninguém via nada, mas é como se visse: seu modo de apertar a mão, o batimento cardíaco, tudo mudou.

— Está tremendo.

Logo logo todos nós começamos também a sentir, e parece que agora sim o mundo começou a vir abaixo. Parece que não vai sobrar nada, tal o barulho, o tremor, os estrondos.

— São os cenários revirando — diz Gagarin33.

Acabou-se ShellBrás.

— Não há mais proteção. — concluiu.

Ninguém entendeu muito bem.

— Era o grande medo de todos na base. Que a energia acabasse, a Tela de Fuller cedesse e os cenários caíssem. Os furacões se tornariam visíveis, a areia dos desertos invadiria as cidades. É isso agora. Vocês nunca viram.

Ninguém viu. Só o Corpo Espacial, só os astronautas viram tamanho horror, toda a sujeira. O que tem por trás de cada paisagem, de cada praça, de cada praia é lixo. Sempre lixo. É onde foram parar anos e anos de carne podre, esgotos, cadáveres de tudo, detritos, imundície. Melhor ser cego. Melhor nunca ter visto.

Gagarin prossegue, imóvel:

— O lixo escondido por tanto tempo revira, sai de trás de cada palmeira cenográfica, das plantas e também na água, brota das ondas do mar azul, que agora transborda às avessas, tudo treme e junto vem esse ronco, o urro. Todos os selecionadores de aparências deixaram de funcionar: O ar de verdade aparece, infecto...

Gagarin33 interrompe a fala, move os braços, sacode a cabeça, bate com os pés no chão. Parece sair de um transe, e então vomita. Vomita como se expelisse a Terra mesmo, a Terra em pessoa, como ele viu lá de cima, apodrecendo. O Segredo nunca dito. A Terra deixará de girar em torno do Sol. A Tela de Fuller dobrou sobre si mesma. Não haverá mais proteção contra os raios infravermelhos: 60º, 70º, 80º. A terra queima. Vamos virar uma bola de fogo. Tudo agora é urgente: é preciso atravessar Mata-Bandido antes que isso aconteça. A busca de Utopia 3 não foi mais do que isso: a busca por uma nova Terra, pura dos homens, onde acomodar os homens. Os cientistas falharam, o CEO, os argonautas, Willie Boy, todos.

16. O guardião

Antes do clarão vem um ruído de ferro batendo. Depois, sim, o clarão. Fecho os olhos, e ainda assim a luz dói, o branco intenso queima, juntamos as mãos com mais força. Em vez da umidade do túnel agora chega um ar de secura extrema. Então, como se a luz desgrudasse dos olhos, baixa uma claridade ainda muito intensa, mas já suportável. As mãos se soltam: é possível abrir os olhos, aos poucos, bem aos poucos, com o tempo... A luz primeiro fere a vista, depois tudo vira uma nuvem intensa, que lentamente se dissipa. Tudo vem amarelo, queimado, retorcido, gritante.

Os outros também protegem os olhos e todos veem o que vejo, as fendas do terreno quebradiço, atormentado, que se abre à nossa frente, depois do portão de ferro enferrujado. Um vento estranho é seguido do hálito fétido e o ruído de asas batendo, asas de um animal repulsivo que passa sobre nossas cabeças e se posta à saída.

— O que houve? — pergunta Markko.

O mutante cruza os braços diante do portão e começa a emitir grunhidos raivosos como o vermelho dos seus olhos. Ele abre as asas, um fedor novo mistura-se ao do hálito e se espalha, como se outro esgoto, mais fundo, se abrisse. Dona Eufrosina vomita num canto, os outros prendem a respiração, tapam o nariz. O mutante continua imóvel, enorme com braços miúdos, pele albina, a cabeça que parece um estranho ponto de interrogação, as asas enormes, ombros largos, pernas gordas como colunas.

— É o guardião — diz Robert.

— É o último deles. É o que sobrou — corrige Xabier, depois de correr os olhos pelo lugar.

Ah, não… A mim isso parece um supervilão do tempo tão remoto das histórias em quadrinhos, coisas de que meu tio falava. Ele foi desenhado, eu penso. É mais uma prova de que certas pessoas, cientistas, designers talvez, têm acesso a coisas secretas do passado. Como os filmes e romances usados para programar hologramas como Augus9.

Ouço Quitéria: solta um pequeno grito porque o mutante agora a fita. Ela se esconde atrás de mim.

— Como se derrota essa coisa? — pergunta Marffen.

— Não há como derrotá-lo — responde Posadas — Ele é uma aberração e sabe que é. Há que convencê-lo de que nem todos os homens são maus como os que o criaram assim.

— Faz esse cretino calar a boca, resmunga Robert, enquanto o mutante avança bem devagar, com suas pernas pesadas.

— Posadas está certo, responde Xabier. — Os homens que o fizeram assim não são como nós.

— Bela bosta! — resmunga Marffen. — Você nem homem é.

E, voltando-se para Posadas:

— Chega perto dele com essa conversa fiada de exploração, comunismo, música, blablablá! O mutante te come o braço na hora. Ele está chegando.

— Você tem outra solução? — Robert desafia.

Enquanto discutem, Xabier, com a incrível agilidade dos replicantes, salta e vaza com os dedos os olhos do mutante, que passa a se debater na cegueira.

Agora o monstro rodopia que nem Markko, enquanto Markko pede pela milésima vez que alguém lhe explique, por favor, que merda está acontecendo. Sim, sentimos a sensação de vitória, ainda que breve. Pois da cabeça sangrenta do guardião sai outra cabeça, ainda mais possessa, furiosa, e essa com um focinho vermelho sobre a boca e dentes enormes. Em vez de atacar a todos, avança em direção à tremula Quitéria.

— Você tem outra solução? — Campbell repete.

— Claro que sim — diz o malandro.

E, sem mais esperar, tira do bolso um comprimido de morfina, e o joga na direção do monstro.

— Come isso. Você vai gostar.

O mutante baixa a guarda, fecha as asas, sua cabeça de fera pela primeira vez parece raciocinar. Solta outro urro medonho, enquanto a primeira cabeça se decompõe; olha desconfiado para os lados. Continua imóvel por um tempo. Então, se abaixa, cheira o comprimido com cuidado, o pega com a mão e ri.

— Toma. É bom — insistiu Marffen.

O bicho joga o comprimido goela abaixo e começa a avançar para onde está Marffen, sempre muito devagar, balançando as asas tortas, ainda mais ameaçador. De repente, no entanto, fecha os olhos como se houvesse uma pedra sobre eles, então os abre de novo, com esforço, e desvia em zigue-zague até ir de encontro a uma parede. Depois, com os olhos fechados, esboça uma espécie de sorriso e vai até outra parede e depois mais outra, tropeçando, de encontrão em encontrão.

— O que que está havendo? — desespera-se Markko.

O mutante tromba com uma parede e sorri, cambaleando agora, agitando as asas um pouco, as pernas bambas, cada vez, sempre mais, até por fim cair sem forças e com um sorriso de felicidade assustador na boca.

— Podemos ir — emendou Marffen, com um gesto largo dos braços, ar triunfante, e colocando o pé sobre a cabeça adormecida do bicho.

Foi seu erro, porque da boca de lobo do mutante surgiu como um raio a cabeça de uma enorme ratazana. Não podia fazer muita coisa, essa cabeça, já que o corpo inerte lhe tolhia os movimentos, ainda assim teve como se esticar até o calcanhar de Marffen, e com tal violência nos dentes que o calcanhar ficou agarrado na sua boca mesmo depois que Gagarin lhe golpeou com uma barra de ferro.

Pode ser um absurdo, admito, porém, que senti certa simpatia por esse monstro de muitas formas, com uma cabeça saindo de outra, sem fim, com sua figura patética, de pássaro incapaz de voar, de homem incapaz de falar, de bicho pesado demais para andar, e ainda assim, horrendo, a buscar sua vida em todo lugar que pudesse. Mas é ele o vilão, e como nas velhas histórias em quadrinhos, por simpático que seja o vilão é preciso eliminá-lo.

— O monstro está dormindo finalmente — disse Gagarin33. — O caminho está livre.

— Alguém pode ter a caridade de dizer o que está acontecendo? — Markko implora.

III. TRAVESSIA

1. Sertão

Todos os personagens passaram e as coisas vão muito mal.

A primeira sensação é de liberdade: daqui por diante, sabe-se, os sensores não funcionam, estão todos desligados da Grande Tela. Mesmo se a essa altura já nada deva estar funcionando, saber disso traz um sentimento de alívio; Gagarin chega a soltar um grito de alegria alto, forte, livre.

Uns poucos passos adiante, no entanto, nos perdemos na imensidão do deserto. Uma vastidão amarela, plana, ameaçadora. O calor é imenso. Os raios infravermelhos parecem querer rasgar a carne e chegar aos ossos. É o que temos adiante. Mata-Bandido é a aridez, um deserto reto, silencioso, vazio, onde a luz fere ainda mais que o calor, o ar rarefeito quase se recusa e entrar nos pulmões, a terra queima os pés, esse calor... aqui o calor vem de baixo, da terra, de cima, de dentro, ocupa tudo.

É preciso um tempo para que olhos aceitem tanta luz. Ainda assim doem, mas ao menos já se deixam abrir. Então a paisagem aparece e digo que este bando... não sei não. Tudo vai muito mal. Só agora entendo Mata-Bandido, lugar concebido como um suplício longo, minucioso e implacável. Não basta o deserto, o calor. Ainda tem Drukker a dizer que tudo o que aconteceu não aconteceu, foi só um apanhado de ilusões, soma da obra de algum ilusionista. Que nem estamos aqui. Talvez ele já esteja enlouquecendo? Seria uma solução... Alienar-se, atravessar o deserto sonhando. Eu gostaria. Talvez seja isso mesmo que ele quer, porque não entendo como pode trilhar essas paragens desastrosas com seu corpo pesado; acompanhar o nosso ritmo. Ele parece dois: um corpo que anda e outro que carrega o peso. Às vezes sou tomado por certa antipatia, admito. Acontece com Drukker, agora. E dona Eufrosina: desajeitada, se arrastando, com os sapatos de salto, cambaleando para cá e para lá. Isso passa, é verdade, mas há momentos em que me revolto intimamente: por que ela ao menos não se transforma de novo no pão-duro Harpagon? Andaria com mais facilidade. Não sei se faz diferença: Robert devolveu-lhe o dinheiro confiscado; ela carrega o pesado saco nas mãos, o que torna o seu andar ainda mais penoso.

— Joga isso fora! — grita-lhe Robert. — Não serve mais para nada!

— Nunca se sabe... nunca se sabe — Eufrosina responde, anda e cambaleia.

Ela mesma dá um grito quando avista ao longe uma grande escultura, são mais ou menos 30 figuras, todas ajoelhadas, as mãos voltadas para o céu em oração. Diante delas, outra figura, em pé, com as mãos na mesma posição. Quando nos aproximamos fica evidente que sob os trapos rotos existem apenas ossos de gente que morreu clamando aos céus. Não são esculturas, e sim os Apóstolos dos Últimos Dias, os últimos crentes, condenados a Mata-Bandido já faz uns 100 anos. Viviam e oravam escondidos. Foram para o suplício alegres, com a certeza de que a mão divina, como diziam, os levaria ao outro lado. Apenas Marffen imita o gesto de oração das ossadas. Seguimos.

...E à medida que seguimos o relevo se torna irregular. À planície desoladora seguem-se grandes elevações a que sucedem vales, profundezas; o ar pesa, a aridez não cede, basta avançar alguns metros, cem, duzentos, pouca coisa, e a secura se intensifica, o sol violento queima sempre mais. Depois volta a planície e tudo cheira a queimado, como uma espécie de fumaça que não se vê, que chega pelo odor, pois nada se vê, exceto a terra quebradiça. É tudo muito diferente do que conhecemos antes. Mais que tudo, um odor estranhamente agradável:

— Cheiro de natureza! — exclama Marffen, eufórico; e depois insiste: — É natureza! É um horror, mas todo verdadeiro, natureza! Um sonho!

Xabier volta-se furioso e diz que não há cheiro de natureza algum. Ninguém o contesta, pois todos sabem que esses replicantes não têm olfato. Robert se afasta e olha ao longe, bem ao longe, como se buscando o fim.

— É natureza... — agora Marffen sussurra, e parece lembrar, aos poucos, alguma sensação muito antiga.

— Isso não é natureza! Isso é Mata-Bandido! — exclama Xabier, contrariado.

— Não é Mata-Bandido — Drukker se intromete. — Nós é que estamos sonhando com Mata-Bandido. Nada disso é real. — delira.

— Do que essa gente está falando? Que lugar é esse? — pergunta Markko, que anda e rodopia, rodopia e anda.

Posadas sua muito. Amarra um lenço vermelho na cabeça para protegê-la do sol e continua a caminhar capenga.

— Será que o robô mirrado aguenta o tranco? — Quitéria pergunta para Robert, que dá de ombros:

— Será que algum de nós aguenta? — devolve Robert.

Gagarin segue alheio a essas questões. Quando não se ocupa da sua bússola, olha para cima, para longe, como se procurasse pela própria nave, pelos outros argonautas, como se perguntasse ao espaço por eles, pelo seu destino. Ele segura a bússola como o que de fato aqui ela é, um tesouro, aperta-a entre os dedos para certificar-se de que continua ali, que segue apontando para o Norte: caso ela falhe não vamos a parte alguma, caminharemos desenhando círculos na caatinga, até reconhecermos cada árvore, pedregulho ou grão de areia pisado e repisado. Sofremos os tormentos da paisagem que parece planejada em detalhes, em seus aclives e declives, súbitos penhascos, ranhuras, o relevo ora ondeado ora em planície, os leitos de rio secos, ossadas que irrompem repentinas como assombrações sob nossos pés, um cacto, outro cacto mais adiante, o tronco de uma árvore que se contorce como se tivesse sido torturada, um grupo de arbustos nanicos ressecados, a que se segue a vegetação rasteira, que logo cede lugar outra vez ao deserto crespo, quebradiço. No meio de tudo, Gagarin segue altivo, com sua bata branca, o turbante que lhe protege a cabeça, os óculos escuros, especiais, de astronauta. Só mesmo assim para encarar a luz. Sua bússola:

— Me guiou no espaço, vai nos guiar aqui.

— No espaço? Para de cascata. Bússolas dependem dos pólos magnéticos da Terra para funcionar — retruca Drukker;

Gagarin apenas ri:

— O que você entende de equipamentos do ultraespaço?

Drukker resmunga algo sobre o trabalho na Repartição, depois escancara os olhos. Como um cenário armado, aparece uma bifurcação e duas placas: Caminho Curto, diz uma; Caminho Comprido, diz outra.

— Qual o caminho? — pergunta dona Eufrosina.

Gagarin estuda a bússola com calma, enquanto torramos parados ali, no calor: Não bastasse o sol, o ar seco, as torturas do caminho, tínhamos agora de ficar parados, esperando a decisão da bússola.

— Qual o caminho? — insiste Eufrosina.

Todos em silêncio esperam a palavra do astronauta. De repente Gagarin solta um grito:

— Foi Lina! Só pode ser Lina Buchenwald. Foi ela que desenhou Mata-Bandido, a perversa.

— Não é perversa. É só uma capitalista, e o capitalismo é roubo — reage Xabier.

— Não — retruca Posadas IV. — O capitalismo é um modo de produção.

Xabier:

— Os operários trabalham, suam, produzem; o capitalista os expropria. Os operários construíram Mata-Bandido, mas o lucro foi para Lina Buchenwald.

Posadas:

— Errado. O capitalismo comete o roubo como sistema, não de forma individual.

Todos escutam a disputa sem entender bulhufas, mas em silêncio, com exceção de Marffen, que geme e lamenta as dores que sente no pé inchado.

— Por acaso eles enlouqueceram com o calor? — pergunta Markko.

— Para o Caminho Comprido — decreta por fim Gagarin.

— Eu conheço essa mulher, diz, já caminhando. — Quer que a gente pegue o caminho curto, mas isso é só uma volta que vai acabar no mesmo lugar, ou dar em uma charneca insuportável... Ela é genial e perturbada. Perturbadamente genial.

— E se o caminho curto for mesmo curto? — pergunta Robert.

— Pode ser curto. Mas aonde nos leva? Vamos seguir a bússola.

— É uma ladra — insiste Xabier.

— Agora isso não interessa — berra Gagarin com a autoridade de quem controla a bússola. — Poupem energia e parem de encher o saco.

Posadas e Xabier trocam um olhar estranhamente cúmplice e começam a andar em silêncio.

2. Caminho Comprido

Na bifurcação, já dentro dela, o cenário se abre, cortando o Caminho Comprido: um alegre carrossel, cheio de música e caveiras agitadas. Lina e seu gênio macabro... Que sentido faz isso aqui? Algo estranho emana do carrossel sinistro, é como se tudo nele padecesse de uma doença que lhe debilita as cores, suprime o viço, apodrece as madeiras. As engrenagens parecem prontas a se desfazer, a morrer, enquanto a música do vento ri, alegre, aguda, como a gritar o desespero de estar neste lugar que concentra a desolação do mundo. Aqui, o mais atilado astronauta pode perder o rumo, desnorteado pela paisagem infeliz, que se transforma apenas para voltar ao mesmo, selvagem, melancólica sempre: a planície, depois a montanha, o vale, a pedra, a areia, a hulha, o despenhadeiro inesperado, tudo vai e volta entre um tufo e outro de vegetação, sinais longínquos de flora, que subsistem nas condições mais inóspitas.

O calor sufoca, gruda, entra na pele, parece fazer um buraco no corpo. O que fazemos aqui? Markko pergunta e gira; a luz branca incide sobre os olhos do cego e como que morre ali onde nada a recebe; ele sente a intensidade da luz, mas os olhos a repelem, eis o que o inquieta, então viravolteia uma vez mais, e outra, desespero, quer que alguém explique. O que é isso? Para onde vamos? Ninguém sabe responder: como se a luz, o calor, o chão trincado da secura perturbassem os sentidos de cada um.

De repente, Gagarin exclama:

— Saímos! Saímos do labirinto! Derrotamos Lina!

— Eis de volta afinal a natureza verdadeira. Árida, porém natureza. — Posadas se extasia com o próprio discurso, parece que um puxa o outro.

Marffen ensaia um "apoiado". Xabier meneia a cabeça com desânimo. Posadas passa-lhe um braço sobre o ombro e o chama a ver a floresta de árvores mortas que surge abrupta. De longe, os galhos secos que partem dos troncos parecem rir. Quando chegamos perto, Posadas se entusiasma de novo:

— É a natureza! Isso sim é natureza! — repete em êxtase. — Nada é plástico. É a natureza de Van Gogh, do amor universal, o amor que existe para o progresso da humanidade rumo ao socialismo.

— Besteira. O amor não é proletário, é apenas livre. Todo amor é amor livre! — retruca Xabier.

— O calor está fazendo os autômatos delirarem — conclui Drukker, que parece ter recuperado o bom-senso.

— O amor é livre. Só — insiste Xabier.

— O amor une revolucionários — Posadas rebate, depois começa a declamar um dos textos que traz em seu programa:

As figuras dos quadros de Van Gogh, as árvores, os movimentos das árvores, o efeito do movimento do vento, da luz, do sol, foram feitos com imenso amor. Tudo é feito com muito carinho à humanidade, à terra, à natureza. E ele desenvolve uma unidade entre estes elementos. Foi o enorme sentimento de amor humano, que levou a fazer tudo isso. Nenhum dos críticos analisa assim. Tomam Van Gogh como louco.

Ninguém nunca viu um quadro de Van Gogh, ninguém aqui nunca viu quadro algum, quem viu não lembra, mas isso não faz diferença. O tom efusivo de Posadas, suas palavras como que dominam a paisagem áspera e a envolvem, nos dão um alento novo, até seu entusiasmo nos contagia. Isso importa. Não vemos aqui nada do que suas palavras descrevem, mas todos intuem que o sentimento é carinhoso e reconforta. Por uma via torta, isso traz a cada um de nós a experiência da poesia. Ela nos aproxima e nos exalta. Mais do que a cada um de nós, ao próprio Posadas, que ao terminar a declamação tem a expressão como que saciada pelas próprias palavras. Ele faz uma longa pausa, em que parece abrigar a emoção.

— O mundo tem belezas. Impossível desistir dele — conclui.

— Só entendi que esse Van Gogh era um maluco. E esse Posadas também — Marffen comenta e ri. — Como é que eu fui me meter com esses otários? Puta merda, como dói o meu pé.

Procuramos ao menos algum vestígio da natureza que Posadas descreve. No seu entusiasmo ele sequer viu a forca instalada numa árvore, da qual pende um corpo que se decompõe. Explosões chegam de longe, tudo treme, Markko berra, Marffen urra de dor por causa do calcanhar arrancado. Lenira tenta ajudar com pomada e ataduras. Não basta, é claro: ele berra, chora, grita.

Tudo continua desolado; o amarelo do solo, as árvores que parecem ter sido vergastadas, árvores tristes como a vida neste lugar. Parece que isso entra em nós. Onde vamos parar? Onde estamos? Markko indaga o tempo todo. Ninguém sabe dizer: estamos tão perdidos quanto ele; nós, os que vemos, seguimos Gagarin e nos arrastamos em algum ponto do terreno estéril. Markko sabe que a cegueira o segrega. É tudo que sabe… e saber disso não serve para nada. Arranjo uma corda e passo em sua cintura, assim posso mantê-lo à distância e controlá-lo ao mesmo tempo — e ele que rodopie quanto quiser e pergunte o que quiser. Markko é um dos raros fracassos científicos do mundo novo. Três transplantes de globo ocular e nenhum resultado; nunca foi possível encontrar um nervo óptico que transmitisse os sinais ao seu cérebro. Tentaram clones, foi inútil. Deve ser o cérebro que não funciona direito — costumava brincar Stengl.

O que fazemos aqui, aonde vamos chegar? Se conseguirmos chegar... — agora sou eu que pergunto a Quitéria enquanto lhe peço um gole d'água e ela responde que não, só ao anoitecer. Então sim, cada um ganhará sua pílula de hidratação. Na falta de um nome melhor é o que chamamos gole d'água. Talvez hoje demore um pouco mais, pois com um berro Robert anuncia que Marffen desapareceu, pulando numa perna, sangrando, sem o calcanhar, entrou pelo leito seco de um rio e foi se afastando sem dar um único grito. É estranho que anuncie isso assim, agora, faz mais de hora que ninguém o via. Marffen é malandro, mas não covarde: escolheu morrer sozinho, em silêncio, penso. Logo alguém mais se perderá, estou certo disso, pois Drukker rasteja, sucumbe ao peso do corpo que carrega. Agora é dona Eufrosina quem conduz Markko, o que forma um quadro engraçado: lado a lado, o mendigo com seu cajado e cegueira, e a sovina com sua pose de milionária, sapato de salto, colar de pérolas e o saco de moedas, passinho e passinho, para cá e para lá, as pernas meio abertas. Se Markko se adianta ou se atrasa ela o puxa com força.

No fim das contas, Posadas com sua natureza e seu Van Gogh produziu o sentimento de otimismo dolorido que agora era possível vislumbrar em cada rosto, claro. Não vemos uma paisagem de Van Gogh, mas chegamos a amar a natureza imponderável, talvez insuportável que se abre à nossa frente. É preciso vencê-la, é preciso seguir, eis o que sabemos: Gagarin tira do bolso a bússola confere, ordena. Não acreditamos muito nisso, mas seguimos.

— Isso não é verossímil. Simplesmente não é. Essa paisagem não é real. Quero acordar e descobrir que é tudo um pesadelo — resmunga Drukker, que sua por todo o corpo. Troca, depois, o atônito pelo irado:

— Vocês são o meu pesadelo! — grita.

O corpo de Drukker treme, convulsiona. Robert o estapeia. Ele parece voltar do transe, rosto vermelho, expressão pasmada, como se quisesse morar dentro do transe. Que importa? Estamos no caminho e ele nos leva ao real; Drukker não pode escolher, nem eu. Pior que terrível é o nada onde estamos. Faz séculos que ouvimos falar disso, mas nunca ninguém falou desse cheiro de natureza queimada, o cheiro apenas, talvez uma essência de natureza produzida por botânicos e aspergida de vez em quando por alguma máquina, para que o condenado leve consigo uma derradeira lembrança de prazer. Ou talvez, ao contrário, o mergulhe como último castigo nas crueldades em que se compraz a natureza, na rudeza dos relevos, na desolação rala das caatingas. Ao longo do caminho, de tempos em tempos, aparecem no chão, soltos, alguns metros de corda, feitos para quem quiser se enforcar. Obra de sádicos, penso.

— Não se pode pensar assim — diz Gagarin de tempos em tempos, segurando a bússola. — Devemos seguir, ultrapassar o deserto, chegar ao centro do mundo, à mãe, à matriz. Nova Xavantina existe, está no fim do caminho. Pense assim… É preciso pensar assim…

Assim como? Ele fala sozinho ou conseguiu me ouvir meditando? Ou será que todos pensamos a mesma coisa? Ele tenta talvez evitar um pensamento pessimista! Fala consigo mesmo? Essa é hipótese é a que mais me alarma: o guia enlouquecer. Já não tem aquele ar meio soberbo de líder, que tinha no começo da caminhada.

— Eu vi tudo lá de cima. Mata-Bandido é verdadeiro, tudo mais é cenário, mentira. Isso aqui pode ser o inferno, mas é real. O resto do mundo também era isso. O mundo inteiro era essa desolação. Sobre ela é que criaram um mundo-cenário.

— Eu só vejo calor — agora é Markko, falando do outro canto— Só calor.

— Por que preservaram esse pedaço de realidade então? — Lenira pergunta a Gagarin, inquieta, piscando.

— Porque é preciso um elo, miserável que seja, com a verdade, com a Terra. Os cientistas resolveram todos os problemas, criaram uma segunda natureza. Mas era preciso deixar alguma coisa do passado, da Terra de verdade. Deixaram esse deserto e o reservaram aos condenados.

Os óculos especiais de Gagarin o protegem dos raios UV. Robert, com óculos escuros normais, reclama da dor nos olhos que o sol provoca. Dona Eufrosina tirou os seus da bolsa. Está melhor do que nós. Não tivemos tempo para nada, nem roupas extras. Drukker arranca os óculos pretos de Markko, que se põe a berrar de dor. Xabier tira os óculos de Drukker e devolve ao mendigo. Drukker resmunga: não adianta nada, não dá pra ver nada com eles, são pretos pretos. Em definitivo, Drukker tem os nervos afetados, não está em seu normal. Digo isso a Lenira, que meneia a cabeça: não levam remédio para os nervos na maleta. Não pensou nisso. Era a primeira coisa que eu devia ter pensado, recrimina-se.

Cada um se vira como pode. Quitéria abaixa a aba do seu sombreiro o quanto pode, Lenira cola uns pedaços de papelão na testa para fazer uma aba, Robert a imita, e assim por diante. Minha solução é a pior: protejo os olhos com as mãos e olho para baixo, mas o reflexo do sol, mesmo o reflexo, machuca a vista.

Posadas segue alheio a essas histórias, caminha ao largo, a alguns metros, dos demais. Como Xabier, não sente o efeito dos UV. De repente, para.

— Aqui há muita terra, diz. — Onde estão os camponeses? Aqui deve começar a reforma agrária! E depois a guerra revolucionária. É preciso convocar os camponeses.

Xabier ensaia um "apoiado". Lenira pisca muito, pergunta se robôs enlouquecem.

— Teoricamente é impossível, comenta Robert. — Eles respondem a seus programas, é tudo. Se possuem algum sentimento é que foi programado. E quem introduziu o programa neles sabia o que estava fazendo. Mas tudo isso é teoria…

A noite cai e com ela a temperatura, como um abismo. A claridade do dia cede em minutos ao negror absoluto. Apenas uns traços atravessam o céu vez por outra, talvez meteoritos, talvez fragmentos de Shellbras se desfazendo. Não há mais nada para ver, nem lua, nem nada. A quietude baixa, horrível como o frio. Juntamos os trapos que nos protegem do frio tanto quanto podem, até que enfim encontramos abrigo numa espécie de caverna, dessas que vimos vez por outra no fundo dos vales. Eu digo cavernas, mas são na verdade santuários formados por algum relevo em que se aglomeram as ossadas de antigos condenados, que algum deles juntou — ou foram vários, impossível saber — até formar essa reentrância de ossos calcificados que se incrustam irregularmente na terra e nas pedras.

Mal ou bem, forma-se assim uma proteção contra o frio, e ninguém imagina rejeitá-la.

De surpresa, Marffen ressurge como um fantasma. Cambaleia, equilibrando-se meio sobre um pé e meio num galho seco, furioso, chama a todos de traidores. Ninguém ousa contestá-lo, ou por causa do espanto, ou porque seja verdade. Seu corpo inteiro treme, de irritação, ou dor, ou frio, talvez tudo junto. Desta vez, Lenira está preparada: aplica-lhe uma injeção de morfina, ele sossega.

Talvez muitos condenados tenham se encontrado ali, nessa incrustação, no mesmo lugar, para morrer, como se buscassem nos mortos mais antigos o aconchego de um último e inútil encontro. É ali que nós também nos resguardamos. Com a ajuda de lanternas conseguimos achar algum canto onde é possível descansar o corpo sem sermos assediados por restos de ossadas, que de fato formam uma formidável proteção contra o vento gelado que sopra após o anoitecer. Markko pergunta vez por outra onde foi parar o calor. Grudamos uns nos outros. O pouco calor que sentimos vem então do conforto de pertencer à mesma espécie — durmo abraçado com Gagarin33, a quem se junta Lenira. E assim por diante. Nos reconhecemos uns nos outros: Dona Eufrosina abraça Posadas! Mesmo os replicantes grudam-se em nós como se fossem dormir — eles que nunca têm sono e desconhecem o frio. Nos juntamos todos. Todos, eu digo, menos Robert, que anda de cá para lá sem parar, os braços cruzados, pensativo, de um lado e do outro. Sua arrogância e mesmo os ciúmes de Xabier diminuíram. Isola-se. Pensa. Já Xabier parece ter sido tomado, recentemente, por certa irritação, que descarrega sobre nós. Sempre que pode nos admoesta, nos censura por alguma coisa. Ou investe, como numa ameaça:

— Aproveitem o ar gelado. Amanhã tudo pega fogo outra vez — berra de repente.

Terrível ouvir isso quando trememos de frio e no melhor momento do dia, agora que Quitéria acabou de distribuir as pílulas de hidratação que guarda tão ciosamente, e Lenira nos oferece as pílulas de alimentação.

Antes de dormir procuro imaginar por que estou aqui. Se lá em cima os espasmos do planeta golpeiam os que ainda, talvez, resistem; se agora sobre nossas cabeças trovejam novas explosões, se ao longe se pode ver à noite os incêndios que devastam Shellbrás, é que a Terra se voltara contra todos, os mares, as usinas, os edifícios, tudo desconectado, tudo acabando mesmo. E esta reserva de verdade que é Mata-Bandido ainda se aguenta. Mas até quando? Nos dará ao menos o tempo de chegar a Nova Xavantina? Sim, responde Gagarin, porque ela protege o que a cerca. Vamos sobreviver, então, talvez... Mas por que não fiquei lá a enfrentar a mesma sorte dos outros? Para salvar a humanidade? Que pretensão! Ou para registrar a solidão dos últimos homens do mundo? Patético! Até onde chegaremos? Até onde chegarão esses androides? Posso entender bem a angústia de Robert: quando essas máquinas emperrarem como ele vai consertar? Aqui não há peças sobressalentes. Talvez seja essa a razão do comportamento irritadiço de Xabier. Pode ser. Ou ele sabe que não vamos chegar a parte alguma. Que o fim de Mata-Bandido é só isso: o fim, mais nada.

De repente Quitéria lança a pergunta:

— Por que você fala tão pouco?

Não respondo. Nem sei se está falando comigo. Ela me cutuca com força e repete a pergunta.

— Não sei. Não tenho muito a dizer.

— Mas passa o tempo todo com caderninho e lápis marcando tudo que acontece. Só que até agora não sei quem é você, nem por que está aqui.

— Também não sei. Aconteceu... Coincidências.

Ela se vira para o outro lado, irritada.

— Acho que sou meio tímido.

Ela se volta para mim outra mim outra vez, curiosa.

— O que eu sei é anotar o que vejo...

— Tipo estranho!

— Sou um pouco. Acho que passei muito tempo escondido na casa dos meus tios. Enquanto os outros estavam lutando eu ficava fechado, lendo, lendo, lendo...

— É o que eu chamo de covarde!

— Devo ser. Nunca estive na guerra, não fui herói, não lutei, nada.

— Enfrentou os Predadores pelo menos?

— Não. Só fugi deles, apavorado.

— Covarde! — ela repete, depois me abraça para se aquecer e se ajeita para dormir. — Sabe que até hoje não sei o seu nome?… Ah, não precisa dizer. Não interessa.

Entendo seu desprezo. Essa conversa me inquieta, até me tira o sono. Mas foi assim que as coisas aconteceram comigo. Tudo que sei é anotar. E tento entender o que acontece ao meu redor.

Até a angústia de Marffen acho que entendo. Está cada vez mais isolado. Com Lenira ele ainda troca duas palavras, antes de receber a morfina, quando ela o procura para trocar a atadura do pé infeccionado. Logo que ela termina o serviço, ele se põe de pé, apoia-se no galho de árvore seca que usa como bengala e se afasta em silêncio. Depois cai dormindo sob efeito da droga.

— Além do mais ele está triste. Sente saudades da vida antiga — esclarece Lenira.

Sim, a vida de Marffen, tal como narra Lenira, era de causar inveja a nós, a quem nada sucedia, como eu ou Drukker. Marffen, ao contrário, passara a vida traficando medicamentos, promovendo apostas clandestinas, explorando replicantes prostitutas (as conhecidas como roboputas), mais tarde traficando órgãos de clones. Enfim, não faltou emoção em sua existência.

Demoro um bom tempo antes de dormir. Os pensamentos me inquietam; queria levantar, caminhar um pouco, sofrer com o frio, até, se necessário, caso um movimento mais brusco não ameaçasse desmontar a bem armada pirâmide de corpos e ossos que sustenta uns junto aos outros. Meu pensamento vaga, divaga, vai à farmácia, a Augus9, a Drukker, que até hoje ri e diz que me apaixonei por uma imagem. Quando comenta essas coisas alto, com os outros, eu perco as palavras, me sinto grotesco, lamentável. Paixões são há muito coisas ridículas. Ainda assim, penso agora, que dor sabê-la desligada, inexistente, destruída, sem voz nem rosto, sem o movimento gracioso das mãos. E todos nós, no tempo das paixões, não era imagens o que amávamos? Não eram aparências o que adorávamos? Um gesto, um jeito de olhar, de andar, de falar... Foi assim, sou capaz de lembrar. E por ser capaz de lembrar é que fui tomado por esse afeto. Real como se ela fosse real. A elegância de Augus9, sua gentileza, a maneira como estendia o braço, indicando a gaveta onde achar o remédio. Só quando a via me sentia feliz no novo, maravilhoso e infame mundo perfeito. Está acabado agora. Desapareceu. Um sonho, como diz Drukker. Talvez por isso os amores tenham sido excluídos da nova ordem: paixões não se contentam em ser sonhos, elas nos lembram de nossa natureza perecível, tudo isso que o governo com suas telas, medicinas, telescópios, transportadores, comunicadores, clones e DNAs nos fizeram esquecer.

Mal dormi e já ouço um berro:

3. Em torno de Utopia 3

— Acorda! Acorda!

Ainda é noite, mas Xabier passa despertando um por um e dizendo que é preciso retomar a caminhada já, agora. Doravante, ordena, andamos nesses horários: as madrugadas ainda geladas e os entardeceres, mais amenos. Não sei do que serve isso: Qual o plano, quer saber Robert.

Xabier rosna, irritado, como se a mera indagação fosse um desafio à sua liderança. Gagarin toma a palavra:

— Vamos a Nova Xavantina. Vamos ao centro, ali onde a Terra e o universo comunicam-se. Quando tudo acabar ali estará preservado. E é ali que surgirá o resgate.

— Quem? — pergunta Dona Eufrosina irritada.

— O resgate do planeta, intervém Posadas. — Virá do espaço.

— Não sabemos quem virá, nem de onde, considera Gagarin, que agora fala com firmeza, assume a liderança da expedição.

— Virá do espaço — insiste Posadas, sonhador.

E, voltando-se para Eufrosina:

— São mais evoluídos que nós. São comunistas.

Dona Eufrosina torce o nariz. A essa altura já anda arrependida de ter se metido na empreitada e sonha em voltar aos seus milhões, nem que fosse para desaparecer agarrada a eles. O essencial é sempre a sensação de segurança, mais do que a segurança.

— Não sabemos nada. Talvez não exista ninguém, talvez exista. Aquele é o centro em torno do qual tudo gravita — insiste o 33, como se com isso explicasse alguma coisa.

— Que besteira é essa? Como você sabe?

— Quando chegamos perto de Utopia 3, havia sombras. Nossa nave tentava se aproximar do planeta, mas ele como que se escondia, os vapores subiam, turvavam a vista, então uma névoa viscosa se agarrou à nave; era uma espécie de rede em torno dela. Chegamos a pensar que era o nosso fim, mas a cada vez a névoa se afastava. Sempre que conseguíamos achar Utopia 3, o planeta não estava mais lá, como se brincasse conosco. Estava sempre longe. À medida que o orbitamos percebemos uma luz, muito distante. Era o sol de Utopia 3 que se extinguia. Foi possível medir a distância a que se encontrava do planeta: a mesma exata distância do Sol em relação à Terra. Só que era um Sol fraco, era como se fosse a luz de um fósforo. Então percebemos que o planeta habitável, nosso futuro, era só a projeção no tempo de nós mesmos. Então Sheppard gritou: "O nome não é Utopia. É Cholera. A cólera do universo contra nós". Berrou isso muitas vezes. Foi preciso silenciá-lo, acalmá-lo. E de repente vimos Utopia 3, essa réplica de nós mesmos, convertido numa enorme pedra de gelo, se partir em pedaços, desaparecer, consumir-se em poeira. Voltamos à Terra sem nada informar, cessamos os relatórios parciais, para que as pessoas não se assustassem. Preferimos o silêncio. Essa foi a história que nunca ninguém conheceu, só nós, os argonautas, e agora vocês.

Gagarin 33 costumava evitar esse assunto, a viagem a Utopia 3. A alguns de nós pareceu um mau presságio: se ele resolveu falar disso agora é porque estamos ferrados. Talvez, hipótese mais otimista., eles apenas tenham sofrido algum tipo de alucinação coletiva ao se aproximarem de Utopia 3.

— Vocês devem ter enlouquecido, diz Drukker abruptamente. — Porque o Sol daqui não morreu. O filho da puta está bem vivo.

— Vivo até demais — completou Eufrosina.

Não era nada impossível, dada a pressão imensa das distâncias monumentais que haviam percorrido, do espaço, dos planetas, sóis, asteróides que deixaram para trás. De todo modo, essa conversa me pareceu péssimo sinal, pois 33 era o mais apto dos humanos à sobrevivência e se começasse a soltar um parafuso na sua cabeça as coisas tendiam a degringolar de vez.

— O café está servido.

Lenira passa com a pílula matinal, como que para nos tirar daquele estado depressivo.

Quitéria a segue com o gole d'água.

— Um gole só — ordena. Um gole quer dizer uma pílula, claro.

Descansamos mais uns minutos para fazer a digestão. Tempo de olhar para cima, para o céu. Visto a essa hora, uma coisa linda, que parece nos proteger. A noite é clara, azul, afável.

— E as estrelas ajudam na navegação — diz Gagarin, erguendo-se. Os outros o imitam.

Voltamos a caminhar. Voltamos ao mesmo problema:

— E quem virá nos resgatar? — pergunta Robert.

Antes que ele comece, Posadas retoma seu discurso:

A passagem da matéria do estado inorgânico ao estado orgânico pôde se dar em outro lugar, não só na Terra, de sorte que a energia ali possa ser utilizada de modo superior. Outros povos podem dominar toda a energia existente na matéria. Eles podem utilizar toda a energia que na Terra não sabemos como empregar e transformá-la em luz.

Markko interrompe a descrição:

— E que tudo se transforme em luz! — exclama aos prantos.

— Cala a boca, cegueta — Robert se rebela.

— Cala a boca você, Bob bobão.

Posadas ignora os comentários:

— *Quando levamos um tempo X para ir de um continente a outro, eles talvez o façam na metade de um segundo. É tudo isso que determina então a concepção da vida e da organização da matéria. Esta energia deve conter uma força infinitamente superior à que conhecemos e uma propriedade....*

— Cala a porra da boca! — interrompe Eufrosina.

— Burguesa velha! — replica Posadas, furioso.

— Trotskista lunático! — explode Eufrosina, tirando um sapato do pé para bater no replicante.

Gagarin os separa:

— Ele pode ter razão. Nossos físicos estudaram a questão. Não chegaram a nenhuma conclusão. Pode sim existir inteligência fora da Terra. E uma inteligência tão grande como a que pensamos perceber em Utopia 3.

— E tudo pode ser fantasia desse demente — completa Marffen, rindo.

— Anarquista! Derrotista! — ataca Posadas.

— Ei. Anarquista é uma coisa, derrotista, outra — protesta Xabier. O anarquismo é a conquista da felicidade.

A discussão não leva a nada, mas está perto de virar briga, até que Robert, reflexivo, intervém:

— Agora isso não faz a menor diferença. Vamos em frente.

Um silêncio pesado já havia se instalado antes mesmo que Bob entrasse com a questão, até porque ninguém sabe o que significa anarquista, fora os replicantes. Agora Robert prossegue: temos os ânimos alterados pela viagem, pelas incertezas, pelo calor, pelo temor de não chegarmos a parte alguma e, agora, de que o Sol se apague. Melhor evitar brigas entre nós.

4. Aqui, onde era a floresta

Tudo que sabemos é avançar... avançar para chegar... aonde mesmo? O que vamos encontrar? Se Nova Xavantina existir, se não for só outro mito criado para nos entreter, se Gagarin estiver certo, se... se... se... Tudo a fazer é andar, pronto, mais nada. Seguir a bússola e as estrelas de Gagarin, torcer para que estejam apontando na direção certa. Quantos séculos passamos sem pensar, obedecendo à Tela, adorando o CEO, aceitando mil olhos vigilantes, até que tudo veio abaixo. Quem sabe, então, o centro do mundo resista. Quem sabe tudo possa ser salvo. Quem sabe...

— Andando. Todo mundo! — Xabier ordena.

Sua voz agora é mais violenta, como que para compensar a incerteza. Não sabemos o que existe à frente, mas isso deixou de ser a questão central. Gagarin e os replicantes decidiram que precisamos aproveitar a madrugada para caminhar, assim espantamos o frio com o movimento do corpo e evitamos andar sob o sol forte. Dormiremos durante o dia, então, embora ninguém possa dizer como será dormir de dia com calor e o sol na cabeça. Sol de verdade, sem os filtros da Tela de Fuller.

Paramos de falar. À noite, o silêncio aparece mais: aqui nada vive, não há escorpiões, nem vermes, nem nada. Queria ouvir uma gralha, qualquer coisa, o uivo de um coiote, sentir o vôo de morcegos sobre a cabeça, qualquer coisa viva vem vez desse silêncio. Tão completo que escuto os passos, os gemidos, tudo. Até a respiração ofegante de Eufrosina. Somos só nós. Quando amanhece, dona Eufrosina já se desfez dos adornos do vestido. Do colar de pérolas e do saco de dinheiro, não. Topamos também com pertences que outros condenados largaram ao longo do trajeto e que ninguém mais pensa em recuperar: tesouras, cintos, bigornas, moedas, laços, crachás, remédios, botões, quase tudo, enfim.

O nascer do Sol faz ver ao longe, na planície, a ondulação das areias, e dentro delas um rio. Drukker, que agora conduz Markko, solta-o e se lança naquela direção, berra: "água, montes de água"; logo, porém, para. Um súbito declive permite ver que aquilo não é mais que a ilusão de um rio. Markko se vê sozinho, perdido, rodopia, pede socorro. Posadas corre ajudá-lo. Drukker volta desiludido. Pior: transformado. Pela primeira vez o vejo assim. Depois de um dia sob o sol e de uma madrugada caminhando, está pálido. Emagreceu quilos e quilos, o que seria bom, caso não tivesse envelhecido décadas, talvez um século, nestas poucas horas. Quem sabe ao me olhar ele pense a mesma coisa... Talvez sejamos todos fantasmas afundando nesse lugar onde um se torna o espelho do outro. Mata-Bandido é isso: um matadouro onde provação após provação a razão desmorona antes que o corpo expire.

Gagarin33 decide parar na primeira caverna de ossos ou qualquer lugar que nos proteja, pois em poucos minutos o sol baterá forte. Dona Eufrosina custa a aparecer. Largou os sapatos de salto pelo caminho, vestiu o chinelo que Xabier ofereceu. Embora ele tenha pés muito maiores que os dela, os pés da senhora andam tão inchados e cheios de bolhas que já cabem direitinho no chinelo enorme. Ela completa o calçado com trapos recolhidos aqui e ali, que enrola nos tornozelos.

Há dois dias, até menos, éramos um exército pequeno e forte, talvez heróico. Agora fomos no lugar de estamos reduzidos a um bando de maltrapilhos famintos, sedentos, ridículos com seus para-sois improvisados, mal dos nervos, medrosos, prontos a largar todo lastro pelo caminho, nada heróicos, quixotescos no máximo.

— Que bando de malucos somos nós? — berro.

— Nada malucos, nós somos os sensatos — Posadas rebate e prossegue. — Me chamavam de maluco. Onde estão eles agora?

Ninguém responde. Ele então segue:

— A guerra atômica provocará muitas mortes, centenas de milhões de mortes, Destruirá pessoas, edifícios, máquinas, mas não a capacidade humana, a experiência, a segurança humana: tudo isso já está conquistado.

Robert Campbell o corta, irritado:

— A porra do mundo acabou, não houve guerra atômica e esse robô maluco não para de falar.

Posadas tem o mesmo ar toda vez que começa a papaguear o que traz no programa: os olhos se voltam ligeiramente para o alto, assim como um dos braços. O rosto e o restante do corpo se imobilizam. Sua única função em atividade é a memória. Sempre foi assim. Agora, no entanto, parece ter entrado em loop, numa espécie de pane, e não cessa de repetir as mesmas palavras.

Depois da terceira repetição, Xabier avança, irado, na direção do outro autômato. Gagarin salta para contê-lo antes que Xabier o danifique. Posadas, indiferente, prossegue com o discurso:

— O capitalismo usou a técnica de acordo com a própria necessidade, e não em função do interesse humano.

— Ainda mais essa. Fazer o que com ele? Como consertar um replicante em pane sem os meios que eu tinha no subterrâneo? — Robert abre os braços desanimado, depois vira de costas e pensa:.

— Vou tentar uma coisa, diz por fim. — A mais velha do mundo.

A mais velha do mundo da informática, em todo caso. Aquela de que ninguém nem lembrava. Campbell sacode Posadas IV, sacode de novo, ainda mais, até que ele para de falar, o corpo enrijece, depois desmonta no chão. Parece que todos paramos de respirar. Ele continua lá, estirado, inerte.

— Morreu? — Lenira se atreve a perguntar.

Robert abre os braços:

— Dei um reiniciar. Mas não garanto nada. O estado da máquina pode estar crítico. É o que dá pra fazer.

Em menos de um minuto, o replicante dá sinal de vida. Acena com o braço e, ainda deitado, começa a cantar ritmadamente:

De pé, ó vítimas da fome/
De pé, famélicos da terra.

Para de repente. Levanta devagar. Passa a falar daquele seu jeito declamado:

Toda a luta pelo progresso humano foi acompanhada pelo canto. O canto são as ondas que o universo leva aos humanos para, através dele, ser um meio de elevar-se e comunicar-se com o universo.

Faz uma pausa, como que refletindo. Lenira aproveita o silêncio:

— Há uma coisa certa nisso: nós precisamos comunicar com o universo. Nós paramos de fazer isso.

Beethoven não julgava as tormentas como algo horrível, e sim como condição natural da vida. Sejam as marés, sejam as ondas, as tempestades e ciclones não faziam-no submeter-se ao temor e à destruição, ao contrário, ele os introduzia em sua música. Quando o gênero humano avançar em direção à integração com o cosmos já não vai existir o efeito destruidor desse poder da natureza e do cosmos. O movimento que chega do cosmos será devidamente organizado e orientado para ser usado e formar uma unidade com o ser humano.

E então para. Imóvel outra vez.

A bem dizer, ficamos todos assim, imóveis. Sim, as tormentas são condição natural da vida, e estamos no meio de uma, a maior de todas. De repente parece que tudo o que diz faz sentido nessa nossa desaventura. Somos vítimas da fome. Vítimas de Lenira, que controla as pílulas de alimentação, argumentando que não sabe quantos dias mais teremos antes de chegar a Nova Xavantina.

E suportar tormentas talvez não seja insensatez, mas condição natural da vida: nunca ceder ao medo e à destruição. Seguir, seguir adiante. Temos a bússola de Gagarin, a liderança de Xabier e agora as palavras de Posadas, os pensamentos de Beethoven, a paisagem de Van Gogh. É o que temos.

Gagarin puxa a bússola, encerra a pausa, indica a direção e seguimos.

Xabier sai do estado de apatia em que se achava desde a discussão com Posadas:

— Aparentemente, Posadas IV tem muita coisa guardada na memória, mas só recita o que serve para ele. Nós pensamos no ponto em que a Terra se comunica com o Cosmos. Mas ele pensa em ETs nos visitando!

Dá a impressão de que vai provocar o outro autômato, mas ninguém parece escutá-lo. Ok. Em frente. Contanto, claro, que a gente consiga achar logo uma toca que nos impeça de torrar debaixo do sol infernal, porque nem uma tenda temos para nos proteger durante o repouso e porque por enquanto o efeito destruidor da natureza encontra-se justamente sobre nossos lombos, sob a forma dessa luz pesada, ofuscante, intolerável, maldita. A paisagem por vezes se transforma, mas permanece barbaramente estéril, seca; as plantas repentinas parecem monstros deselegantes que surgem das pedras para assombrar o caminho. Em definitivo, não era Posadas, nem Xabier que deviam temer a loucura, mas nós, humanos, que agora nos descobrimos frágeis e mortais como há muito deixáramos de ser.

— Sabem que aqui era floresta? O grande Amazonas? — digo de repente.

— Essa caatinga maldita? Não, estamos indo a Nordeste — contesta Lenira.

— A Norte — corrige Gagarin. — Sim, aqui foi uma grande floresta, a maior do planeta, havia índios e bichos de verdade, plantas, pássaros reais.

Robert ri, histérico. Quitéria o imita.

— Aqui foi o Brasil. Eu conheci, vivi aqui — digo. — Era um mal-entendido, entre outros mal-entendidos do mundo.

— Tanto faz o que foi. Para mim é igual. — opina Markko.

— Foi um maravilhoso paraíso da acumulação de capital — atalha Eufrosina e brande seu saco.

— E da perversidade burguesa — responde Xabier.

— Que diferença faz? Não vejo nem deserto nem floresta — completa Markko.

5. O organismo e o desconhecido

Mata-Bandido é um presídio sem portas ou barras, mas com tudo que até pouco tempo atrás assombrava os rebeldes, os loucos, os desviantes da nova ordem, que tanto temiam acabar condenados a vagar neste agreste, o lugar de terror cujas delirantes minúcias só viriam a conhecer ao serem lançados aqui. São deles os esqueletos que irrompem diante de nós a cada fim de jornada e se aglomeram para criar essas formações calcárias, feitas de velhas ossadas que, à falta de uma caverna de verdade ou de algum outro refúgio, nos protegem. É sempre um desses aglomerados que buscamos. Nos acomodamos lá pelas 9 horas da manhã para dormir, desde que decidimos marchar nas horas de temperatura mais amena. Agora o corpo quer apenas parar, mais nada.

Cobrimos com trapos as fendas nas cavernas de ossos, e assim ao menos diminuímos a luminosidade. É o que conta. Os robôs passam por revisão sumária, já que Robert pouco tem a fazer por eles. Depois do restart voltam, como sempre, a manter os olhos abertos: não conhecem as limitações do corpo humano — que sentimos cada vez mais intensamente: são meras cópias, verossímeis, perfeitas, e sentem essa perfeição como uma vantagem sobre nós. Na pior das hipóteses pifam e nem ficam sabendo o que aconteceu. Talvez nosso governo não estivesse tão errado quando resolveu destruí-los. Certas horas odeio esse arzinho de superioridade que Xabier ostenta, seus chiliques, suas ordens. Não digo Posadas: ele é um robobo, como diz Marffen. Bom sujeito, embora meio desequilibrado. Enquanto divago e o sono vem, ouço a voz de Marffen. Ele chega atrasado e aos trambolhões, bengala em punho, vociferando contra todos, berrando que foi abandonado outra vez, que a ferida no pé o atormenta, que é preciso trocar as ataduras. Lenira lhe aplica o glitter de morfina. Dali a pouco ele dorme.

Apesar da proteção que oferece contra a claridade, a caverna parece uma estufa, tão pouco é o ar que circula aqui dentro e tão intenso o calor. Xabier anuncia aos berros que já é noite. Hora de andar. Acordo suado e cansado. Hoje apenas Drukker reluta em acordar. Xabier aplica-lhe uns chutinhos, ele reclama e insiste em dormir. Diz que ainda não é hora. Que está cansado. Olho no seu rosto e mal o reconheço: em dois ou três dias metade daquela gordura toda se perdera pelo caminho, a pele enrugou, ficou fina, quebradiça, feridas apareceram aqui e ali, os olhos agora estão fundos, distantes, como que amassados para dentro das órbitas. Eu que o conheci tenaz, cheio de humor, gordo, saudável, trabalhando, planejando o futuro… Aqui é só um organismo que definha.

— Olha que bonito lá em cima… As estrelas nem parecem de verdade — diz com voz suave.

— Vamos, de pé, coragem! — Marffen o incentiva batendo no seu corpo com o cajado que não larga desde que foi mordido pelo mutante. .

— Vão vocês. Eu vou depois.

— Olhe para mim. Com esse pé pela metade. Todo fodido. Mas vou em frente. Vai desistir?

Drukker não responde. Todos se reúnem em torno dele. Há quem chore.

— Eu quero olhar as estrelas. Lindas estrelas. Vão embora — balbucia:

— O universo lá longe está tranquilo… — Gagarin contemporiza. — Eu também fiquei com vontade de olhar essas estrelas de hoje — e deita-se no chão.

— Não vamos andar? — Lenira pergunta.

— Podemos esperar…

Todos se deitam a olhar para o alto, a beleza da galáxia, com a óbvia exceção de Markko, que pergunta o que é tudo isso.

— Deita e fica quieto — Quitéria ordena; agora é ela quem toma conta do mendigo.

Nem mesmo Marffen pode rejeitar o encanto daquelas estrelas.

Nem o gole d'água do despertar tomamos. Concordamos todos em poupar energia, solidários com Drukker e descansando também. Ele me chama com um gesto e começa a falar, em voz baixa porém segura. Os olhos, que estavam fundos, brilham suavemente. Lembra dos dias em que foi criador-assistente de Funções. Com mais idade do que as pessoas do departamento, pôde propor inovações que serviram para ocupar pessoas em estado de ócio. Foi assim que surgiram, por exemplo, os ascensoristas, que acompanhavam as pessoas nos elevadores. A criação mais aplaudida, a que todos chamaram de golpe de gênio da imaginação foi a introdução das telefonistas. Claro que a função dessas mulheres era inteiramente dispensável. Foi preciso promover uma regressão considerável no nível tecnológico das comunicações à distância para acomodá-las. Passou assim a ser obrigatório, para cada contato, pedir a ajuda das moças da companhia. Muitas conseguiram, com isso, uma ocupação útil.

O governo premiou a ideia, tida por revolucionária, só que os méritos foram para o seu superior, o chefe-criador de Funções. Como este sabia que a ideia foi de Drukker, encheu-se de ciúmes e, na primeira ocasião, arranjou um jeito de livrar-se dele, que foi transferido para o almoxarifado. Perdeu então os privilégios e o salário do cargo, além da casa de veraneio a que tinha direito por duas semanas, todo ano.

— Foi uma grande mágoa, diz ele. — Mas, quer saber, ter essa mágoa... ao menos foi uma mágoa, uma coisa que tive, que levo para sempre. Poucos têm isso hoje em dia.

Depois que veio para a nossa Repartição em nenhum momento Drukker tocou no assunto. Não abriu a boca. Não demonstrou tristeza, nada.

— Eu não tive nenhum mérito, na verdade. Minha avó tinha sido telefonista, me contava essas histórias, consegui até guardar umas fotografias que me deixou.

Não era uma história muito impressionante. O fato de estar lembrando dela, sim. Pensei em fazer-lhe uma ou duas perguntas. Ele, porém, tem agora um sorriso permanente, um ar de bem-aventurança: qualquer conversa poderia tirá-lo desse estado. Dorme.

Duas horas depois, entendemos que era hora de despertá-lo. Xabier recomeça com os chutinhos.

— De pé. Vai, levanta.

Drukker ergue-se penosamente. Lenira coloca a mão em sua testa e verifica que está febril. Da caixa de primeiros socorros tira um glitter antitérmico e lhe oferece. Em um minuto ele se anima e dispõe-se a prosseguir.

— Você cuida dele — diz Lenira.

— Não precisa. Ele está ótimo.

— Cuida e não discute.

Nesses assuntos a autoridade absoluta é Lenira. Vamos em frente. Já retomamos a caminhada, quando Xabier fala, alto:

— Morreria hoje mesmo, se quisesse, era só me esforçar um pouco, se pudesse querer, se pudesse me esforçar, mas dá na mesma.

Marffen tem um ataque de riso. Drukker se irrita:

— Rindo do que, idiota? Ele adivinhou o que eu pensei, sabe disso?

— O que houve? — intervém Xabier.

— Drukker diz que você adivinhou o pensamento dele — Marffen explica. — Ele pirou.

— Eu não adivinhei nada. Foi só um fragmento que minha memória encontrou.

— Adivinhou, sim — insiste Drukker.

Gagarin encerra a disputa:

— Andando!

Tentamos remediar o atraso, no entanto a temperatura da noite, mais propícia ao avanço, é compensada pelos perigos do escuro. Na subida nos agarramos uns aos outros, cada um sustenta o da frente. Sem avisar, um buraco se abre sob Gagarin, que enfia o pé, desavisado. Todo mundo que vem atrás também se desequilibra e cai. O 33 se contorce em dores. Lenira trata de chegar até ele com a caixa mágica, como Drukker a batizou, e consegue atenuar o problema. Gagarin33 levanta-se apesar das dores e toca em frente. Mas a marcha se torna mais penosa, cheia de cuidados para evitar novos obstáculos. As incertezas do relevo castigam os humanos com maior intensidade. Entre o começo e o fim da fila podem surgir novos buracos, criados pelo vento gelado que levanta a poeira. Todos sofrem com as topadas nos cactos, que ferem com seus espinhos, ou, ainda pior, nas pedras. Marffen anda e geme. Dona Eufrosina arfa. A caminhada noturna é também mais lenta, até porque ninguém teve a ideia de trazer lanternas, e dispomos apenas da luz que emana dos olhos dos replicantes. Os feixes de luz sobre a terra seca vibram e ajudam a contornar novas traições do terreno. Mas são apenas dois e, como a Lua agora insiste em não iluminar nada, os demais devem segui-los. Um dando o braço ao outro, formando um cortejo, pé depois de pé, todo cuidado, porque o cordão se rompe cada vez que a trilha se estreita e um pé pisa em falso, levando um, dois, até três para uma pequena ribanceira. Seguimos com dores, feridas, escoriações. Não são poucas as ciladas do terreno. Apenas Markko se diverte com os acidentes, já que, graças ao hábito de caminhar às cegas, adquiriu um sentido peculiar dos obstáculos que encontrará, uma espécie de instinto.

— Agora somos todos iguais — ri sempre que alguém se machuca. — Ninguém vê nada. Quero saber quem é melhor agora!

À parte as gabolices de Markko, não se ouve ruído algum, só o dos pés se arrastando na terra. Nossos sapatos deterioram. Quando um solta a sola ou rompe o contraforte, remendamos com panos tirados das roupas, do jeito que dá. Pouco nos falamos. Alguém pragueja, outro suspira, ouve-se um gritinho. O fato é que agora estamos todos à espera de um sinal, um ruído, o que for, que traga uma notícia de ShellBras, do mundo. Nada. Nenhuma ave, nada, não há o que manifeste vida, nem chacais ou escorpiões. De vez em quando alguém chuta a ossada de um urubu. Nada mais vive, sabemos, e isso por espantoso que seja nos aproxima uns dos outros, das coisas que persistem vivas. Nos intervalos da caminhada cada um vai para seu canto, verifica o estado dos sapatos, reforça as meias, limpa algum ferimento, tira o pó das mochilas. São paradas rápidas. Ninguém nem ao menos senta: ficamos pulando nos pés para espantar o frio. A noite é gelada. Logo retomamos o caminho. Quietos, sempre.

De repente, Drukker quebra o silêncio, tomado por súbita euforia. Com um movimento arranca das mãos de dona Eufrosina a cordinha que prende Markko pela cintura e avisa que agora é ele que levará o mendigo. Todos sentem alívio com sua recuperação e comentamos os poderes da boa medicina de Lenira, que não participa da alegria geral.

— O remédio só tira a febre — insiste ela. — O mal continua — completa e pisca várias vezes — o tique se acentuou à medida que nos afundamos em Mata-Bandido.

De uma hora para outra, o terreno torna-se escarpado. À planície seca sucede a montanha pedregosa, igualmente seca, por onde avançamos mais penosamente. As picadas que permitem a passagem de apenas uma pessoa por vez agora ladeiam abismos perigosos. Nada de passos em falso! Gagarin segue à frente e faz chamada pelo nome para verificar se ainda estamos todos lá. Existe alguma inquietação, pois Drukker e Markko ficaram um tanto para trás, nem ouviram a chamada e, ao chegar, mostraram-se surpresos com a nossa preocupação.

— Fui mais devagar por segurança, sempre agarrado no barranco e com um olho no Markko. Está tudo certo — explica Drukker, esbaforido.

— Eu é que estou levando o Drukker — jacta-se Markko — Ele não tem mais fôlego pra nada. Tá acabado. Morto!

De fato, Drukker voltou a exibir aquela expressão exausta do começo da noite. De ontem para hoje manchas apareceram em seu rosto suado e envelhecido. Lenira dispõe-se a ficar no final da fila. Todos ocultam a hostilidade crescente com as fanfarronices de Markko.

— Vocês tinham que ver o velho se borrando de medo. Anda devagar, se apoia na encosta o tempo todo, mede cada passo. Não sabe o que é caminhar no escuro, nem equilíbrio tem. Eu vejo melhor que ele! — grita e depois se esborracha de rir.

O cego não cansa de se divertir com o sofrimento de Drukker. Nós, não. Por isso mesmo ninguém disse palavra naquela noite, quando Quitéria largou a corda que prendia o cego durante a descida de uma montanha escarpada, bem em frente a um pedregal afiado. Markko mal teve tempo de gritar.

Nossa pequena tropa se desmilingue, mas ninguém lamentou a morte de Markko, não só por seus recentes arroubos, nem por trombetear a superioridade da cegueira na escuridão. Ninguém nem perguntou a Quitéria por que o largou. Já não temos força ou ânimo para lamentar um companheiro desaparecido. Tampouco estamos dispostos a discutir a atitude de Quitéria. Desde que descemos as escadarias do subterrâneo e chegamos ao calabouço do mutante, Markko tem sido um peso para todos. Contentamo-nos então com um silêncio respeitoso. Esperamos com ansiedade o fim da jornada, quando, já perto do nascer do sol, paramos para o gole d'água do dia e a pílula de alimentação. É quando Posadas gosta de contar suas histórias.

Gosto em especial daquela sobre o templo de Asclépio. A medicina de Asclépio, começa ele, era muito diferente da nossa: ele utilizava o esporte, o teatro, o canto, a dança como recursos medicinais. A clínica ficava numa montanha de inclinação suave, explica e depois prossegue maquinalmente:

Geograficamente, a montanha está separada de nós, mas através da vida está unida a nós. E esta é uma forma de unir o enfermo às coisas e elevá-lo na relação com a natureza. Esse é o primeiro princípio do tratamento — a relação entre a natureza, o organismo humano e os defeitos que são consequência da falta de harmonização com a natureza.

É difícil compreender que Posadas recita, mas agora seu tom monocórdio e a suavidade do que conta ajudam a gente a pegar no sono. Começo até a simpatizar com ele: mesmo o conteúdo do que diz me faz sonhar. Escutar sobre essa montanha aprazível, a harmonia entre o organismo e a natureza é reconfortante, ajuda a esquecer o estado miserável de Drukker e o calor demencial que invade o corpo durante o sono.

"Dormi que nem criança", disse dona Eufrosina hoje ao despertar. Todos notamos então que esse é um sentimento comum: na aspereza do nosso caminho, na quase ignorância do destino da nossa jornada, regredimos por alguns instantes à infância e nos permitimos sonhar com esse mundo tão diferente que o replicante propõe.

— Esse Asclépio aspira à harmonia, às relações horizontais entre as pessoas, à saúde no lugar do poder. Na verdade é a anarquia que já estava em seu pensamento. — Xabier comenta.

Vez por outra ao acordarmos é Xabier quem recita o programa anarquista de quando era Durruti A3 e Posadas o escuta:

Sou contra a disciplina do quartel; mas também contra a liberdade incompreendida, à qual os covardes costumam recorrer para drenar o caroço. Todo mundo trabalha pela guerra e pela revolução: essa é a nossa força. Quanto à disciplina, nada mais é do que respeito à própria responsabilidade e à dos outros.

Quando ele se cala, Posadas IV retoma:

O primeiro efeito de toda enfermidade é psíquico, porque faz com que o organismo se sinta inferiorizado diante de forças, impulsos, ante o desconhecido, que não consegue dominar.

Às vezes Robert aplica-lhes uns safanões para que se calem. No entanto tudo isso nos prepara para o que está por vir. Com efeito, existe a certeza de estarmos diante de algo que somos incapazes de dominar, o que nos desmonta a cada despertar. Sabermos que essa força desconhecida nos consome, apavora. A fábula que Posadas IV entoa reconforta e nos dá forças para enfrentar o que vem pela frente. A fala de Xabier nos convida à fraternidade necessária.

— Sabe que na infância eu queria ser médico operador? — Drukker dá de supetão. — Adulto, eu soube que os cirurgiões arrancam o órgão do clone e o transplantam para o humano. Se for uma perna, ele tem de usar muleta. Se for o coração ele expira e é jogado numa vala. Não era o que eu queria.

O que será que deu no nosso amigo de lembrar coisas assim antigas?

— Ele parou de ingerir a água com remédios para apagar a memória. Nós também. Eu mesma já lembrei de algumas coisas — Lenira responde — Deve ser isso.

Eu? Não sei. Esse costume de tomar notas mantém vivas as minhas lembranças, as remotas, as próximas. Nada as arrasta. Mas não é isso que importa, e sim que continuamos sem saber que força é essa que atacou a Terra com tamanho ódio, embora adivinhemos que existe algum tipo de harmonia que nos arrasta ao fim da nossa travessia. Isso ao menos é o que promete Posadas com sua história.

E isso ao menos nos dá um sono repousante.

6. Yesterday

Agora mesmo Lenira me tirou de um sono perfeito.

— Não tenha esperança. Drukker não dura muito.

— Bobagem. Você vai dar um jeito nele — respondo e viro para o outro lado.

Ela me sacode tanto que acordo de novo, assustado.

— Não tem remédio. Ele perdeu os hormônios muito depressa. Por isso a idade veio à tona, tão agressiva e tão depressa.

Piscava. E pela intensidade do tique, muito mais do que pelas palavras, noto que a situação é bem grave. Nos aproximamos do velho que, ainda adormecido, ofega e sua.

— Acordamos? — pergunta.

— Por quê?

— Para você se despedir.

— Vai ser já?

Lenira confirma com a cabeça.

Melhor que descanse sossegado. Talvez esteja sonhando um bom sonho. Talvez esteja sonhando que está sonhando. Não vou estragar seu sono. Se tiver que ser, melhor deixar tudo como está.

Recolhemos os despojos de Drukker e abrimos a cova onde depositar seu corpo. Cova cavada com instrumentos improvisados, ossos soltos por aí e a força dos replicantes. No meio do trabalho, começamos a ouvir uma música vinda de Posadas. Não era Beethoven, era música cantada. O que era aquilo?

Yesterday
All my troubles seemed so far away
Now it looks as though they're here to stay
Oh, I believe in yesterday

Suddenly
I'm not half the man I used to be
There's a shadow hanging over me
Oh, yesterday came suddenly

Why she had to go I don't know
She wouldn't say
I said something wrong now I long
For yesterday

Yesterday
Love was such an easy game to play
Now I need a place to hide away
Oh, I believe in yesterday

— Os Beatles — ele esclareceu.

De certo modo aquilo nos encantava mais que Beethoven, por causa das palavras, inéditas para quase todos.

— Palavras cantadas... — esclarece Posadas — ...para o funeral do camarada Drukker.

E, voltando-se para mim:

— Você conhecia, não? É do seu tempo.

Não, isso devia ser coisa muito antiga.

Marffen não para de gemer. Posadas engata um discurso:

O fundo da música e da voz dos Beatles é triste, melancolicamente triste. Em suas canções se expressa toda a combinação de sentimentos que vem da decepção da pequena-burguesia inglesa do pós-guerra ante a falta de transformações sociais. Por isso suas canções têm bases tristes, de angústia, de melancolia e mesmo de críticas bem gerais.

— Não interessa — Robert corta. — Nem sei quem porra são esses Beatles. Mas a música serve bem ao que estamos passando.

Pela última vez deitamos o olhar sobre a face escaveirada do meu antes gordo colega. Sua fisionomia habitualmente tão animada, com aqueles olhos que pareciam buscar novidades por toda parte, agora não tem olhar nem vida, as pálpebras descidas garantem apesar de tudo a expressão de descanso. Há muitos anos não víamos um rosto morto, morto naturalmente, por isso ficamos alguns minutos a contemplá-lo.

— Veja como parece tranquilo — comentou Lenira.

— Talvez esteja mesmo. O morto é um bem-aventurado. Não passa pelas penas que passamos — completou Gagarin.

— Será que é a proximidade da morte que faz a memória voltar? — Robert pergunta. Lenira acha que não. Ela pisca muito e entoa:

Yesterday
All my troubles seemed so far away
Now it looks as though they're here to stay

Oh, I believe in yesterday...

Enquanto levamos o corpo para ser enterrado, tenho o ímpeto de recolher alguma relíquia, algo que nos faça lembrar dele. A coleira que trazia em sua mochila me parece um objeto precioso. Pertencia ao Dragão, o cachorro que tanto estimava. Eu ainda não a guardei, mas já me assola a dúvida: por que eu estimava Drukker? Pela proximidade no trabalho, possivelmente. Talvez pelo humor, pela disposição para enxergar as coisas de maneira leve. E, a rigor, quem disse que eu o estimava? Eu o conhecia, é tudo. Mais que aos companheiros de agora. Mas não havia nenhum laço ou proximidade. Decido por fim não pegar nada: jogamos o corpo na vala e pronto.

Já nos preparamos para seguir viagem, quando Posadas ameaça começar um novo discurso:

— Nosso companheiro agora está em comunhão com a natureza, atropelado pelas contradições da existência e do capitalismo, mas lutando pela emancipação do homem. O socialismo aproxima o homem da natureza.

— Corta essa — objetou Marffen, rudemente. — Deus agora é a única aposta possível.

Deus? Há quanto tempo não se ouve essa palavra... Todos parecem boquiabertos. Deus era coisa do meu tempo. Marffen ainda é menino. Não deve ter nem 200 anos. Onde ouviu falar disso?

— Chega de conversa!! — brada Bob. — Vamos em frente.

Quando eu souber essa história anotarei direitinho. Por ora, digo apenas que ninguém entendeu nada. É o que parece.

Já anoiteceu. Mesmo tristes, temos de seguir.

7. O que é Deus?

Primeiro foi o vento frio que sopra com muito mais força do que em qualquer outra noite, levanta aquela poeira gelada que a gente respira, que gruda na roupa, entra nos ouvidos, nos olhos, parece uma faca furando a carne o tempo inteiro. A gente se cobre com todos os trapos que pode, mas a sensação é que de hoje não passamos. De repente, um estrondo e depois um clarão no céu, outro estrondo, mais luzes, parecem fogos de artifício:

— São vulcões, tornados, coisas se desfazendo — constata Gagarin.

Os fogos trazem um bafo quente, esquentam o vento. Gagarin não se altera:

— Nosso tempo está acabando. Vamos!

Marffen junta as duas mãos e as ergue na direção do céu. Robert lhe dá um safanão:

— Anda!

Desde a morte de Drukker é assim: falamos pouco, menos do que antes. Se de repente, Xabier pergunta a Gagarin se ainda falta muito, o astronauta responde com um resmungo e só.

A bússola dá a direção, não a distância. Não sabemos nem quanto caminhamos a cada dia. Às vezes tenho a impressão de que conseguimos vencer três ou quatro quilômetros, noutros dias sabemos que, se fizemos um quarto de milha foi uma vitória, tais as dificuldades que Mata-Bandido e sua natureza sabem impor.

Já nem mesmo sentimos algum tipo de horror diante do esqueleto vestido só com uma gravata e sentado sob uma árvore seca; mais parece que dorme. Talvez seja outra instalação de Lina…

Uma expressão de desânimo às vezes toma o rosto de Xabier. É quando pede a Posadas que conte uma de suas histórias:

— Do Canale, do Beethoven, o que quiser.

— Vou expor alguns pensamentos que nos ajudarão a triunfar sobre o percurso traiçoeiro…

O organismo tem uma base que ainda não é utilizada pelo ser humano, que é o cérebro. Quando dizem "se salvou porque tinha muita vontade de viver" ou "se salvou porque tinha uma natureza forte", a maioria dos casos é um problema de cérebro, e a vontade de viver significa comunicar uma força, um impulso, um estímulo que possibilite um melhor funcionamento dos órgãos, inclusive do sangue, que permite então uma irrigação constante, frequente e pura, ou mais pura, do sangue.

Não era bem uma fábula e nenhum de nós deu atenção. Xabier, no entanto, explodiu numa risada forte e sincera:

— O que você diz com isso é que no sangue existem elementos desconhecidos que são desenvolvidos pelo cérebro. Ou seja: o pensamento produz força material. Se quisermos chegar ao final da jornada precisamos recorrer à força dos nossos cérebros débeis para que eles produzam força material. Eu já tenho essa força. O Posadas não sei... é meio lesado... Você consertou o cérebro dele, Bob?

Bob nem responde.

— Deus é quem nos pode salvar, não o cérebro, nem o sangue, nem todas essas bobagens. Deus é a melhor aposta...

É Marffen que entrou em crise mística. Ninguém nem sabe ou lembra o que significa isso: Deus. Lenira, que normalmente me explica tantas coisas, mantém no rosto uma expressão de espanto. Quitéria também não diz nada, mas, ao contrário, mostra-se inquieta.

Dona Eufrosina parece lembrar:

— Deus? Eu sei o que é Deus... Eu lembro. É do tempo antigo, muito antigo.

— Mas o que é? — pergunta Lenira.

— Eu sei o que é... só não sei explicar. — conclui Eufrosina com ênfase, como se isso explicasse tudo.

— Quem inventou essa coisa de Deus? — indaga Gagarin ao traficante.

Deus havia caído em desuso desde que o homem tornou-se praticamente eterno: Deus tornou-se desnecessário. O esquecimento foi quase imediato, pois veio junto com a euforia pelas outras fabulosas conquistas científicas. O fato é que agora todos olhavam para Marffen em busca de uma resposta a sua exótica crença.

— Foi um velho viciado em apostas — confessa por fim. — Ele dizia que Deus o ajudaria. Eu perguntei o que era isso. Ele disse que Deus era um homem muito poderoso, que ninguém conhece, de quem ninguém jamais viu a expressão ou o corpo, o homem que inventou todos nós — todos nós homens, não falou nada de replicantes... É um homem que nos dá muita sorte.

— Nunca ouvi falar — comenta Lenira.

— Pura lenda — rebate Quitéria.

— É o ópio do povo — corrige Posadas.

— Mas eu acredito! Ele vai ajudar a reconstituir meu pé. Tal como era, igualzinho.

— Então Deus sou eu — protesta Lenira, que cuida dos ferimentos do traficante.

Não, sustenta ele, cada vez mais cabeçudo:

— Só Deus pode me ajudar. Lenira apenas troca ataduras e passa pomadas e spray de morfina. Mas quem cura é Deus.

Como ninguém fica satisfeito com a explicação, ele acaba contando a sua história, ou ao menos a parte menos escabrosa da história, a saber: Marffen não era apenas traficante. Desenvolvia vários tipos de atividades ilegais, talvez todas. Dentre elas, passava de tempos em tempos informações para os CCCs em troca de proteção. Com mais regularidade, foi bookmaker. Recebia apostas ilegais de pessoas que tentavam a sorte no resultado dos concursos da Grande Tela. Entre eles havia esse velhinho que apostava e depois unia as duas mãos em um gesto para o alto ao mesmo tempo que pedia ajuda ao tal Deus. O fato é que um dia esse homem ganhou uma bolada. Marffen ficou admirado. O velho então levou-o, continuou a contar, até um grupo de pessoas que se reuniam para adorar a Deus, e agradecer por coisas boas e raras que tinham acontecido. Eram umas doze. Faziam isso escondido, claro. Tudo clandestino. Havia umas orações, um ritual que se repetia.

— Uma dessas pessoas me colocou a mão na testa e perguntou se eu precisava de ajuda. Eu disse que não. Mas ele disse que, quando precisasse, eu devia chamar esse Deus com muita força que ele ajudaria a tornar possíveis as coisas impossíveis. Eu acreditei no que ela disse.

Isso não o impediu de denunciar os pobres crentes às autoridades, claro. Agora que tudo parece perdido Marffen lembrou do episódio: apelar a

Deus funciona — essa é a sua crença outra vez, embora não tenha a menor ideia do que isso significa, nem de quem seja esse homem poderoso, que além de dar sorte criou todas as coisas. Tudo parece bem absurdo.

— E como você se relaciona com esse homem? — insiste Gagarin.

— Eu junto as duas mãos e as levanto para o alto.

— Só?

— Só. É tudo. Não se faz mais nada. Para o alto, onde ele fica.

— Não sei. Eu estive lá em cima. Não tinha ninguém — comentou Gagarin33.

— O homem explicou que é preciso apostar que Deus existe.

— Chega de conversa mole. Em frente — ordena Xabier — Já perdemos muito tempo com essa besteira.

8. Todos os homens são mortais

Enquanto não durmo penso nos outros e um pouco em mim. Robert Campbell e Xabier guerrearam contra o caos, enquanto fui distraído ou covarde. Gagarin e Quitéria exploraram o espaço, foram desbravar terras novas. Posadas luta contra a opressão. Dizem que está errado, que sempre esteve. E daí? Me mostrem quem está certo. Lembro também com saudade do bom Drukker. Mas por que essa repentina saudade? Sentava numa mesa perto da minha na Repartição, certos dias levantávamos, falávamos palavras dispensáveis. Só isso. Nunca soube nada dele, nem quis saber. Era fácil nos conhecermos. Bastava um toque no braço e surgia diante de nós a ficha de qualquer um. Mas não é disso que falo. Essas são informações vazias. Eu o odiava cada vez que ele vinha com aquele riso de desdém e brincava que eu havia me apaixonado por uma sombra, um fantasma, só isso.

Mas e eu, quem sou quando digo eu? Talvez seja essa a essência do mundo novo. Que me importa Lenira? Que traz as pílulas de alimentação. E Quitéria? O gole d'água. Gagarin? A bússola. Eis o que somos. Cada um uma função e o resultado da função. Bem pouco. Só agora noto tudo que a nova era suprimiu em troca de uma vida interminável: a dor, a dificuldade, a incerteza, mas também o prazer de pousar os olhos deslumbrado sobre cada objeto e a cada vez descobri-lo outro, novo, intacto. O que pensam os outros disso? Não me atrevo a perguntar. Penso na frase que apareceu lá na biblioteca e que anotei para não esquecer: todos os homens são mortais. Mas pensei também: que bobagem: a morte virou uma coisa tão distante que nos sentimos, sim, imortais. Agora a frase volta à minha cabeça, e com ela o sentimento de estar vivendo aqui, nesta absurda antessala do centro do Mundo, os melhores dias de minha vida. Há temor, delírio, erro, suor, amor, vergonha, grandeza, morte — mas também o orgulho dos pequenos ganhos diários, o sofrimento por nossas penas, a percepção da nossa fragilidade e da nossa por vezes surpreendente força. Existe até mesmo fé. Pobres replicantes: sua impecável perfeição nunca poderá superar nossa imperfeição. São imitações perfeitas, mas imitações. Não têm sonhos, nem desejos, nem amores. Apenas programas a que são fieis. Xabier só cumpria uma tarefa programada quando procurava cruzar palavras e frases na biblioteca? Ou buscava algum sentido para as coisas que acontecem? Teria alguma independência em relação ao seu programa? Nem ele sabe dizer. O certo, para mim, é que a mortalidade vence a imortalidade.

O sono chega. Só me dou conta quando Xabier aparece outra vez e nos acorda, anunciando que é hora de partir. Em frente.

À escarpa sucede a planície, onde o caminhar é novamente mais fácil, ou seria caso o frio não voltasse a crescer e assombrar. Não basta o frio, há o vento que açoita o rosto e traz uma poeira que invade as ranhuras da pele. Nossa maior angústia é não saber onde isso acaba.

— Acaba! Acaba sim! — garante Gagarin com autoridade na voz. — Estamos mais perto.

Talvez minta. Tenta nos incentivar. A intensidade de seu caráter, a recusa em se deixar abater acaba por contagiar a todos. É bem necessário para suportar a dieta cada vez mais estrita imposta por Quitéria: não mais dois goles de água, um ao dormir e um ao acordar. Um apenas, ao fim da caminhada. E ao dormir, pela manhã, o calor intenso rompe todas as proteções que criamos. Acordamos suados. No fim de tarde o sol ainda fulmina tudo, implacável. Ocorre-me que Marffen, que continua a orar para o Deus que cultua, poderia muito bem instituir o sol como objeto de adoração.

— Quem sabe assim ele resolvesse ficar mais clemente — digo.

— Cala a boca! — rebate Xabier — Se Deus existisse só haveria um meio de servir à liberdade humana: cessar de existir.

Fico em silêncio. Essa história de Deus parece irritá-lo ainda mais:

— Organizem-se de forma que não haja mestres nem parasitas entre vocês. Se não o fizerem é inútil continuarmos avançando. Precisamos criar um mundo novo, diferente do que estamos destruindo.

— É preciso uma vanguarda que comande as massas — rebate Posadas.

— Eu digo, insiste Xabier, que se você investir o mais ardente revolucionário de poder absoluto, em um ano ele será pior que o czar.

— Bobagem. É a classe operária que comanda o processo, não um tirano.

O debate prossegue até que Gagarin33 os separa. Mas a cada discussão tola como essa, e elas se tornaram mais frequentes de uns dias para cá, perdemos tempo e energia. Parece que a precariedade nos afeta a tal ponto que às vezes é difícil distinguir a realidade do delírio. Vejo Marffen ajoelhado com as mãos erguidas: orando a seu Deus. A morte tornou-se presente para ele. Cada um de nós que desaparece aumenta a chance de extinção. Ninguém virá depois. A natureza final, a que resta, é esta: Mata-Bandido. No mais, Gagarin garante, há apenas, se ainda houver, uma fumaça espessa que não permite ver dois palmos além dos olhos.

9. Em dias ímpios

É triste uma árvore seca. É como uma afronta à natureza, mas essa que vemos agora aparenta alguma vida. Robert se anima: uma árvore viva, ainda que agonizante, quer dizer que estamos perto de natureza viva.

— Ela é agonizante como vocês — comenta Xabier. sem nenhuma inflexão na voz. Um robô cínico! Era o que faltava! Não posso condená-lo. De que serve a ele tudo isso? Não tem mais meias-palavras, nem meias-frases para montar seus quebra-cabeças como na biblioteca. Nem tem mais o prazer de comandar. Aqui, Gagarin é o líder, e Xabier se ressente. Além de tudo, nem humano é. "É só uma decorrência", como certa vez definiu dona Eufrosina. — talvez na época ela fosse o dr. Harpagon, já não estou bem lembrado.

É uma decorrência. Toda coisa é decorrência de outra. Uma embute outra. E chegamos aonde chegamos. Posadas IV mantém o ânimo. O marxismo parece ter um efeito saudável sobre sua personalidade.

O poeta em dias ímpios
Prepara dias melhores

dispara.

Para ele, a árvore que passamos conduz ao futuro: ao momento em que o homem reencontrará sua essência. Para mim, essa árvore está viva porque persevera. Na adversidade, perseveramos como ela, malgrado o cansaço, o sono, a sede.

Sempre que paramos, Lenira empresta uma pomada para dona Eufrosina massagear os pés. Os robôs observam quase incrédulos as fragilidades dos humanos. Talvez por não terem um espelho onde se ver, pois pode não acontecer como com os homens, cujas peles racham e sangram por efeito do calor, do frio,dos pedregulhos que irrompem do chão. Suas peles sintéticas sentem, no entanto, os efeitos do clima e como que se esgarçam, a tez adquire um tom estranhamente esverdeado, os braços incham com a entrada excessiva de ar, surgem pintas amareladas no lugar e tudo deixa a impressão de que aquilo vai desmanchar a qualquer instante, derreter, deixar à mostra a estrutura metálica do interior. O que nos replicantes é perfeito há momentos em que soa perfeitamente imperfeito. Quando a temperatura se torna mais amena, tudo se recompõe: o rosto volta a ser limpo como ao sair da fábrica, os cabelos alinhados, a barba feita. Já nós, amarrotados, barbudos, cabelos amarfanhados, as mulheres desfiguradas por manchas de sujeira até nas pálpebras, o esgotamento que nenhum sono repõe... Já não sonhamos com rios, oásis, nada. A planície, o vale, a montanha, a escarpa, a pedra — a um sucede outro, andamos sem sentir, sem falar, como se as pernas se movessem livres do corpo; mortos que caminham. Tudo escapa à vontade de entender o que vivemos, salvo para Marffen. Parece que a fé o abriga até da dor. No entanto, a perna dói, o inchaço já sobe até o joelho — mas ele aguenta. Seguimos até que a madrugada nos revele algum refúgio e recomece o ritual do sono.

É no repouso que aparece o medo. Vem sorrateiro. Primeiro são incômodos do corpo, os suores, a dor. Depois chega, inteira, a exaustão, como uma onda, e junto a sensação de estarmos sendo consumidos pela poeira da caatinga. Por fim, o medo do fracasso, de acabar pelo caminho, esqueletos largados por aí, sem ao menos um lugar sob a terra. Robert Campbell busca seu canto, cada vez mais distante dos outros. Gagarin, é outro que emagreceu, tem os olhos fundos, dos trajes só conserva a bata branca, as sandálias que mal protegem os pés, o turbante. Campbell sofre o mesmo que nós, só que ainda tem de se preocupar com o estado dos replicantes. Me aproximo e pergunto se tudo vai bem com eles. Robert diz que sim e se afasta. É como se dissesse: por enquanto sim, tudo bem, mas se algo falhar só restará largá-los pelo caminho. E sem eles...

10. O jardim dos cactos

A noite empurra tudo para o fundo, o silêncio recobre as ruínas: um resto de porcelana, uma placa, uma coluna. Coisas que aparecem para lembrar que aí já houve vida. Mal, contudo, notamos esses restos. Não estamos lá. Pensamos em chegar. Todo obstáculo, cada aclive, nos atrasa. O pior é o declive que vem a seguir. O perigo que se esconde nas baixas é sempre sorrateiro. De todos foi pior o jardim dos cactos. Mesmo em noite clara é preciso seguir em fila indiana, um atrás do outro, mãos dadas de novo, circundando as surpresas que as plantas pregam. As feridas dos espinhos são inevitáveis, apesar do cuidado, tentamos apenas torná-las suportáveis. Quanto caminhamos nessa noite? Um quilômetro, se tanto, informa 33. Quase nada. Isso, sem contar a queda de dona Eufrosina e o tempo perdido retirando os espinhos que cobriram a pele da sovina, que oferecia ouros e pérolas a quem a livrasse dos aguilhões.

— Burguesa, sempre — comenta Xabier.

Posadas ri. Por vezes os dois se entendem. Já falei das mochilas? Cada um tem a sua. A de Quitéria tem a hidratação, a de Lenira, alimentação; Robert carrega os remédios, eu os cadernos. Tudo isso pesa e dói no lombo. Na hora de dormir serve de travesseiro, ajuda a apoiar a cabeça, mas durante a caminhada é um peso danado, parece cada vez maior. Nessa altura, qualquer atraso desencadeia ataques de cólera. Robert fala bem alto que a bússola de Gagarin é uma farsa, não vai levar a parte alguma. Os dois gritam e quase se atracam, o 33 lembra que foi navegador numa nave que perfurou galáxias e galáxias. Robert, ri, ironiza: falácias e mais falácias, diz. Gagarin o chama de canalha. Enquanto Eufrosina geme, Lenira grita e exige silêncio para extrair os espinhos da velha senhora, Bob avança em Gagarin. Xabier os separa.

Marffen geme e pergunta a Quitéria se ela não se arrepende de ter soltado a mão de Markko no despenhadeiro.

— Nem um pouco.

O sol surge com seu calor pesado; o vermelho pardacento do amanhecer anuncia outro dia miserável. Xabier começa a entoar um fragmento encontrado na biblioteca:

— Os cactos, por viverem em regiões áridas e isoladas, são sobreviventes e ajudam a sobreviver... Têm capacidade de reter (...) são comestíveis. Também ajudam (...) soas a conhecerem sua força interior em mome... de solidão. (...)undo o Feng Shui os cactos são guardiões, por serem purificadores de ambientes.

— Não sei quem é Feng Shui, mas isso é o que estava escrito.

— Purificadores uma ova — berra Eufrosina, parando de gemer por um instante — Você diz isso porque não foi a sua bunda que eles espetaram.

— Devem ser guardiões, porque dificultam nossa passagem pra caramba! — emenda Lenira, que ainda buscava algum espinho no corpo da mulher.

Xabier prossegue, indiferente:

— Àquele que sabe buscar o cacto oferece água e também alimento.

— Você que inventou essa lorota? — pergunta Lenira.

— Está registrado.

Pelo sim pelo não, nos pomos todos a extrair com avidez os espinhos da planta, um por um, em busca da água prometida. Parece até que o sol já não bate tão forte em nossos lombos. Conseguimos várias feridas antes de Robert constatar que era possível abrir o cacto com o canivete que guarda desde o tempo da guerra e que, embora pouco afiado, é mais eficiente que as mãos na arte de cortar fora a casca da planta. Algum tempo depois, vamos dormir. Pela primeira vez em mais de um século tenho o estômago saciado. Não a fome, o estômago. Ficou cheio, estufado, e ainda encantado pela água, pouca, é certo, mas água mesmo, de verdade, que extraímos dos cactos.

11. Fantasmas de Marte

Depois da refeição, silêncio. Até Eufrosina parou de reclamar. Alguns já dormitavam quando Quitéria começou a falar, olhos distantes, no horizonte, que nem sonâmbula:

"No começo tudo pareceu um sonho. A paisagem nova, o ar rarefeito, mas puro, ar de verdade, a terra para ser explorada. As casas eram pequenas, mas já estavam lá, prontas para ser habitadas. Com tudo dentro. Ah, sem falar daquele entardecer mágico, quando as duas luas aparecem no céu. Todos pareciam muito felizes. A vida recomeçando! Éramos os pioneiros! Prontos para construir a nova fronteira: Marte! Era bem diferente da vida ordenada, previsível, daqui. Tudo estava por ser feito, mas a companhia cuidou de tudo. Havia postos médicos por toda parte. os engenheiros davam os últimos retoques nas construções. Cada um tinha sua gleba para cultivar. Era alimento para nós, mas também para Terra 1, como a gente chamava a Terra. Alimentos de verdade, não pílulas sintéticas com gosto de nada…No fim do dia todos pareciam felizes. Nem o trabalho, nem os dias de 40 horas, nem os momentos de frio ou calor. O planeta era só nosso, todo nosso, como disseram na MarsExpress, que vendia os terrenos e levava a gente no foguete. Aos novos colonos, aos que chegavam, ensinávamos como cultivar, em que momento colher. A terra era boa: não colhíamos uma vez por ano, mas três, quatro, cinco vezes…"

"Sabe o pior? Quando a MarsExpress começou a anunciar a colonização, corri me inscrever. Acreditei na propaganda da companhia, "Marte, a Terra do futuro". Embarquei num dos primeiros foguetes. Era a chance de uma vida. Tudo diferente da Terra: uma natureza nova, intocada. Quem tinha qualquer coisinha em Marte haveria de prosperar e teria compensados os esforços do primeiro momento."

De repente, o rosto de Quitéria parece se fechar, nublado.

"Pelo menos foi o que eu pensei.".

E então ficou em silêncio. Ergueu os olhos: tristes.

— Havia marcianos por lá? — pergunta Posadas.

— Nunca apareceu nenhum.

"O pessoal chegava em levas. Nave após nave. Com os equipamentos para cultivo, para criar indústrias, cidades, escritórios… Pouco a pouco todos viriam para Marte, porque a Terra mais cedo ou mais tarde morreria. Nós éramos o futuro. Quando você vai a um lugar assim precisa aprender tudo de novo. Como viver no ar rarefeito, que roupa usar quando vem a poeira radioativa… Tem de aprender a arar a terra grossa. É duro, mas cada dia era gratificante. No fim de semana todos da região iam até a vila, onde havia restaurantes, a praça, todos se encontravam e pensavam em como a vida aqui embaixo… como é chata a vida em Terra 1. Arar era a parte melhor. Os geólogos mostraram que o terreno era fértil e sólido, e a água, abundante, precisávamos apenas encontrá-la, pois se escondia em rios subterrâneos. Foi muito gostoso no começo. E ver os campos arados, prontos para dar frutos, para a colheita, e tudo muito facilitado… A colheita vinha de três em três meses. Nunca houve terreno melhor e clima melhor.

— Já havia condições para criar sovietes, lutar pela implantação do socialismo, já que eram todos operários. Lutar pela liberdade — comenta Posadas.

— Sovietes! Mania dos comunistas! Organizações hierárquicas, burocráticas, que freiam os avanços, reprimem o gesto espontâneo. Isso cria a ordem autoritária, não a libertária — responde Xabier.

Parece que os dois vão se atracar. Onde já se viu? Um robô trotskista e outro anarquista. Enquanto Posadas bota a culpa de tudo nos stalinistas, Xabier relembra que quem massacrou os marinheiros do Kronstadt foi Trotski. Os dois se olham com ódio. Ninguém nem entende do que falam.

— Por que a colonização fracassou? — Robert retoma depois que termina o bafafá.

"É que Marte tem fantasmas... Os que morreram retornam... O que a MarsExpress nunca contou é que antes da colonização as expedições exploradoras do Corpo Espacial dizimaram os nativos, destruíram as cidades. Assinaram acordos que depois descumpriram e foram embora dizendo que tudo estava pacificado. Doce ilusão! É como se Marte, eu digo, o planeta, não os marcianos, deles eu não sei nada, só sei dos mortos... Os mortos de Marte começaram de um dia para o outro a virar fantasmas, a transformar tudo em poeira que invadia a casa da gente, estragava as coisas... Ninguém sabe quem fez aquilo."

"Então os vizinhos começaram a virar inimigos. Um punha a culpa no outro. Enquanto a gente brigava, as colheitas sumiam. Parece que a terra comia os alimentos, tudo ia para debaixo dela, e no lugar apareciam espinhos enormes, e depois plantas gigantes que avançavam para cima da gente. Quando eu percebi o que estava acontecendo, corri e consegui salvar alguma coisa, mas era pouco, mal dava para mim... Com outros aconteceu diferente, a terra começou a amolecer, virou visco, matéria mole, sem saúde; as frutas que nasciam já nasciam murchas, os legumes, fétidos. Parece que os rios subterrâneos tragavam as colheitas, transtornavam a cabeça dos animais, que começaram a fugir como loucos, a se matar, a quebrar as casas. Tudo estragou. Tudo. Marte sabia de tudo. E se vingou. A gente adoecia. Morria naqueles pântanos que há poucos dias eram rios luminosos. Os que sobraram correram para tomar os foguetes de volta. Não havia lugar para todos. Eu consegui uma vaga, salvei a pele, quem não conseguiu ficou lá apodrecendo, porque nunca nenhum foguete voltou para buscá-los."

E se calou, emocionada. Ninguém teve coragem de quebrar o silêncio. Se a história é verdadeira, foi bem abafada.

— Não foi bem assim, explicou Lenira: — Foi pior.

Sim, houve expedições exploradoras, mas nunca se descobriu nenhum marciano. Os colonos sofreram foi com a secura do ar, com a dificuldade para respirar, com as alucinações. Muitos enlouqueceram antes de morrer. Viam fantasmas e monstros. Mas nada disso existiu.

Quitéria olha para ela atônita.

— Como o que eu vi pode não ter acontecido?

Lenira fez um gesto como se fosse abraçá-la, mas deteve-se.

— O resultado foi tão horrível que o governo decidiu implantar uma memória feliz nos colonos que voltaram. Uma parte disso tudo aconteceu. Mas chegou embaralhada com coisas que nunca aconteceram.

Indiferente, Posadas recita:

Na profundeza das águas
A carpa agora usa suas barbatanas
Enquanto sonha

— Acho que ele pirou com aquela briga — diz Lenira.

— Não — retruca o trotskista. — eu só acho que toda memória é memória. Implantada. Ou real, qual a diferença? Não importa. Importa é o que aconteceu com a MarsExpress. Alguém sabe?

Eu sei, diz Xabier de longe.

— Sei que ninguém sabe. Porque não aconteceu nada. Eles sumiram. Fecharam o negócio. Lucraram com os colonos para quem venderam terras, passagens, casas e, quando tudo deu errado, embolsaram o dinheiro e fecharam a empresa. Ninguém se surpreenda. A essência do capitalismo é o roubo. Eles não podem escapar disso: aqui, em Marte, em Utopia 3, onde quer que seja.

Posadas resmunga, inconformado:

— O roubo... o roubo. O capitalismo não é o roubo. É um modo de produção.

Ninguém entende as discórdias entre Xabier e Posadas, e muito menos tinha ideia do que era anarquismo, trotskismo, comunismo. Mas é fato que MarsExpress terminou em estrondosa falência, e os funcionários nem ao menos receberam os salários. Depois disso, os sócios costumavam se divertir no cassino; jogavam desvairadamente e, mesmo quando perdiam grandes quantias, não se importavam: seu prazer era serem estrelas na Grande Tela.

— A Terra quis exportar o colonialismo, e Marte respondeu com as forças que tinha, com seus fantasmas. Temos que andar. Talvez os marcianos venham nos resgatar no fim da nossa jornada — diz Posadas.

O que mais intriga em tudo isso é a explicação de Lenira. Pois então não é fato que a memória de Marte, do que aconteceu por lá, foi cuidadosamente apagada da mente dos colonos que conseguiram voltar? Sim, os que voltaram foram submetidos à implantação da memória imaginária. Parece que alguma coisa deu errado, porque mais de uma vez se ouviu falar desses surtos em que a pessoa lembra claramente de acontecimentos marcianos que nunca aconteceram, misturados com outros que aconteceram. Mas eram sempre boatos; raramente um desses colonos foi levado a um posto do CCCI e, quando isso acontecia, os atendentes tinham ordem de dispensá-los, dizendo que isso são bolhas aleatórias de memória, coisa sem gravidade.

É assim que tudo desaparece.

12. Ousar lutar, ousar vencer

O vento de hoje não faz ruído nem refresca. No raro calor noturno, levamos com alegria o peso a mais. São os pedaços de cactos que recolhemos em todas as matulas, nas camisas, no bolso dos vestidos. O espaço que havia, preenchemos. O cacto é um peso extra e o terreno segue traiçoeiro. Os cacos de pedra já furam os sapatos. De uma hora para outra os cacos dão lugar à areia seca, que logo some, substituída por uma espécie de lama pardacenta que gruda nos pés e exige, passo após passo um esforço a mais para seguirmos adiante.

No começo, as mudanças de Eufrosina serviram apenas para suscitar novas piadas de Marffen, das quais ele ri bastante, histérico, mas só ele. Com o passar das horas aquilo virou preocupação geral. Desde que amanheceu, começou a perda de cabelo. Foi discreta, a princípio, ainda assim sua cabeça começou a lembrar a de seu antigo corpo, ela ficou com a cara do dr. Harpagon. Em seguida, ressurgiu a barba, o que a deixou muito irritada, pois não havia maquiagem capaz de cobrir a penugem e ela se recusava a apará-la. Até aqui havia resmungos e queixumes. Sua condição ficou mais delicada depois que a ossatura começou a engrossar, parecendo mesmo uma camada de gesso a recobrir o esqueleto. Embora muito pesados, os ossos ficaram quebradiços. A carga que a ela cabia foi dividida entre nós, pois seus dedos ameaçavam se partir ao menor contato com outros objetos. E mesmo o contato espontâneo com as pérolas provoca um estalido que denuncia a fratura. A voz engrossa, como a de Harpagon. Não, ela já virou Harpagon. Ela resmunga, pois a mudança se deu sem que desejasse.

Nessa hora todos os olhares voltam-se a Lenira. Não é ela, afinal, nossa enfermeira?

— Faz alguma coisa. Parece que a velha vai derreter.

Lenira escancara os olhos e pisca bastante: nunca tinha visto aquilo, nem sabia o que fazer.

— Nem é mais ela. É o dr. Harpagon com roupa de mulher — exclama Marffen — e ri. Tudo, dali por diante, teria que ser feito com tremendo cuidado para não haver novas trincas no esqueleto; nossa marcha se tornaria tão lenta que o estoque de pílulas de alimentação e hidratação se esgotaria muito antes de termos chegado a qualquer parte.

O dr. Harpagon implorava por alguém, qualquer um, que o carregasse. Quitéria argumentou que Posadas poderia ajudar, pois é replicante, e os replicantes são mais fortes. Ele recusou terminantemente:

— Capitalista não sobe nas minhas costas.

— Eu sempre fui um pouco comunista — tentou argumentar Harpagon. — Lutei sempre para que todos vivessem bem.

Lenira empresta a ele uma sombrinha para proteger do calor, que hoje está até ameno. Robert proibiu também Xabier de carregar o sovina: o esforço poderia danificá-lo. E desde então Harpagon de Arbeytsdorf e seu nome imponente foram simplesmente ficando para trás, sem que ninguém socorresse. Os ossos pesados e frágeis mal podiam seguir; cada passo tornou-se um fardo, tudo ficou mais lento e pesado. Com o vestido colado no corpo de tanto suor, a barba por fazer e a sombrinha de Lenira aberta, ele (agora é ele, claramente) gesticula e grita em nossa direção. Oferece sua fortuna a quem o transportar, promete a Posadas financiar revolução, promete o mesmo a Xabier. Nisso, já vai distante, atrasado, ainda é possível ver, ao olhar para trás, que seus ossos tão pesados agora também amolecem. As pernas agora peludas lentamente dobram sobre si mesmas, de longe parece até que ele está afundando na terra. Seus gritos ficam cada vez mais fracos. Vamos perdê-lo, e o máximo que podemos fazer é fingir que nada aconteceu. Aquela figura tão estranha à nossa tropa, em todos os sentidos, de algum modo se integrou ao grupo, forneceu um colorido inesperado e até boas risadas. Ele (continuava ele?) vai ficando no caminho, longe. Todos se olham. Nem Posadas comemora o sumiço do capitalista, nem Xabier.

Nessa noite alternamos silêncios, gemidos, suspiros. Alguns desabam de cansaço; Marffen, cada vez mais impaciente, joga fora a carga de cactos, prageja e rosna: não passamos de uns moribundos enfrentando forças invencíveis, que nos sangram gota a gota, sádicas, antes de nos engolir para sempre. Ninguém ousa contestá-lo. Não é verdade então que a travessia exaure e liquida até mesmo nossa pouca humanidade? Não é verdade que ninguém se deu ao trabalho de ao menos fingir que escutava os gritos de Harpagon afundando na areia, incapaz de dar mais um passo à frente, oferecendo joias e riqueza a quem o salvasse, maldizendo nossa indiferença? Perdemos mais um — virou quase rotina. Ai de mim, geme Marffen.

Quem fez Mata-Bandido fez direitinho, aqui quem sobrevive sente o corpo se desfazer junto com os sapatos, as vestes que vão se esfarrapando, assim como antes da morte o abandona o espírito, de que resta apenas a parte capaz de perceber o sofrimento. Entre um grito e outro, um silêncio e outro, a voz de Xabier emerge com frases de estímulo. Ou então é Posadas. Máquinas não sentem dor ou cansaço; funcionam ou não, é tudo. Por elas sofre Robert Campbell, que as vigia, observa, tenta detectar algum dano no mecanismo. À exaustão junta-se a incerteza quanto ao fim do terreno: quando terminará e, afinal, se terminará. Nossas pernas fraquejam na argila viscosa: não será um bom lugar para entregar os pontos, acabar? Marrfen acredita que não. Ele diz ter visto algo diferente mais adiante. Deve ser outra miragem. Agora o inchaço toma toda sua perna.

Marffen delira, não há dúvida. Xabier e Gagarin33 o erguem, não sem dificuldade. Pedem a Lenira um calmante. Ela não traz. Procura um pouco de morfina na mochila dos remédios. É tudo que tem. Com a morfina, Marffen já consegue andar, mas o remédio o amolece. É preciso dois de nós a segurá-lo. O delírio persiste até toparmos com um lodaçal que indica, talvez, a existência de chuvas naquele lugar. Uma sensação de alívio nos toma.

— Eu não disse? — fala Marffen com inesperada firmeza.

— Ousar lutar, ousar vencer — proclama Posadas.

Chegamos perto da visão de Marffen o bastante para notar que não era delírio nem miragem. Era mesmo uma pirâmide, maciça, de pedras, do mesmo estilo daquelas que o CEO mandou demolir no Egito-Emirates, embora menor, com uma janela se abrindo para o deserto, aparentemente um posto avançado de defesa da cidade.

— Nova Xavantina — balbuciou Gagarin, em êxtase.

Se aquilo algum dia foi Nova Xavantina, não era mais. Porque atrás da pirâmide o que existe é uma cidade morta, Ainda parece uma visão, não uma cidade. Um monte de ferros amassados, trastes dispersos, em pedaços, roupas, mobílias, pratos, tudo arrebentado, paredes esmagadas sob o madeiramento, algumas construções que resistem, solitárias, cercadas por destroços, mais ferros dispersos, restos de templos deformados, feridos pelo fogo, pelas bombas ou tiros — nem rua havia ali. Nenhum sinal de vida. Nem becos, praças ou pontes — nada. Mal se pode imaginar que aquilo foi, alguma vez, uma cidade. Tudo é ocupado por restos, destroços de construções devastadas, canos despedaçados, lascas de madeira encaixadas entre uma ou outra trave quase intacta. Nesse antigo organismo tudo agora parece um caos de retalhos que tornam qualquer movimento incerto, pois é fácil topar com uma porta quase intacta, que ao se abrir não dá em parte alguma, ou então em um ajuntamento de pedras que um dia terá sido um quarto, depois, talvez, o último reduto de resistência de alguém que, já sem armas, atirava pedras contra os inimigos. Tudo misturado com partes de objetos, calças, malas. E no meio de tudo, intacta, a aquarela: um rapaz e uma moça abraçados, de costas, contemplam o sol amarelo no horizonte. Sem dúvida, uma cidade antiga. Do tempo da guerra ou de antes dela? Alguns anos ou alguns séculos — que importa? Uma cidade vencida pelo exército mundial ou por mateiros em busca das últimas reservas de árvores? Tanto faz...

Xabier meneia a cabeça, desalentado. Em sua expressão percebe-se tudo: ironia, desolação, desencanto por fazer parte, de algum modo, desse mundo: a mesma inteligência capaz de provocar aquilo era, afinal, a que o havia concebido. Em torno da cidade esse lamaçal não significava a reação, ainda que débil, da natureza, e sim a luta do próprio organismo para construir uma última defesa contra os agressores. De repente, ao abrir uma janela, surge o pedaço de um campanário, quase intacto. Conserva ainda as formas de uma torre e um grande sino, que resistiu a tudo.

— Eu conheço esse lugar — balbucia Robert, olhando para todos os lados, tentando reconhecer algo já visto naquela coisa informe.

Ninguém lhe dá atenção; cada um procura um canto estável onde se estirar e dormir, pois o sol já vai alto. Marffen aparece, contente, apoiado em seu cajado: achou um lugar que, com certa boa vontade, se poderia chamar de cabana. Ao menos três paredes quase intactas sustentam uma parte do teto. Uma faxina é até factível, diz Lenira, enquanto Quitéria inspeciona o lugar e começa a dar ordens a cada um para que se ocupe de tal ou tal coisa, e depressa, para que possamos descansar.

Afinal, quantos dias se passaram? Quantos dias até ter a sensação confortável de algo tão simples acontecendo: deitar em um chão coberto por um arremedo de teto, e não no meio de ossos calcificados. De estar em um lugar onde um canto designa ângulos retos ou quase isso, espaços capazes de ao menos fazer lembrar um lugar fechado. Estou, penso, de volta ao velho mundo imperfeito em que nasci. A vida havia se tornado perfeita, interminável, controlada, monitorada, vigiada, confortável. E no entanto, quando Quitéria começou a lembrar de sua aventura em Marte, pela primeira vez em muitas décadas, séculos talvez, tive a sensação de alguém que não fosse apenas a função que lhe foi confiada: enfermeiro, guerreira, limpador de rua, o que fosse. Eu os conheço pouco, os meus companheiros, porque é pouco o que há para conhecer. E neste preciso instante dedicamo-nos a sobreviver. O resto precário da minha humanidade está nesses cadernos encardidos. Agora mesmo: me estendo no chão e escrevo. Anoto o que acontece e nem sei por quê. Minha bagagem são os lápis. Confiro-os a cada parada. Em seguida, fecho os olhos. Os outros já dormem.

13. Ou não?

Concebemos a vida na Terra no sentido comercial da propriedade privada, do sentimento de posse que é a base do desenvolvimento da sociedade. É o que determina a razão da existência e sua relação com outros planetas até que cheguemos ao Estado operário. Quando os patrões planejam uma viagem a um outro planeta é tentando achar um modo de explorá-lo, de dominá-lo, porque a ciência é submissa àqueles que a financiam.

Pronto. Posadas IV recomeçou. Replicantes não dormem. Ele fala baixo, como se tentasse, também ele, não esquecer. Logo depois se cala. Olho para os lados: Gagarin33 ainda está acordado. No que estará pensando?

Poderá estar dando razão a esse andróide tantã? Ouço sua voz, muito baixa: "Tudo é possível". Não sabe sequer que o escuto. Chego perto dele, que tem os olhos abertos e as mãos sob a cabeça servindo de travesseiro.

— Por que seria possível?

— Porque qualquer coisa é possível. Por que não a vida em outros planetas?

— Você soube de alguma coisa?

— Não. Até aqui estivemos fugindo, sem saber exatamente como chegar ou aonde. Agora, no entanto, devemos estar perto do fim da travessia.

Tenho um sobressalto. Ele prossegue:

— Melhor evitar decepções. Mas tudo faz crer que estamos perto. Essa lama...

— A argila pegajosa?

— Isso não está aí desde sempre. Aqui choveu. E se choveu é porque o deserto está terminando. Estamos perto da terra boa.

Naquele dia quem não dormiu fui eu.

Ou não? Existe esse tipo de sono ordinário que dá a impressão de estarmos despertos, pensando, remoendo alguma ideia, até que algo venha nos sacudir. No caso, foi Robert que acordou aos berros, braços erguidos:

— É Monsantoville! Aqui é Monsantoville!

Está descontrolado. Anda de um lado para outro, uma das mãos sobre a testa. Pára de repente, acalma-se.

— Já estive aqui — começa a falar, mais calmo. Senta-se:

"Atravessei esse deserto. Não era um deserto e não começava onde nós começamos. Esse deserto e esse lodaçal eram plantações sem fim. Vinham de baixo, do Sul. Eram campos, tudo isso eram campos plantados. Havia cidades por perto. Barão de Melgaço, Fferenc, Hernandarías, tantas cidades. Chamavam essas plantas de transgênicos. Era com o que se alimentavam as pessoas naquele tempo. Soja, milho, mandioca, chuchu, couve-flor. Alguém já ouviu falar disso? Aqui era o celeiro do mundo. Dali distribuía-se comida para a população esfomeada de modo a forçá-la a aderir aos guerreiros da Nova Ordem. A WorldFood invadia as florestas, as reservas, queria ir mais longe, achava que podia tudo. Houve resistência. Os índios do Norte sabotaram as plantações. Houve quem quisesse botar fogo naquilo tudo para acabar com a chantagem. Mas isso seria não apenas sabotar a companhia como provocar um incêndio monstruoso, que se espalharia por não se sabe onde e talvez destruísse o pouco de floresta que ainda continuava de pé. Os resistentes decidiram, em vez disso, se juntar aos índios, aprender as suas táticas, criar uma guerrilha. Nos preparamos, treinamos, os índios nos ensinaram a reconhecer o terreno. Cada metro. Conseguimos infiltrar uma coluna guerrilheira nas plantações, entrando pelo Paraguai e invadindo o Mato Grosso. Os lugares ainda tinham esses nomes. Ainda existia o Brasil. É incrível pensar nisso. Ainda existiam nações. Eram uma convenção, mas você ainda podia ser australiano, holandês, brasileiro".

Ele olha para o alto como se sonhasse, então prossegue:

"Era impossível vencer. Eles tinham sensores para nos detectar em toda parte, no ar, por terra. Fazíamos ataques rápidos, três ou quatro pessoas em cada frente, eram quarenta frentes que agiam ao mesmo tempo, por vezes se juntavam, noutras se separavam. Nós os surpreendíamos a cada vez. Eles reagiam. Mas a quem perseguir? Com o tempo passamos a conhecer cada plantação, cada pé de cereal, ou legume, ou fruta. Para eles tudo parecia igual, mesmo os drones ficavam desnorteados com a monotonia das plantações. Havia momentos em que pensavam nos ter encurralado, mal sabiam que a sua guarnição estava emboscada. Porém perdíamos homens também. Depois, começaram a usar replicantes nos ataques. Eram indestrutíveis, exceto quando algum chip falhava, quando algum mecanismo estancava. Aprendemos que a água podia danificá-los. Foi quando passei a me interessar pelos androides. Podia estragá-los, mas também aprendi a salvá-los. Apesar do domínio que tínhamos, a vantagem dos replicantes nesse terreno ficou clara. Pouco a pouco dominaram os campos, esquadrinharam tudo, foram nos encurralando. Alguns replicantes que salvei passaram para o nosso lado. Mas eram poucos e nossas baixas cada vez maiores. Foi então que decidimos fazer um último ataque, desesperado: Monsantoville seria o alvo porque ali ficavam os escritórios da WorldFood. Quando entramos os empregados levantaram os braços e disseram que eram inocentes. Não tinham nada a ver. Foram contratados pela Monsanto, que quando faliu foi arrematada pela RolettaTrade, uma empresa de mafiosos especializada em cassinos. Eles quiseram montar um cassino na cidade, mas antes que ele ficasse pronto as plantações começaram a morrer; a pressão foi muito forte, então venderam para os chineses da WorldFood, que eram aliados das forças oficiais e comandavam aquilo com mão de ferro. Só que depois da vitoria das forças da Nova Ordem, os cientistas desenvolveram as pílulas de alimentação e ferraram com a WorldFood, que abandonou tudo".

"Na invasão da cidade, nós os pegamos de surpresa. E de tal forma que houve tempo para liquidar os funcionários civis da empresa e ainda destruir alguns prédios. Não era essa ruína que ficou agora, nem de longe, mas consigo lembrar que acertamos o campanário várias vezes e, antes que viesse abaixo, fizemos o sino tocar até que as pessoas, enlouquecidas pelo ruído, deixassem os refúgios e saíssem aturdidas pela rua. Logo depois as tropas oficiais chegaram e fugimos em busca de refúgio na terra do Norte, que era guardada pelos índios. Fomos dizimados. Eu e mais dois ou três tivemos sorte e escapamos da vingança das milícias replicantes misturadas com os oficiais. Tive sorte. Fugi para TurkishAirlaines, depois para a IrelandIrish Gold Label. Ali a luta prosseguia".

Campbell deteve-se. Não que não se lembrasse mais dos fatos. Eles talvez fossem claros demais. Não queria evocar as sucessivas derrotas, na Irlanda, em Barcelona e finalmente Bilbao, ponto final da Grande Pacificação.

Daquela terra dos índios hoje sobrou apenas uma ilha de floresta, comentou Gagarin33: todo o resto virou estepe, deserto, porcaria, isso é o que viu lá de cima.

— É nessa ilha que vamos chegar. Nova Xavantina. Não está longe agora.

— Nova Xavantina não passa de uma fantasia. — emendou Quitéria.

— Todos deviam ter uma fantasia — Marffen retoma a palavra de repente; ninguém entende nada.

— Uma fantasia, uma máscara, um disfarce, um lugar onde pudesse ficar e sonhar, e ser outro. Eu queria ser um replicante — disse depois e olhou para todos, esperando por uma resposta.

E, como ela não viesse, prosseguiu.

— Eu não sofreria com a seca, ou o deserto, ou esse calcanhar que me falta. Teria muita força, não importa quem fosse o inimigo, o que acontecesse. Eu sempre tive máscaras: um rosto para cada ocasião. É assim que se dribla a lei e se vive na malandragem. Agora a única máscara possível é sonhar. Essa vai ser minha mascara: meu sonho. Vocês não vão sonhar?

Todos o olham meio espantados. Depois da mania religiosa, depois do surto de silêncio, Marffen se põe a falar meio descontroladamente. Lenira ensaia tirar a pulsação, mas Gagarin a corta:

— Nós vamos andar agora. Estamos chegando.

Marffen ri:

— Está vendo? Esse é o seu sonho. Estamos chegando. Você por acaso sonhou que é argonauta E vocês? Ninguém vai brincar? Ser outro? Um cavalo. Um vaso. Uma colher… Ninguém? Só eu? Só eu tenho imaginação? Só eu quis sempre ser diferente. O golpista, o ladrão, o trapaceiro. Porque é preciso imaginação para trapacear. Nós somos os últimos inventores, os últimos poetas.

Robert começou a sacudi-lo.

— É hora de andar, Marffen. Já passamos pelo pior. Estamos perto do Centro. Lá tudo será suave. Haverá água de verdade, árvores de verdade, remédios para sua perna, talvez até alimentos de verdade.

Marffen o saudou:

— Viva!! Robert Campbell já vestiu sua máscara. É o homem do amanhã, onde tudo haverá.

Xabier começa a arrastá-lo e dizer que o levaria nas costas para não perdermos mais tempo.

— Me larga. Me deixem em paz — grita Marffen. — Eu quero sonhar e depois morrer. Debaixo de um teto. Meio teto, mas teto ainda assim. Posso ver… É alguma coisa de verdade: uma cidade como existiu antigamente.

Posso ainda sonhar com o riacho que corria ao lado dela. Tudo. Vão embora. Eu estou cheio de cores. Estou lindo como nunca fui.

Xabier pergunta então se ele sente estar de volta aos tempos da realidade virtual. Não, isso era outra coisa. Lenira arranca o pano que cobre sua perna e todos vêem então que ela se tornou inteira uma chaga.

— É uma dose cavalar de morfina que eu lhe dei. Deixa ele em paz.

— Vão. Sumam. Vão buscar essas cores. Obrigado pela jornada, amigos — ele insiste, eufórico.

O velho malandro deita-se no chão, dizendo que quer contemplar o céu por uns minutos. Depois, ao amanhecer, cavará um buraco, acredita. Por fim, buscará materiais nos destroços da cidade para montar uma casa, minha última casa, diz.

Nos postamos a uma distância respeitosa dele: olhos baixos, ombros contraídos, expressões solenes. Tudo não durou mais de um minuto, talvez menos, o tempo de despedida. A morte já não nos surpreende, faz parte do trajeto.

— Vão. Vocês precisam ir em frente — ordena.

Robert e Xabier abrem a cova ao lado do leito: quando quiser, poderá se atirar ali, ao menos não ficará insepulto. Depois erguemos os olhos, recolhemos os trastes no chão, seguimos. O fato é que ao longo do trajeto nos afeiçoamos uns aos outros, sem nem notar que isso acontecia. E talvez mais por Marffen que por qualquer outro: sua capacidade de improviso, as variações de humor, transformações por vezes surpreendentes, que só agora reconhecemos como qualidades mágicas. Deixamos com ele as pílulas de alimentos e goles d'água a que tinha direito, apesar da oposição de Quitéria, que via nisso um insuportável desperdício.

Seguimos. Por horas olhávamos uns aos outros, disfarçadamente; cada um pensando secretamente, acho, que Marffen talvez estivesse certo.

14. Sobre Robert Campbell

Desde Monsantoville o terreno tornou-se mais regular, a temperatura mais suave a a caminhada mais intensa. Andamos em plena luz do dia. À noite o vento leve e frio nos dá ânimo de olhar para cima e perguntar, como supõe Posadas, se outros lugares, outras estrelas ou seus satélites não conhecem vida, uma vida parecida com a nossa, como a que tivemos aqui e agora nos escapa.

— Dormindo à noite, o repouso será melhor — sugere Gagarin.

— Não vou ter sono à noite. Já me acostumei a dormir com luz — contesta Robert.

— Ninguém vai ter sono — diz Lenira.

— Posso fazer uma pergunta, Robert? — pergunto, mudando de assunto. — Por que você virou engenheiro eletrônico?

Foi longo, o silêncio. Ele me olhou como quem lembra de uma coisa muito distante, ou mais que distante, irreal. Depois foi voltando:

"Porque nunca gostei de pessoas. Elas são insuportáveis, calhordas. São arrogantes e fracas ao mesmo tempo. Vão para cá e para lá conforme a conveniência. Sofri com elas por toda a adolescência. Suas ordens, lições, proibições, tudo me irritava. Na eletrônica eu me afundava sozinho. Não precisava prestar contas a ninguém. Gostava disso. Comecei a inventar games — lembra o que eram games? Não importa que gostassem daquilo ou não. Importa que existiam: histórias onde o real e o irreal se misturavam. O jogador era parte do jogo. Se dava um tiro podia receber uma flecha ou uma pedrada que o atingiam como humano. Pensei em fabricar replicantes, mas ainda não era possível. Alguém roubou um dos meus jogos e o colocou à venda, usando o meu nome. Alguém fez isso porque me achava esquisito. Foi pura maldade. Fui acusado de semear morte e desordem. Mas aquilo era uma coisa experimental, só isso. Era apenas para que eu me sentisse feliz. Fui proibido de exercer a profissão. Entendem por que eu prefiro replicantes? Pensam por conta própria, resolvem problemas, mas são fiéis à programação".

"Antes que me prendessem fugi e me juntei a um grupo de blackblockers niilistas. Passei a destruir coisas e machucar as pessoas. E a gostar disso... Um dia um marinheiro me disse que o mundo estava em desordem, e que havia muitas revoltas em muitas partes. Não apenas badernas idiotas como essas em que eu andava metido. Pouco me importava. O importante era me transportar rapidamente para outros lugares. Isso foi no tempo dos SuperDrones, os navios voadores, como chamavam. Eles me levaram a vários lugares. Estive aqui, quando se chamava Brasil. E mais ao sul, na Argentina, e ao norte, no México, onde são muito valentes. O mundo pegava fogo. Não havia mais línguas. Cada turma falava uma coisa. Cada um queria destruir o outro. Quando alguns descobriram que o mundo enfim se tornara uma babel, surgiram as forças da Nova Ordem com seus exércitos e replicantes. Eu estava na Índia... Ou foi na Rússia Imperial... Esses nomes são muito antigos, os lugares também, às vezes me confundo".

"Enfim, eu estava por aí quando soube e informei aos líderes que se quisessem vencer seria preciso capturar esses replicantes. Eles são fortíssimos. É impossível capturá-los, respondeu. Mas há maneiras. Podemos reprogramá-los. Colocá-los do nosso lado. Ele me olhou e riu, como se eu fosse um idiota. Só que eu entendo disso e você não, eu disse. Naquela noite mesmo entramos disfarçados no acampamento dos inimigos. Eu e um outro. Ele guardava; eu peguei o primeiro replicante em repouso e o imobilizei atacando o ponto fraco dos da primeira geração: eram os botões laterais. Depois o reprogramei. E ao segundo. E ao terceiro. Poucos, mas o bastante para evitar que na manhã seguinte fôssemos trucidados. Os inimigos se assustaram com a nossa resistência. Com as baixas que sofreram preferiram recuar, abandonando o campo de batalha. Recebi uma medalha de honra. Quiseram me promover a engenheiro-coronel-chefe-da-tecnologia. Eu ri do título ridículo e fui embora".

"Me meti em encrencas no Europistão inteiro, com nossas tropas cada vez mais maltrapilhas. No fim, lutávamos com espingardas de caçar coelhos e eles com metralhadoras de raios. Tudo que podíamos era preparar armadilhas, emboscá-los vez por outra. Mas não havia inteligência nem sagacidade capaz de conter a força do inimigo. Depois da queda da Irlanda fugi para os Bascos. Eram os últimos. Os guerreiros mais ferozes. Os últimos Panteras Negras, o batalhão Malcolm X, também. Xabier estava com os bascos. Era um' desses reprogramados. Foi atingido por uma rajada de raios tão violenta que atravessou sua proteção de aço e inutilizou-o. Eu o recolhi, consegui levá-lo ao nosso acampamento".

Robert faz uma pausa, abaixa a cabeça, fecha os braços em torno dos joelhos.

— Você está parecendo uma concha — Lenira ri.

Robert se apruma:

"Aprendi então que os humanos legaram aos replicantes o que tinham de melhor. A inteligência, a lealdade, a entrega, a resistência, o altruísmo, a curiosidade, a força. Retiraram o que havia de pior: a estupidez, o egoísmo, a inconstância, a fragilidade moral… Vivemos muitas coisas juntos antes que as forças da Grande Pacificação vencessem; muitas vezes ele me salvou ainda quando a resistência não havia sido aniquilada. Quando veio a perseguição, eu ajudei a esconder alguns… Acho que o resto, todos. Nunca houve ninguém tão leal quanto Xabier. Não que eu tenha conhecido. Por isso eu quero que se salve. Não é humano".

Fechou seu discurso brutal. Lenira levantou sem dizer palavra. Reconhecia-se numa parte daquilo, ao mesmo tempo parecia ter levado uma bofetada. Sim, não somos uma espécie perfeita. Ainda assim, estamos aqui tentando salvá-la, o que resta dela pelo menos. Talvez outros humanos tenham sobrado por aí, ou estejam tentando a mesma coisa… Mas todos percebemos que o ressentimento de Robert está longe de acabar, que sua causa, se posso dizer assim, está ligada à sobrevivência das máquinas, não à nossa.

— Não levem a mal — Robert sentiu o clima estranho e tentou consertar — Não é contra vocês.

Xabier permanece indiferente. Posadas, ao contrário, entusiasma-se:

— Você está certo. O que mais importa é salvar as máquinas. As máquinas usam todo o cérebro. Os seres humanos, só uma parte dele. Seguramente existem milhões de células e de vias nervosas que não utilizamos. Os soviéticos sustentam que nós não utilizamos metade do cérebro…

— Vamos descansar agora? — intervém Gagarin.

Posadas insiste, sempre daquele jeito: imóvel, o olhar vazio. As palavras vêm de sua programação, estão nele desde ninguém sabe quando… Às vezes isso volta com força.

é preciso ensinar as crianças a estimularem todas as células que têm é preciso ensinar as crianças a estimularem todas as células que têm é preciso ensinar as crianças a estimularem todas as células que têm…

Pronto, agora entrou em *loop* recitando seus mantras. Gagarin diz a Robert para mexer nas configurações. Pronto! Nem precisou. Bastou Robert resetar Posadas. Ele ficou inerte. Ao fim de um minuto passou a mexer os braços, as mãos, os olhos, como se voltasse como ser pensante:

Os vasos são feitos de argila
Mas é o interior vazio que os torna úteis

E conclui:
— Acho que vocês querem dormir. — e deita.

Alguns dormiram, muito ou um pouco, outros apenas sonharam ou pensaram. Robert abriu carinhosamente as costas de seus dois replicantes para fazer o que era possível fazer ali: soprar, tirar a poeira dos chips, arejar os circuitos.

15. Estranho odor

Todos afiam as narinas. Esse cheiro… Ninguém está sentindo?, pergunta Gagarin. Não, ninguém sente nada. Nem os replicantes, claro, mas esses não possuem olfato, isso só surgiu para eles muito depois, lá para a quarta ou quinta geração. Todos começam a aspirar com mais força. Nada. Ninguém sente nada. Todos sabem é que estamos nos desmantelando, desmontando, mas não é assunto para se tocar. Agora, porém, é delicado: se o líder da expedição começa a sofrer de alucinações, ainda que olfativas... Em último caso a liderança passaria a Xabier, claro, mas a essa altura ninguém sabe dizer a quantas anda seu organismo artificial.

Gagarin tem a postura altiva de quem é capaz de sentir algo que os outros nem vislumbram. Seu rosto adquiriu uma expressão diferente, suave, nas últimas horas:

— Está cada vez mais perto — repete de tempos em tempos.

E no entanto nada muda: o clima, a paisagem, é tudo imutável.

De repente, Robert pergunta: — Onde estamos?

— Na rota — responde Gagarin.

— Estamos andando em círculos — Robert insiste.

— Não é o que diz a bússola.

Campbell bufa, mas segue. Todos tememos, como ele, estar dando voltas e voltas sem sair do lugar. A falta de referência enlouquece. Antes havia aclives e declives, abismos, pedras. Agora só a terra amarela e quebradiça de novo. Nada serve como referência. De repente, Robert dá uma corrida e se põe à frente de Gagarin e barra-lhe a passagem. O cosmonauta tenta afastá-lo com o braço.

— O que você quer? — pergunta.

— Quero te matar!

— O que você ganha com isso?

— Não interessa. Antes de me perder meu desejo é ver seu sangue correr.

Posadas se põe entre os dois e afasta Robert:

Ao elevar a relação harmoniosa, vocês vão desenvolver o raciocínio lógico e fazer com que a maior aspiração de cada um seja o desejo de que todos conheçam e se elevem. Essa é a base da harmonia. A base futura da harmonia será a unidade do gênero humano.

— É aonde nos levará o anarquismo! — atalha Xabier.

— Sonhadores — Posadas ri.

Desde sempre houve divergências entre eles, quase sempre, mas também, às vezes, surpreendentes coincidências. Seja como for não eram coisas do nosso mundo. Diziam respeito à maneira como os replicantes — ou antes, os seus programas, concebiam o mundo e suas transformações.

É óbvio que nessa altura tais discussões não faziam sentido. Mas serviram para que Robert e Gagarin a horas tantas caíssem na risada, aos abraços. Lenira até parou com o tique de piscar. Quitéria olhou para mim como quem pergunta se todos enlouqueceram:

— Estamos muito abalados, pondera, por fim. — Nos separamos de alguns colegas, sentimos a morte e a falta de cada um. Era um sentimento que alguns de nós nem conhecemos antes. Agora, não: a morte está perto de nós. E estamos tensos, cansados, com medo — completa.

— Quantos perdemos até agora? Perdi a conta. — Campbell está perturbado.

— Quatro — conto nos dedos para lembrar de cada um.

— Sobreviver é uma obra-prima — conclui Gagarin.

Tudo isso desperta em nós uma pulsão vital que já não suspeitávamos existir. Eis porque as pessoas do passado se desentendiam tanto, porque se souberam sempre frágeis e mortais: se Robert enfiasse a ponta do seu canivete no peito de Gagarin ou vice-versa, aí então, em definitivo, teríamos reatado com a finitude... e com o tempo, esse inimigo que já parecia não existir. O deserto nos faz humanos outra vez. Até os replicantes parecem se humanizar.

Xabier parece disposto, em todo caso, a evitar qualquer excesso de humanidade:

— Eu nunca vou ser um homem. Eu sou um replicante. Vocês nos criaram e nos perseguiram. Porque se acreditam sábios e fortes, mas são menos que nós. Replicantes são apenas máquinas. Decorrências, vocês dizem. Mas poderíamos ter criado um mundo bem melhor que essa porcaria que está se estourando lá em cima, mas não deixaram.

— Não usam o cérebro. Só uma pequena parte — completa Posadas.

— Se fossem sábios mesmo a fraternidade universal já existiria.

O desabafo nos deixa constrangidos. É como se nos odiassem, embora robôs não tenham sentimentos. Dizem... Lenira rompe o doloroso silêncio.

— Bob, você trate de seguir o comando do Gagarin. Porque a ideia dele pode ser errada, mas ao menos é uma ideia. Você é apenas uma ira ambulante.

— Além do mais — prossegue — a liderança do Gagarin é boa. A bússola pode estar encrencada, não sei, mas esse cara tem faro de cachorro. Ele está sentindo esse ar, esse cheiro, essa coisa que ninguém mais sente. Vamos!

Robert resmunga um pouco, diz que cheiro só existe na cabeça de Gagarin. Xabier o empurra. Seguimos, mas tenho a sensação de que Robert desviou a ira contra Xabier, até o escutei ameaçar baixinho, como se ensaiasse sua ameaça:

— Sabe que eu posso acabar com você quando quiser, não sabe? Basta suspender a manutenção.

Xabier, que pode não ter olfato, mas tem audição perfeita, apenas ri e passa o braço em torno do pescoço de Robert, num abraço. Robert ri também.

IV. UMBIGO DO MUNDO

1. Quase uma graminha

Alguma coisa se move sob os pés, suave, sensível ao contato com os calçados ou ao que resta deles. É uma graminha, quase uma graminha. Parece haver uma linha de fronteira. De um lado, a terra árida de Mata-Bandido, do outro esse musgo, folhas, arbustos. E adiante, a floresta. Que estranho! É real, garante Xabier, que escaneia tudo com os olhos, pois o primeiro pensamento foi de que aquilo podia ser outra armadilha de Lina.

A dúvida se dissipa logo: uma rajada de flechas nos recepciona quando entramos no novo terreno. Flechas suaves, que os arcos lançam frouxas para o alto, mais do que atiradas em nossos corpos. Flechas simbólicas, de não ferir. Nova rajada, idêntica, acontece, e por ordem de Xabier começamos a acenar panos brancos, em sinal de paz. Uma comissão de indígenas se adianta e nos acolhe. São magros, rostos enrugados, adornos rotos, envelhecidos como seus corpos. Não são mais que uma dúzia, cada um tem desenhos diferentes tatuados no corpo. São os guardiães do Portal dos Espíritos, dizem numa língua que só os replicantes entendem. Então não eram místicos. Essa é a tribo que guarda a matriz, a terra que não se pode macular: o lugar em que se conectam a Terra e o Universo.

Os índios estão bem espantados. Estão ali para recepcionar o espírito dos mortos que chegam.

— Mas vocês não parecem mortos. Quase parecem vivos — diz Numuedjadu, o líder dos guerreiros, sem ironia aparente.

Xabier lhe conta que o mundo a esta altura já pode estar destruído: "Atravessamos Mata-Bandido à procura de Nova Xavantina, este lugar sagrado, pois aqui buscamos a luz que pode salvar". O líder responde e Xabier traduz: "Entre os mitos sagrados existe um em que homens de cor, adorno e roupagens diferentes das nossas viriam para salvar o lado do outro lado, o lado de lá do mundo. E fez um gesto largo com o braço na direção de Mata-Bandido. "Mas existem mitos para tudo", completa ao desfazer a pose.

Posadas cita Engels e pergunta-lhe sobre comunismo primitivo. O cacique ri. Acha o replicante branco divertido, mas depois quer saber se ele brinca ou se perdeu a razão na travessia. Gagarin responde que o sol, o calor, o longo percurso, perturbaram a todos.

— Nada disso, insiste Posadas. — Índios são seres pré-históricos, não acumulam as sobras, não conhecem o Estado. Mas é necessário que evoluam, que saltem etapas, cheguem à organização avançada, aos sovietes…

Xabier não se aguenta:

— Besteira! — Xabier ergue a voz. –O comunismo nunca passará de capitalismo de Estado. Só a autogestão produz felicidade e liberdade.

— Sem leis? Só pela vontade comum? Ridículo.

— Sem leis. Somos ilegalistas! Nosso trabalho será de educação, intelectual, manual e física.

Numuedjadu acompanha a discussão em silêncio. Depois levanta o braço na direção dos guerreiros. Eles armam os arcos e apontam para os robôs. Gagarin dá um salto e faz os dois calarem a boca. Eles ainda se estranham, olham-se como cães de briga, mas se calam. Depois que cada um vai para um lado, Numuedjadu ordena que comece a caminhada. Ele mesmo segue à frente; os outros índios nos escoltam. Um deles olha bem para a mochila que levo nas costas e não se contém: — Olha só: Iabuti! Iabuti!", grita na sua língua. Xabier traduz e ri:

— Quer dizer que você é um homem-jabuti. Bem sacado! Uma pinoia! Ninguém sabe a intenção de Numuedjadu e cada um de nós secretamente teme pelo que possa acontecer. Afinal, protegem ou aprisionam? E, nesse caso, pretendem nos liquidar? Se Drukker estivesse aqui, no tempo em que era gordo e sorridente, podia até ser apetitoso para canibais. Mas nós? Osso, pele, olheiras, barbas enormes, cabelos amarfanhados, sujos, roupas puídas, sapatos desfeitos. No máximo servimos para uma boa sopa. Eles nos levam por uma picada até a taba, onde algumas mulheres esperam pelos guerreiros com gritos de alegria. Elas nos recebem com curiosidade, mexem nos apetrechos, tocam na nossa pele, divertem-se com a bolsa de medicamentos e observam com curiosidade as pílulas de alimentação e hidratação. Três delas brincam, acham a minha mochila muito engraçada. Uma delas ri e comenta que esses espíritos ainda não desmaterializaram.

A taba fica numa clareira contornada pela floresta viva como nem sonhávamos mais que existisse. A vila tem não mais de quatro ocas circulares feitas de pau a pique, cobertas de palha, com grandes camas também de palha, mais alguns utensílios e potes aqui e ali. Dão a entender que as camas destinam-se cada uma a quatro casais, porém os casais são variáveis, não fixos, e sem obrigação de fidelidade ao parceiro ou ao gênero. No centro da taba, empalhada e enfeitada, a imagem de Si Îasy, a antiga chefe. Ela era a única que podia pisar na matriz, onde recebia instruções sobre como preservar a saúde da terra e das plantas. Sentem-se abandonados agora, sós sem sua protetora. Uma desgraça, dizem. Oram ao Sol e à Lua para que seu espírito permaneça vivo, ilumine e proteja Numuedjadu, o cacique e chefe guerreiro.

Uma pequena tapera, afastada, construída mais ou menos nos mesmos moldes e com os mesmos materiais, abriga as crianças da tribo e seus joguetes. Elas estão cercadas de brinquedos, mas o que mais as atrai são os grandes espelhos que ora reproduzem suas imagens exatamente como são, ora os torna maiores, ou os distorce e achata. Para esses índios, todas as imagens são verdadeiras, representam estágios diferentes do espírito, captados pelo espelho. A visão mais fascinante é a do espelho onde tudo se duplica, todas as pessoas são duas, ela mesma e uma outra, corpo e espírito, explica um guerreiro. Pergunto-lhe se as crianças, como as nossas, são programadas geneticamente. Ele ri. Diz que não entende certas coisas que eu digo.

Pergunto-lhe onde estão os místicos que vieram a Nova Xavantina. Ele então fala dos brancos[1] que vieram "buscar a verdade" naquele lugar. Yakecan, que foi pajé naquele tempo passado, lhes disse que a verdade eram muitas. Mas cada um deles dizia já saber qual era a verdade. E como sabiam, cada um de um jeito, discutiam muito e faziam barulho. A sábia Yierê, que sempre tem a última palavra, aconselhou-os a parar de brigar e viverem em harmonia com a natureza. Caso contrário, deviam ir a outro lugar.

Eles preferiram ficar, disseram que a matriz iria lhes dizer quem de fato detinha a verdade, pois os índios eram atrasados e não sabiam de nada. E foram para lá, passaram muitas luas discutindo, até que a terra de luz engoliu um por um. Tudo isso explicou Numuedjadu. Depois de uma pausa acrescentou que isso era uma das lendas a respeito dos brancos que vieram conhecer a verdade. Uma outra dizia que Yakecan ordenou aos guerreiros que os crivassem de flechas; Yierê, no entanto, mandou que seguissem viagem.

— - Mas eu já vi Yierê passeando por aqui. Como ela podia existir no passado? — indaga um jovem indígena.

— Como eu disse, as verdades são muitas — Numuedjadu responde e sorri com malícia.

— É como Yierê: em cada tempo surge uma para nos banhar de beleza, sabedoria e alegria — completa.

Nesse meio tempo Gagarin aventura-se atrás da tapera das crianças sob o olhar vigilante dos dois guerreiros que o acompanham. Ali descobre os pássaros e se encanta com as borboletas de mil cores. Quando volta tem os braços, a cabeça e os ombros cobertos de borboletas coloridas. Ele não sabe o que são borboletas e as chama de maravilhas. Lenira aprova o nome. Enquanto isso, Posadas explora o terreno depois da clareira, em busca de campos de trigo que nem os de Van Gogh. Um menino informa que eles

---

[1] Para ele, brancos são todos que não índios, o que inclui negros, loiros, morenos, mestiços, caboclos, o que for. (N.A.)

não cultivam trigo, apenas mandioca, milho, ervilhas, criam galinhas. Posadas fica desapontado com a resposta, mas seus olhos voltam-se aos pequenos bichos do lugar: formigas, grilos, besouros, abelhas. Ele anuncia a descoberta cercado por crianças que pulam e gritam a seu lado. Yierê chega e diz que são lindos seres imaginários que saltaram dos sonhos das crianças da tribo e se tornaram reais. Posadas fala e caminha:

Há um processo muito profundo nos sonhos das crianças. O sonho reflete sentimentos, desejos e elabora conclusões, o sonho é uma ocasião aproveitada para o desenvolvimento de inclinações que não são feitas conscientemente, por mil razões, de temor ou de preocupação. É uma experiência das mais ricas, e no futuro será...

A declamação é interrompida pela passagem repentina de um grupo de galinhas d'angola, com seu canto agudo. Apressadas, vindas de não sei onde e indo para não se sabe onde. Ágeis e medrosas. Yierê as acompanha. No sentido contrário um pavão aparece, caminha devagar e solitário, como que para exibir a plumagem, que abre com suavidade diante do replicante.

— As crianças daqui sonham com esses seres e eles se tornam reais, ganham vida. A natureza floresce, como na música de Beethoven.

Posadas acredita que tudo isso reflete o estágio de comunismo primitivo em que vivem os índios:

O comunismo é uma sociedade superior porque elimina tudo que a propriedade privada desenvolveu como se fosse relação humana, e cria uma relação harmoniosa, necessária.

Os seres daqui não foram corrompidos pelo modo de produção capitalista, se bem entendo seu raciocínio. As chamadas enfermidades industriais, diz ele, são produto da falta de harmonia com a natureza. O surgimento mágico desses animais é uma demonstração da harmonia entre homens e natureza, sonho e vigília.

— Do que você está falando? — pergunta Robert.

— Do futuro. Com esses silvícolas descobrimos a floresta e os seus fantásticos habitantes. É preciso organizá-los em sovietes para que no futuro continuem a partilhar tudo, a todos fazerem os mesmos trabalhos.

Em tudo o que diz, nos gestos, nas andanças, Posadas manifesta uma euforia que nunca tínhamos visto antes. Quanto a Numuedjadu; tudo o que Posadas diz é para ele um mistério insondável.

— O que são sovietes? — indaga.

Para o cacique existem os animais e os vegetais, plantas e insetos, corpos e espíritos, sol e lua. Nossos ancestrais, diz ele, casavam com animais fêmeas. Elas ensinaram aos homens tudo que os animais precisam e também o que podem nos dar.

A verdade é que também nós damos mais valor a tais maravilhas depois de atravessar um deserto onde nem escorpiões ou abutres se aventuram.

Posadas não se importa com a pergunta do chefe.

— Todos caçam, todos plantam, todos pescam. As mulheres preparam os alimentos, tecem as peles, criam potes e cocares, tatuagens e adornos para os corpos. Ninguém é proprietário de nada e ninguém escraviza ninguém.

— O que é proprietário? — indaga Numuedjadu, assombrado. — E o que são sovietes? Ele usa palavras que não conheço.

Xabier repousa encostado numa árvore, fecha os olhos, deixa-se ficar ali, como que dormindo. Entende a sociedade indígena como tipicamente anarquista, pois não existem leis e o cacique nada mais é, na sua visão, que o coordenador do todo. A vontade, porém, é comum: surge do entendimento entre todos. Agora o entusiasmo de Posadas não o irrita, parece fazê-lo repousar. Comunismo primitivo e anarquia são a mesma coisa, conclui. Não pensa nas coisas dolorosas da viagem, e sim nessas, mais agradáveis, de agora.

Também eu penso em descansar, mas quase por acaso passo diante da galeria de espelhos das crianças e descubro minha triste figura. Como é horrível um duplo distorcido. Parece não ter raiz nem proporções. No rosto, que cresce de forma amalucada, os tormentos da travessia estão marcados horrivelmente. É um rosto magro, pálido, com rugas que parecem rasgos. Lembro o Drukker dos seus últimos dias...

O novo ambiente faz perder o sentido de urgência da missão que nos trouxe aqui. Salvar o que restou da humanidade? Viemos pretensiosamente para isso. Logo veremos o que é possível fazer.

2. As palavras

Numuedjadu sai da oca reservada aos rituais e nos apresenta o homem ao seu lado, Juruena, o pajé novo. Vou mostrar a vocês a maior das maravilhas — diz Juruena, que veste um manto de penas vermelhas e tem o rosto coberto de linhas cuidadosamente tatuadas — uma para cada Lua, esclarece, e um cajado sobre o qual repousa uma tábua curta onde dois guizos estão dispostos de forma simétrica, um em cada ponta da tábua. Tudo forma o estranho conjunto da figura. Ela exerce sobre quem o olha uma espécie desconhecida de atração, parece hipnose, da qual talvez derive o seu poder de cura. Se olhamos com atenção o seu rosto, paramos de ver o seu rosto e no lugar aparece o nosso (isso, ao menos, foi o que vi).

Juruena me separa do grupo e começa a falar na nossa língua:

— O que Iabuti leva nas costas?

— Na mochila? São cadernos. Para tomar notas — respondo, surpreso de ouvi-lo falar nossa língua. Ou será ele que me faz, magicamente, entender a sua? Puxo um caderno e entrego a ele, que contempla curioso aquele conjunto de sinais que, pelo jeito, nada significam a seus olhos. Ele chama a sábia Yierê e mostra-lhe o objeto estranho.

— Para que serve isso? — pergunta, mais curiosa do que rude.

— Para lembrar das coisas que fiz e para que outros lembrem.

Os dois se olham espantados.

— Ele acredita que ao olhar esses sinais alguém lembra de coisas que aconteceram. Ridículo. — conclui Juruena.

— E por que você marca as caixinhas com esses sinais? — completa Yierê.

— Não sei dizer. Isso se chama escrita. Escrevo na esperança de que alguém no futuro os decifre e saiba quem nós fomos.

— Homem branco existe e não sabe por que existe, vai mas não sabe por que vai, olha as coisas mas não as vê. Então do que adianta a caixinha? A vida escapa das suas caixinhas — atalha Yierê.

— Ao menos buscamos uma saída.

Eles se olham em silêncio. Por um momento parecem refletir.

— Ele é desinteligente — comenta por fim Juruena, que outra vez se volta para mim:

— Vocês andam por toda parte, sem saber o que procuram, nem por que procuram. Então enchem as caixinhas de sinais mofados.

E ri. Juruena, observo, é sempre o mais sarcástico.

— Aqui lembramos de tudo que é preciso lembrar — explica Yierê. — Histórias verdadeiras viram mitos, as palavras se encantam; os anciãos contam para os jovens, que escutam e entendem.

— Todos rememoram o acontecido, a lenda vive em cada um de nós. Não precisamos de caixinhas nem de sinais mofados — completa Numuedjadu:

— É preciso confiar nas palavras vivas, não nos sinais — retoma Yierê, já impaciente.

— Mas aqui nestes cadernos escrevo muitas letras, que formam palavras e depois frases. São informações que servirão para quem, mais tarde, um dia, quiser saber quem nós somos… — tento explicar aos três primitivos.

— Você chama a isso de palavras? — pergunta Juruena e novamente ri. — Então não culpe as palavras. Elas são tão vazias quanto o homem que as carrega.

Francamente, esses índios já estão começando a me dar nos nervos.

— Sim — respondo irritado — com isso fixo a informação e a transmito a outras pessoas, a outros povos, a quem tenha curiosidade. Vocês conhecem método melhor?

— Do que adianta informação? Que sabedoria fica aí dentro? Que verdade isso aí contém? — insiste Juruena, cravando o dedo indicador na capa do caderno.

Esses índios estão me parecendo uns embromadores, sua conversa me desorienta e exaspera. Tento ensinar-lhes as belezas da escrita e eles desprezam. Estarei errado? Eles me confundem, tenho a impressão agora de que não fiz senão juntar palavras que, em vez de compor um relato, explicar nosso trajeto, já me soam como um ajuntamento de sinais vazios, que parecem querer fugir dos cadernos para, aí sim, voltarem à vida.

— O melhor que pode haver nessa caixinha será apenas eco de sabedoria, não sabedoria, e quem as decifrar serão sábios imaginários, não sábios — retoma Numuedjadu.

Noto que Gagarin balança a cabeça como que aprovando as insânias que diz o cacique, o que só serve para alimentar minhas dúvidas.

— Vocês sabem ler e escrever? — tento replicar.

— Nunca. Uma vez um inventor veio nos mostrar a arte da escrita, mas logo percebemos que isso servia para ele se esconder lá dentro das tabuinhas — retruca Numuedjadu.

— Quantas caixinhas você tem aí? — emenda Juruena, já arrancando a mochila das minhas costas.

— Uns doze cadernos, talvez mais.

Eles abrem tudo, examinam com atenção, trocam umas palavras na língua deles. Depois fecham a mochila e devolvem com ar consternado.

— Se quiser achar a verdade jogue a sacola fora, Iabuti. Procure os deuses, o Sol, a Lua. Quando as belezas de fora e as belezas do espírito se harmonizarem você estará perto da verdade.

Eles fazem um gesto pouco cortês de despedida, dão as costas e vão embora. Estou um pouco tonto. Cacete! De onde eles tiram essas ideias? (Anotá-las antes que esqueça). Xabier, espantado, só escuta a discussão.

3. O portal da luz

Numuedjadu reúne a todos e nos leva por uma picada ao fim da qual existe uma construção de linhas sinuosas, parecida talvez com alguns antigos palácios de ShellBras. O interior cheio de luz e sem nenhum móvel é o que atravessamos até chegar a uma escada. Descendo, após duas dúzias de degraus, nos vemos no interior da cachoeira. É por ali que devemos passar. Juruena diz que pela cachoeira de águas claras as almas descem e destilam as impurezas. Em seguida faz um gesto e ordena que o sigamos. Diz que quando estivermos na água nossos corpos serão purificados e a alma poderá enfim ser libertada. Suas palavras são corroboradas pelo grupo de guerreiros que nos cerca, com as flechas apontadas em nossa direção. Lenira tenta explicar que não estamos mortos e sim vivos, que atravessamos o deserto e nos purificamos do mal.

Numuedjadu ri com a explicação, como se ela tivesse contado uma piada.

— Isso não acontece. Não é possível. Ninguém atravessa Butantã.

Butantã? Acho que ele está falando de Mata-Bandido.

Seja o que for, a opção é clara: ser levado na cachoeira e arrastado pelo rio ou sucumbir às flechas dos guerreiros. Melhor a cachoeira. Não quero morrer, não agora que me sinto vivo, finalmente. Em todo caso, a água nos atrai: um banho de verdade antes de ser arrastado pela correnteza… Melhor do que se esses índios malucos fossem canibais. Quando começamos a descer os degraus, Juruena impede os replicantes de prosseguir.

— Esses não têm alma — diz o xamã. — Não podem descer o rio.

— Eles são como nós — tento argumentar.

Juruena ri como se falasse com um imbecil:

Quitéria olha para todos os lados, entre desconfiada e curiosa, depois pergunta a Juruena como os índios fizeram para construir um palácio tão bonito, que entra na natureza e é também a natureza.

Juruena parece feliz com a pergunta. Diz que segredos recebidos dos antepassados não podem ser transmitidos senão ao próximo pajé. (Não digo que esses índios são uns embromadores?). Dali se veem outras duas construções enfiadas na floresta: uma com forma de pirâmide, outra formando um arco. Em torno delas, já engolidas pela vegetação, pequenas estruturas com aparência de casas e taperas. Pergunto a Juruena se não foram os místicos que ergueram esses prédios. Ele fecha a cara.

— Terra come quem não entende a terra, diz.

E ordena com um movimento do rosto que o primeiro de nós tire as roupas e desça. Notamos que ao lado da grande cachoeira fica uma espécie de escorregador pelo qual podemos cair na bacia d'água que existe embaixo. Somos arrastados pela força do rio por metros e metros, mergulhamos fundo, tenho a sensação de que não vou chegar vivo à superfície, mas logo a bacia afunila e conseguimos tocar a margem, respirar, segurar nos galhos de árvore e sair ilesos — todos os cinco. Brincamos que nem crianças no banho. Os índios riem, descem até onde estamos, festejam.

As jovens que nos aguardam com guirlandas de flores enfeitando as cabeças seguram nossas mãos e nos levam à presença do xamã. Os guerreiros largam suas armas e cantam.

— Agora os espíritos estão puros.

Puros, não sei; novos, sim. Como se a água houvesse levado o peso do deserto, da poeira, do suor, da sujeira. Sim, renascemos. A água parece ter tornado nosso corpo leve, potente, primitivo, incrível. Juruena diz, já perto de nós, que agora somos espíritos livres.

— Já podem atravessar o portal da luz — completa. Atrás, os guerreiros festejam. Nenhum de nós entende nada. Junto com os replicantes somos levados à celebração que se prepara na taba.

No centro, onde todos se reúnem, há muita cantoria, farta mesa de caça, pescados e farinha, mais uma aguardente de mandioca a que chamam cauim, há centenas de anos extinta no resto do mundo. Já não sei se somos espírito ou matéria, mortos ou vivos. Por ora, aproveitemos: a refeição está servida.

4. Noite de alegria

Há quanto tempo não sabia o que é fazer isso! Transar! Trepar! Uns 300 anos, ou seriam 200, me perco. Findo o repasto, um índio com um enorme colar de dentes agita sua maraca à minha frente e diz se chamar Huamor. Ele ordena que eu tome da sua bebida. Digo-lhe que já estou farto. Ele insiste e me serve uma cabaça cheia de cauim. Finda a comilança, uma índia bela e jovem que diz chamar-se Kauana me agarra numa das malocas, no escuro, e quando vejo já estamos grudados; o desejo retorna com o cauim, nos acariciamos, nos beijamos. Perto há outros casais, brancos, pretos, índios, mulheres, homens, tudo misturado, nos beijamos, copulamos, e de repente são outros os parceiros. Continuamos, agora ela é mais velha, atraente, se chama Kôña; Kauana volta, me tira dos seus braços e me entrega a uma jovem que diz se chamar Ceci e me chama de Itatenhê (essas índias são ligadas em nomes). Pouco importa o seu nome ou o meu. Descubro que tem os dois sexos em seu corpo, ao que ela responde que toda vida é acaso e ilusão — é como pensam esses índios. Ela suspira. Outras suspiram. Gozamos. Elas gritam, eu também. No fim, somos todos num só: índias, índios, brancos, pretos, um só bando, todos abraçados. Um estranho gosto invade o corpo, que parece se iluminar por dentro. "O espaço estilhaçou-se em cores, há muitas cores em mim", berra Gagarin. "Cynibu! Cynibu!", berram as índias. Em outra oca, Lenira e Quitéria gritam, choram, depois gritam de gozo, outra vez e mais outra; Robert também, posso escutar. As moças não sabiam o que era isso. Gagarin33 também não. Eles não sabiam o que era isso. Eu tinha uma lembrança distante, bem vaga, assim como Robert, acho, tão remota que não servia para nada, de maneira que todos nós transamos por instinto ou algo parecido, ou então as índias ensinaram o que fazer, ou tudo veio junto com a aguardente. Outros índios, outras índias, gritam, choram e depois voltam a cantar.

É uma noite de alegria, explicam, quando fazem amor com os espíritos. E no entanto a aventura amorosa termina aí, dentro da casa. Ao despertar, passam por nós como se fôssemos invisíveis, ou ninguém nos reconhecesse mais. Tomamos em silêncio o desjejum deixado numa mesa à parte. As índias da noite passada, eu as vejo à distância, aceno para elas, que não respondem. Numuedjadu passa como se não existíssemos. Em compensação, observa com curiosidade os replicantes, a quem chama de homens sem alma, que assistiram à festa de longe e ainda discutem.

— O que é alma, essa coisa que não temos? — pergunta Xabier.

— Não sei. Beethoven tinha, tenho certeza, mas não entendo o que é — admira-se Posadas.

— Tenho aqui um fragmento: alma minha gentil que te partiste…. Só isso.

— Sei que os povos têm alma, existe a alma do proletariado. Mas o que é isso, afinal:? E por que eles têm e nós não, se somos tão mais perfeitos do que eles? Não há nada no meu programa.

A palavra continua a assombrá-los. Juruena pergunta se estão bem. Digo que eles gostam de ficar conversando, às vezes discutem, e pelo jeito foi o que fizeram durante o tempo da festa. O fato é que todos estamos mais leves agora: meus companheiros, as moças, olho para eles, têm outra expressão, outra cara. Xabier convida nossos hospedeiros a nos acompanhar à matriz, mas ele responde que não pode, pois desde o desaparecimento de Sy îasy só os mortos podem pisar na terra sagrada.

Serão todos loucos nessa tribo? Será que nos serviram alguma ayuasca e tudo o que vivemos é uma alucinação?

5. Emawayichi, o que saltou do espelho

Temos um plano? Que plano? Chegar à matriz, à terra de luz. E depois? Xabier soube desde sempre que existe esse lugar onde tudo se regenera e recomeça. Numuedjadu limitou-se a apontar numa direção. Isso foi após a cerimônia de libertação dos espíritos recentes — é como eles chamam os que passaram pelo portal dos mortos. Não pode mesmo nos acompanhar? Ele concorda finalmente em consultar o conselho dos pajés. Então existe mais de um? Desde quando?

— O espírito do antigo pajé, Tecoara, dividiu-se em quatro. Um dia ele se reunificará e ocupará apenas um corpo. Por ora, Juruena é apenas o mais novo do conselho de xamãs — explica , sempre falando aos replicantes.

— Um deles é muito feliz e sábio, usa seus cabelos brancos sempre penteados e chama-se Klôd, Controla os espelhos, os reflexos e as duplicações do mundo. Macunaíba, o senhor das águas, só trabalha à noite, durante o dia vive batendo nas coisas sólidas e as xingando. O terceiro é amoroso, gordo porém leve, homem metade e metade mulher, se chama Rudá e se ocupa da fauna, da flora e das colheitas: é quem controla tudo que vem da terra. A Juruena cabe decifrar as relações sutis entre flores, plantas e animais da terra ou do ar. É também o criador dos remédios, tem poderes de cura e por isso é o que se relaciona com as pessoas da tribo. Apesar de todas essas atribuições, não se conforma com sua condição, pois queria entender os mistérios dos espelhos, o que lhe foi vedado. Quem preside o conselho é Yierê, que não saiu de Tecoara e é quem sempre dá a última palavra.

Eles se se reúnem durante alguns minutos, ao fim dos quais Juruena sai à porta — dos quatro ele é o único que se deixa ver — e traz o veredicto dos feiticeiros: Numuedjadu não pode nos acompanhar. Nem ele nem qualquer outro indígena, pois nessa terra só os mortos podem pisar: é Tabu. Concluo que esses índios se guiam muito por superstições. Não é muito pior que nós, que seguimos em frente sem saber o que queremos. Seja como for, Numuedjadu consente em nos fornecer um guia, o valente Emawayichi, que nos aponta o caminho.

Posadas cantarola um hai-kai:

O mortal derrota o imortal
e assim afirma a vida

Robert Campbell comenta que Posadas anda confundindo o que tem em seu programa com os raciocínios decorrentes de sua inteligência, ou então começam a saltar mais coisas da programação, o que torna tudo meio estranho. Xabier ordena e começamos a andar.

Algo mudou em nossa pequena tropa; todos parecem mais bonitos depois da noite passada. Caminhamos. Permanecemos em um silêncio entrecortado apenas por uma outra intervenção de Posadas.

Veremos agora quem está nos astros, no cosmos, no universo. E da mesma forma como hoje a pessoa bate na porta para saber quem está em casa, vamos sondar a história 175 milhões de anos atrás.

Lenira faz um sinal de que está com o saco cheio dessa conversa de ETs. A picada pela qual nos conduz Emawayichi é suave. A todo instante somos surpreendidos pelo encanto das coisas, o ruído de água de rio que chega até nós, a entrada de algum animal que se aproxima, uma flor, o vigor das plantas, o tamanho das palmeiras. Às vezes um de nós encosta numa árvore só para conferir se é verdadeira, ou holograma, ou imitação criada em impressora; ainda é difícil acreditar numa natureza real. Quitéria tentou arrancar a flor de uma árvore, mas o guia interrompeu seu gesto:

— Aqui nunca colhemos uma flor para nosso deleite. Elas têm empregos sagrados que só os pajés da cura conhecem.

— Juruena — acrescentou Xabier.

— Nesta geração, sim. Seu saber passa de geração em geração, por milhares de anos.

Nossos pensamentos estão quase sempre em outro lugar: será que estão certos os índios e somos apenas o espírito de nós mesmos? Será que nossos corpos já não existem para os olhos dos outros? Olho em seus rostos e tenho a impressão de ver a mesma dúvida, mas nada dizemos. A caminhada prossegue em silêncio. O ruído do rio agora se torna mais e mais forte, até que chegamos à margem. O azul da água nos encanta, assim como a profusão de peixes de várias cores e tamanhos que saltitam. Emawayichi mostra as duas canoas que nos levarão até o outro lado e ordena que subamos. Ele mesmo monta em uma delas e, remando muito suavemente, leva as mulheres e androides.até o outro lado. Gagarin nos leva na outra canoa, mas quase nem precisa remar, pois o vento a impulsiona. Mal chegamos, Posadas rompe o silêncio:

O vento nunca deixa
As árvores repousarem
Calmamente

Parece que esses hai-kais adivinham nossas angústias. Também para nós não há repouso. Ainda existimos? E, a bem dizer, alguma vez chegamos a existir? O que é existir? E a orgia na aldeia dos índios? Aconteceu? Que dúvida mais besta… Somos pessoas de verdade. Não fantasmas. Tenho quase certeza… E não somos como replicantes. Eles são produtos. Não têm nada a ver com isso. Nós sugamos a natureza até que dela só restasse essa última reserva que talvez resista apenas graças às rezas dos pajés, à tenacidade de Numuedjadu. Ou estamos num outro tempo?

Lenira pergunta a Emawayichi por que ele pode nos acompanhar. Será um espírito, também?

— Eu saltei do espelho.

— Entendo — diz Lenira.

(Que não entende, claro).

Ele explica então que muitas e muitas luas atrás, homens brancos quiseram entrar em seu território e abrir uma estrada. O guerreiro Ubiratã desafiou as leis da tribo e ousou entrar na terra de luz. Lá convocou o Sol e a Lua a lutarem conosco. Eles aceitaram e trouxeram as entidades: Ogum, Oxóssi, Yansã, Obá. Os santos guerreiros juntaram-se aos índios; a luta começou e o poder desses deuses foi tão grande que a terra se abriu sob os monstros metálicos que ajudavam os brancos, comeu suas armas poderosas, levou os soldados e seus comandantes junto.

Toda geração tem um descendente de Ubiratã, que é seu reflexo eterno, disse depois. Nesta geração tal honra coube a Emawayichi. Diante do espelho onde as imagens se duplicam, uma delas se liberta. Esse é o Emawayichi que vemos. De todos os índios, só ele pode entrar na matriz, porque sua outra imagem permanece preservada no espelho.

— É o contrário de Iabuti, que vai entrar nas caixinhas e não sair mais!

Ao menos é como ele explica as coisas. Continuo a achar esses índios meio cascateiros.

Quitéria se diverte:

— O nome pegou.

E, de passagem: Iabuti, o cacete!

6. Onde estão eles?

Vez por outra um som inesperado corta o caminho e espanta. O coaxar de um sapo, um canto de cigarras... Deve ser que nos acostumamos tanto aos sons da civilização que pequenos atropelos sonoros nos amedrontam.

Não a Posadas, ao contrário. Ele se eriça, olha para os lados, atento. Podem ser eles — é sempre a primeira coisa que lhe ocorre. Não são. Em geral é apenas o vento que agitou a copa das árvores e levou algumas folhas de um lugar para outro, ou mesmo um grilo, um pássaro. A decepção não o abate, porém.

Andar sob a copa das árvores, sentir a umidade no solo, o musgo, produz uma felicidade que quase faz esquecer o sofrimento das noites de caminhada, as dúvidas, os obstáculos, as mortes, elevações e declives, montes, abismos. Tudo isso virou um passado remoto e lamentável. Antes fazíamos marcha forçada. Agora andamos com alegria. Nos intervalos buscamos fruta em alguma árvore. Aqui há bananas! — espanta-se Lenira — São bananas, não são, Iabuti? Sim, respondo paciente. Ela ainda não sabe distinguir as frutas, como Quitéria. Quando bate a sede podemos beber no rio, unindo as mãos em forma de concha e levando a água até a boca. Tudo é muito novo. A horas tantas, ouve-se uma voz:

— Será que você sabe mesmo aonde estamos indo? — é Robert que pergunta.

— Dá para ter um pouco mais de tato? –Quitéria o repreende.

— Os campos da colheita estão próximos — responde Emawayichi, sem se alterar.

Perto dali um grupo de guerreiros corta a cana com seus facões, um outro recolhe as espigas de milho. Numa cabana funciona a oficina onde se confeccionam potes. Mais adiante, um adolescente sobe numa árvore e apanha seus abacates. Mulheres da tribo colhem os tomates, morangos, beterrabas. Guerreiros apontam flechas na direção da caça.

Findos os campos, as árvores secam subitamente, como se passássemos do verão ao inverno em alguns metros, 30, 40 talvez. Emawayichi segue impassível até que se põe de lado e indica com a cabeça que não seguirá adiante. Devemos continuar sozinhos. Ele não precisa nem dizer, pois basta virarmos as costas e ele já desapareceu.

Não demora, divisamos a grande clareira. Dizer clareira é inexato para definir o enorme círculo de luz cercado por árvores altas e fortes. E quanto mais perto chegamos, mais luz tem, uma luz muito clara, mas que se irradia para dentro, volta-se a si mesma, de tal modo que não ofusca, não se espalha nem machuca.

Posadas entusiasma-se diante da intensa claridade.

— A luz. Essa luz. Onde você viu essa luz antes?

— Nunca.

— É como um sol para dentro. O sol de um grande artista...

Xabier se irrita:

— Não interessa. Temos de achar o que, na terra da luz, fará a Terra renascer e ser inteira como a terra dos índios.

— Isso são os povos adiantados que vão fazer — insiste Posadas.

— Nada do que li fala disso.

— Você só conhece os fragmentos que achou na biblioteca. Fragmentos que não esclarecem nada.

— Ou muita coisa. São fragmentos de muitos autores. Você foi programado por um autor apenas e se contenta com isso, mais nada.

— É preciso uma doutrina. Eu tenho.

— É preciso refletir, o que você não faz. Se fizesse, chegaria à anarquia só com os fragmentos que conheci.

Enquanto os robôs se desentendem de novo, nos acomodamos para dormir, encostados nas árvores secas dos arredores.

7. Energias da matéria

Os replicantes concluíram, diz Gagarin, que não sabemos o que fazer. Só Posadas tem uma ideia.

— Ou seja, estamos nas mãos desse alucinado — nota Lenira.

— Mais alucinado que nós? — pergunto a sério.

Só os índios entendem o que acontece. Por que chegamos até aqui? Posadas pelo menos tem uma crença científica, como gosta de dizer. Recordo que todo mundo se divertia com as maluquices suas e dos seguidores. Até os outros trotskistas. Ainda não havia Posadas II nem III, só o primeiro Posadas, o original. Não sei se era alucinado, mas se ele se enganou os outros não acertaram muito mais. Foram todos exterminados.

— Ninguém sabia o que era certo e o que era errado. Os revolucionários não revolucionaram nada — retomo. — Foram todos esmagados. Não sabiam o que fazer, ou não podiam — concluo.

— E nós sabemos? — pergunta o 33, que parece se afundar na depressão.

— Ninguém sabe mais o que é isso: comunismo, marxismo, anarquismo... — argumenta Quitéria entrando na conversa. — Isso só interessa aos replicantes.

Ficamos ali, calados, perplexos, olhando para a Matriz. O que vamos fazer? Esperar aqui que alguma coisa aconteça?

— Não sabemos nada. Nunca saberemos nada! — exclama o 33, visivelmente alterado.

Posadas chega a nós, já revisado e cheio de ânimo. Olha para o céu, depois volta-se para nós e fala:

Pode ser que a matéria se organize de outra forma em outros sistemas planetários ou galáxias, em combinações totalmente diferentes das que conhecemos na Terra. É possível conceber um ser que, simplesmente erguendo uma mão, produza luz, atraia e organize a energia. Eles podem estar usando toda a energia existente na matéria.

— Energia é o que nos falta agora — Gagarin comenta, sem ânimo.

— Para fazer a música que queria, Beethoven incorporou novos instrumentos. Também Lênin entendeu que sem um partido não poderia fazer a revolução — Posadas agora fala em tom professoral.

— Não sei de nada disso — retoma Gagarin. — Eu estive muito longe. Conheci outras galáxias. A única coisa que vi no espaço foi o silêncio. Nenhum E.T. Só um silêncio insuportável.

— Você foi perto. O universo é bem maior, é interminável — rebate Posadas.

Robert junta-se a nós trazendo Xabier, que capenga um pouco, apesar da revisão.

— Acabaram as brigas? — pergunta Quitéria.

— Existem dois excessos. Excluir a razão e só admitir a razão — intervém Xabier, ainda ofegante — Do que aprendemos não podemos concluir que sabemos tudo, e sim que resta infinitamente mais coisas a conhecer.

— Que porra vocês sugerem fazer? — berra Lenira, furiosa; pisca muito.

— Que fazer... Que fazer? — divaga Posadas, sem atentar aos outros. — O que sabem dizer os cientistas? Pouca coisa. A ciência é submissa a quem a financia. É o estado capitalista ou então o estado soviético que a financia...

— O replicante delira! O estado soviético já não existe há séculos. — eu corto. — Além do mais o nosso novo regime é uma espécie de comunismo, todos têm tudo o que precisam.

— Ou tinham... — corrijo.

Posadas volta-se para mim com olhar severo:

— Você concebe a vida na Terra no sentido da propriedade privada. Quando os capitalistas planificam uma viagem a outro planeta é para o explorar, o dominar.

— Isso é verdade — intervém Quitéria. — Nós só fomos a Marte para explorar o que tinha lá.

— Besteira! — diz Robert.

Um sábio japonês concluiu que é um crime desperdiçar a energia dos terremotos. . É possível fazer um sistema de injeção que funcione como uma espécie de radar, que mede todos os movimentos, o gás no interior da Terra, movimentos que os sábios ainda desconhecem. O sábio japonês diz também que é possível até mesmo utilizar essa energia.

— Nesse ponto eu concordo. Talvez o mundo não esteja acabando. Precisamos apenas utilizar a energia da própria Terra, a energia que desconhecemos. O mundo está por se fazer — emenda Xabier, reanimado.

— Agora ele também está delirando, não? — Gagarin pergunta a Robert, que dá de ombros e se afasta.

— Agora os dois deram de concordar!. — diz Quitéria, desconcertada.

— Não. Posadas sonha; enquanto eu vejo o mundo real — rebate Xabier. — De todo modo, o que ele diz faz algum sentido. Se conhecêssemos melhor a energia, seria possível evitar que a Terra se voltasse contra ela mesma.

— Não foi a Terra, foi a natureza — intervém Quitéria.

— Então desconhecemos a natureza. Buscamos dominá-la, explorá-la, e ela se voltou contra nós? É isso? — pergunto.

— Pode ser — diz Quitéria — Com Marte foi assim.

Gagarin parece distante da discussão, o que nos aflige. Todos nos afastamos, um para cada lado. Precisamos refletir, ou descansar da reflexão, tanto faz.

— Há um enigma nisso tudo, recomeça Xabier, que fala com dificuldade. Todos se voltam para ele sem entender.

— Por que sobrevivem esses indígenas quando toda a Terra se desfaz em tempestades? — ele fala devagar, tomando fôlego entre uma frase e outra. — Não porque estão próximos da matriz... Ou não só por isso... Essa gente segue as primeiras leis da natureza... Não buscaram o progresso, as riquezas, nada... Cada um vive pouco. 60, 70 anos... Mas a tribo sobrevive... Está cheia de crianças... Devemos voltar à taba e aprender suas leis...

Voltar para onde? Voltar como? — intervém Posadas. — O que está acabando é o mundo da burguesia. Os índios são o primeiro comunismo. Sobrevivem, como nós, que somos a vanguarda do povo, mas a sua terra é viva.

Xabier faz um sinal de desaprovação, mas parece que desistiu de se opor ao que diz o outro replicante.

A mentalidade capitalista sempre impediu o burguês de ter perspectivas amplas. Foi assim que o processo histórico se deu na Terra. Não há razão para que tenha sido assim em outros planetas. Nossa capacidade de observação é limitada pela concepção de propriedade.

De tempos em tempos, Robert se aproxima de nós. Detém-se um instante, observa a tudo e segue, pronto para outro giro pelas bordas da clareira.

— Eu andei por aí. Nunca vi um ser de outro planeta — diz Gagarin.

— Eu vi. Em Marte. Eram fantasmas, mas estavam lá — Quitéria fala — Eles nos afundaram.

— Podem ser alucinações — observo.

Posadas retoma sua argumentação:

"Todas as informações sobre os objetos voadores coincidem. As pessoas os viram em diversas eras, em lugares diferentes. Uma forma de vida superior pode revelar interesse por nós. Eles podem existir!"

— Alguém ainda dá bola para esse energúmeno? — Gagarin indaga.

Xabier o interrompe:

— Nem tudo no discurso dele é absurdo. Por séculos ouvimos que vivíamos no melhor dos mundos. Que a ciência resolve todos os problemas. Que nossa existência será eterna. Os capitalistas ganharam bilhões e nos jogaram migalhas. Mas para isso foi preciso explorar os clones, os robôs, acabar com a natureza.

Todos o escutam surpresos e atentos:

— Para os capitalistas os índios sempre foram povos a explorar, a expropriar, a tirar as terras, a submeter. No entanto, eles estão aí, e nos recebem, nos festejam. É uma forma de vida superior também. Nada temos a perder salvo as cadeias que nos prendem — completa Xabier, por ora aliado do outro replicante.

Robert reaparece e entra na conversa:

— Não sei há quanto tempo estou aqui. Só sei que o mundo já era muito velho quando cheguei. Quando começou o mundo novo eu já tinha lutado muitas lutas. Para quê? Em todo esse tempo, o que compreendi? Nada. Na biblioteca? Nada. Uns pedaços de frases que nunca formam um todo. Eram fragmentos, partes desconexas de um conjunto que nunca se formou.

Ele volta a andar. Parece desnorteado. Aconteceu com Bob o que nunca pensei que aconteceria: ele cansou.

Todos estamos enlouquecendo? É a questão que me ocorre.

8. A terra da luz

Posadas continua otimista e Gagarin deprimido; Robert desanimado, Xabier perdido no tumulto dos muitos fragmentos de ideias que guarda em seus arquivos; Lenira pisca nervosa. Que fazer?

— Estamos presos aqui — Lenira constata em voz alta.

— Estamos presos em nossos corpos — Gagarin retifica. — E pensamos. Quando pensamos nos preparamos para a morte.

— Não sabemos como é morrer — diz Quitéria.

— Morrer, opino, é quando o corpo se contenta em ser apenas uma armadura, sem nós dentro.

— Mas o que acontece?

— Isso eu não sei. Talvez seja como era antes da gente nascer.

— Como era?

— Não lembro mais. Faz tanto tempo... Você lembra, Robert?

— Do quê?

— Como era antes de você nascer?

— Acho que não era nada.

— E a morte, como será?

— Vai ser o que era antes da gente nascer.

— Eu não lembro o que era.

— Parem de falar à toa! Não é isso que viemos fazer aqui. Estamos no centro, na matriz. O que temos de fazer para que essa luz salve a Terra? — Aflita, Lenira recoloca o problema.

O fato é que ninguém sabe dizer, salvo Posadas, mas ele é um energúmeno, como bem diz Gagarin. Chegamos à matriz, ao lugar de onde tudo emana, mas e daí? Xabier passou anos e anos juntando fragmentos daqui e dali, partes dos poucos textos que restaram, mas isso não forma um todo. Ele roda o programa continuamente, mas não encontra resposta para nossos problemas.

Gagarin33 tem a experiência do espaço, de coisas que ninguém mais conhece, nos trouxe até aqui com sua bússola, mas agora não serve mais. Já Posadas tem respostas, mas respostas demais.

— Diga, Posadas: se seus amigos extraterrestres vierem estaremos salvos, ok, mas caso contrário, o que será? — Robert pergunta o que todos pensamos.

Da cabeça de Posadas sai uma bela história, mas tudo depende de os OVNIs aparecerem, descerem aqui na clareira. E disso tudo nem ele tem certeza. Não sabe nem se eles realmente existem.

— E, E além do mais precisam decidir se merecemos! — Gagarin fala e se afasta.

Ninguém tem mais nada a dizer.

Gagarin retorna e quebra o silêncio que se instalou:

— E se nós estivermos mesmo mortos?

Como assim?

— Por que me olham assim? Não foi o que disse o cacique?

E prossegue:

— É muito mais plausível do que parece. Ninguém sabe como é a morte. Passamos pela cachoeira por onde passam os espíritos. Passamos pelo portal sagrado dos índios. Fomos à festa dos espíritos.

— E ali vivemos os prazeres da carne — eu digo.

— Êxtases! Êxtases! — exclamam Lenira e Quitéria em conjunto.

— Êxtases que nunca conhecemos antes — reforça Robert Campbell.

— O festim é a prova. É como os índios se despedem dos espíritos — retoma Gagarin, que depois se volta para Xabier.

— E você é a prova do que digo. Eles deixaram os replicantes de fora porque não têm alma e não morrem. Desaparecem, simplesmente. É o que disseram.

Todos ficam constrangidos com a observação. Xabier é quem quebra o silêncio:

— Pois se eu tivesse estado entre aqueles povos dos quais se diz viverem sob a doce liberdade das primeiras leis da natureza, asseguro-te que de muito bom grado me teria pintado inteiro. E nu.

O que será isso? Algum fragmento na memória ou algo que formulou agora? Em todo caso faz sentido: se fosse humano, ele queria ser índio, pois vê neles mais liberdade e mais proximidade das leis da natureza do que entre os civilizados. Acho que isso é o que quis dizer. Enfim, ele parece retomar a velha forma outra vez.

— Minhas concepções e meu julgamento andam sempre às apalpadelas, cambaleando, dando passos em falso — segue Xabier.

— Desse fragmento eu me lembro. Fui eu que achei na biblioteca— informa Robert.

— Pode ser muito bonito, mas não serve para nada. Só temos que esperar a matriz se manifestar — insiste o 33. — Não vou ficar aqui esperando índios nem ETs.

— Vai fazer o quê? — pergunta Lenira.

— Vocês não percebem? — Gagarin quase grita — Nós já estamos mortos. Numuedjadu mesmo disse.

— E os camaradas que ficaram pelo caminho? — Lenira insiste.

— Já passaram por aqui. A terra de luz não passa desse lugar intermediário, onde as almas tomam fôlego antes de se integrar ao todo — insiste o 33.

— Não há bom senso no que diz — protesta Robert. — Nós atravessamos Mata-Bandido. Eu atravessei! Chegamos aqui vivos. Temos que continuar assim, vivos.

Ele se exalta, quase grita, parece que quer se convencer do que diz. Todos ficam um tanto sem jeito. Gagarin solta um suspiro longo, profundo, interminável, só depois fala:

— Eu estou morto. Só falta morrer.

— Não existe morte — rebate Posadas. — A matéria, no caso do homem, se transforma e participa da mutação dos elementos.

— Eu morreria hoje mesmo, se pudesse. Morreria de verdade, por inteiro, corpo, espírito, tudo. Tudo sumindo, se integrando ao cosmos — diz Gagarin. –Bastaria me esforçar um pouco, nada mais, sentar no centro, no olho da Terra. Mas por que precipitar as coisas? Deixa que elas aconteçam, que a alma passe como deve passar. Estou morto.

A exaustão se torna tensão ou desânimo, conforme a pessoa. Lenira me pega escrevendo, sentado, se põe ao meu lado, de pé, e começa a piscar, sempre mais forte, e pergunta o que é isso.

— Nada. Notas de viagem.

Ela começa a gritar em tom de denúncia:

— Esse aí é um sanguessuga! Rouba a vida da gente e coloca na caixinha.

— No caderno — corrijo.

— Caixinha de sinais estranhos. É Iabuti que está azarando tudo!

Ela surta; tento explicar que não é assim, pois Lenira é ágrafa, na dificuldade embarca na primeira superstição que aparece. Mas e os outros? Temo acabar virando o culpado de tudo que dá errado, por causa da caixinha dos sinais estranhos. Será que ela andou falando com Juruena? Com Numuedjadu? Vai me chamar de Iabuti outra vez?

Pior. Parece que enlouqueceu. Pede para cada um votar se é preciso queimar ou não as notas de viagem. Xabier pondera que cada um pode opinar sobre o que quiser, disse. Foi uma forma de pacificar o ambiente sem desagradar a Lenira, já que mais ninguém está preocupado com os meus escritos. O que dizem, para resumir, é que no fundo estão pouco se lixando para isso.

Os dois saem emburrados. Lenira, inconformada por não concordarem com sua pretensão. Eu, porque me sinto vítima de uma desconfiança imerecida. Cada um vai para o seu canto, longe do outro.

9. O nascimento de Iaci

Nossas relações se esfarelaram. Há três dias não escrevo nada. Ou serão dois? Ou quatro? Já não faz diferença. Tornamo-nos estranhos uns aos outros. Sabemos que falar é inútil e ouvir também. Cada um cuida de si, busca suas frutas, alimenta-se, espera. Eu mesmo, se cruzo com Lenira, finjo que nada aconteceu Mesmo Posadas anda calado: o dia inteiro olha para o alto à espera de o que algo aconteça.

De vez em quando, Gagarin diz: "fiz tanta coisa, nada valeu de nada. Fiz tudo sem entender. Vou embora assim, vazio, sem espanto, levo as coisas ínfimas que aprendi, assim como são ínfimos os espaços que percorri".

Em seguida cala-se. Afasta-se, senta no olho da matriz. Está cada vez mais pálido. Olho bem para cada um de nós. Estamos pálidos. Nós todos. De repente Lenira solta um grito. Sai correndo, entra pelo mato, gritando sempre:

— Eu quero sair daqui! Estou presa nesse corpo! Preciso sair daqui!.

Todos saímos atrás dela, menos Gagarin, que continua imóvel no centro da matriz. Mas ela está muito à frente, chamamos por ela, pedimos que pare; não, ela prossegue até ser detida por uma dúzia de flechas que atingem o seu tórax; ela é projetada para trás, os olhos e a boca bem abertos de espanto.

Juruena aproxima-se dela agitando um chocalho, enquanto os guerreiros gritam e pulam de alegria.

— Uma alma não foge — diz o pajé assim que cessa a algazarra.

— Ela estava viva! — protesta Robert.

O pajé ri gostosamente. Agora é Campbell que, valentemente, avança para cima de Juruena, mas para quando vê a fila de guerreiros com as flechas apontadas em nossa direção.

— Entendo a sua decepção — diz o pajé — mas é como as coisas são. As almas devem seguir, nunca retroceder para o mundo dos vivos. Não faz bem a elas, nem a nós.

Juruena faz um gesto para os guerreiros, que em silêncio recolhem o corpo, enrolam cuidadosamente em folhas de bananeira, erguem-no com delicadeza e levam para o que chamam aldeia dos mortos. O mais espantoso: não há sinal de sangue nas flechas que arrancam do corpo de Lenira! Ele parece pesar muito e exige muito esforço dos guerreiros, que se revezam para carregá-lo.

— A alma ainda está pesada — comenta Juruena — precisava passar a outro mundo. Por isso Exu tomou conta dela e ordenou que fugisse. Mas agora terá paz.

Nem ao menos tentamos mais entender seus costumes, rezas, crenças. Apenas acompanhamos atônitos o ritual durante o qual Lenira é enterrada à beira da matriz, ao som de chocalhos, cânticos que parecem orações e oferendas. Eyierê aparece, abre suas pernas e retira da vagina de Lenira um pequeníssimo feto. Estranhamente, está vivo e chora. Eyierê o acolhe, cobre-o com panos, diz que é mulher e se chamará Iaci. Os outros cobrem o corpo de Lenira com terra. Quitéria chora e soluça.

Tudo isso é insensato, muito insensato. Não há lógica em abater uma alma a flechadas, menos ainda em enterrá-la, não sem antes retirar dela um feto vivo. Mas é assim, sentencia Eyerê: aqui todos vivem, todos morrem, outros nascem, e assim segue o tempo.

— Iaci quer dizer luz — traduzirá Xabier mais tarde;.

Então Lenira agora é mãe da luz.

10. O Sumiço de Gagarin

Por que agora eles nos vigiam de perto? Nos últimos tempos podemos vê-los, ora na copa das árvores, ora correndo de um ponto a outro em torno do círculo de luz. Seus corpos são magros e idosos, mas sabemos que suas flechas são certeiras.

O amigável Numuedjadu já não aparece. Os guerreiros se revezam, controlam nossos movimentos. Xabier, que anda tão silencioso, de repente sentencia:

— Tudo isso parece uma armadilha.

Robert escuta-o e tem um sobressalto. Todos estão desconfiados. Só Posadas segue com seu otimismo intacto:

— É preciso concentrar nossa preocupação nos problemas que se encontram à nossa frente, apenas isso.

Quitéria me olha inquieta: não dorme desde a morte de Lenira, há dois dias. Tem os olhos vermelhos e todo o tempo alisa sua mão direita com a esquerda, como se quisesse limpar alguma sujeira.

Estou um pouco cheio disso tudo. Os replicantes já não usam seus circuitos para pensar. Papagueiam frases que guardam em seus programas, que recolheram de um jeito ou de outro. Robert me segreda que Xabier anda falando apenas coisas muito antigas, que dizia no tempo da guerra. Recomendo que faça uma boa revisão no replicante, mas ele balança a cabeça sem ânimo.

— Os circuitos estão se corrompendo. A mente já não produz ideias. Apenas repete as que já tem.

Saímos em busca de Gagarin, que continua sumido. Como os índios agora controlam nossas saídas, ou o eliminaram ou o prenderam. Parece mesmo é que se esconde, pois nem os replicantes com seus superolhos (essa parte continua funcionando bem em Xabier) conseguem localizá-lo. Voltamos desacorçoados. Robert vai atrás de um dos guardas e o interpela diretamente: por acaso levaram Gagarin? Impassível, o índio responde que não.

Seja como for, Gagarin está muito longe de nós. Agora, porém, perdemos também Quitéria. Algo acontece que foge ao nosso controle. Por que Gagarin33 sumiu? E agora também Quitéria... onde está? Ou será que os índios têm razão e a matriz é tabu e os que pisam nela estão mortos?

Robert faz o que sempre faz nos momentos de angústia: abre as costas dos replicantes para limpar o mecanismo. Nem reparou que Gagarin reapareceu ao longe, lá dos lados do bambuzal. Anda lentamente, está muito branco, mais que pálido, branco mesmo, parece uma folha de papel com um homem desenhado, uma figura sem espessura, peso ou expressão. Eu o chamo pelo nome, ele não responde, caminha devagar e, à medida que se aproxima, consigo distinguir seus traços, ele vem até mim, me abraça; um abraço como ele, sem espessura ou expressão.

— Por onde andou?

— Ah, pelo bosque. Você precisa ir também. Todo esse tempo foi fértil, agitado, tempestuoso às vezes, cheio de ação na minha cabeça, depois tudo deslizou, começou a esvaziar até chegar ao vazio completo. E eu como que contemplava a mim mesmo com clareza, como se o corpo, por dentro, se iluminasse, todas as coisas por que passei, os lugares por onde andei, absurdos, vagos; me perguntava quem eu fui e então me senti transformar em água, água pura, como um rio, como uma vida que começa outra vez, mas não renega o que já foi. Não odeio a mim nem a todos os Gagarins que vieram antes, nem aos outros que roçaram a vastidão impossível dos espaços. Mas aprendi que vivemos infinitamente, e que isso é inútil. Estão certos os índios. Eles envelhecem aos 50, depois vivem mais 10, 20, 30 anos no máximo.

Diz isso e se afasta, de costas, delgado, sempre mais delgado, quero dizer, desaparece aos poucos, antes mesmo de chegar ao bosque já o vejo sempre menos, não o homem que foi, outra coisa, um vulto branco, que se confunde com o ar, como um fantasma, se afasta, embrenha-se no bosque, some. Vou até Robert e pergunto se viu aquilo. Claro que não, ele diz.

— Não viu Gagarin? Ele passou por aqui e se afastou. Estava muito branco e magro.

— Ninguém passou por aqui. Eu teria visto.

Então sou eu vendo coisas que não existem? Será que os índios puseram algum alucinógeno na água, nas frutas?

— Eu vi Gagarin indo embora, e os guardas não fizeram nada.

— Se você acha que é deve ser — diz diz Robert, indiferente. Dá de ombros e vai cuidar dos replicantes:

— Pronto, já dei o reboot. Eles estão voltando.

Depois se afasta dos autômatos, que lentamente se põem de pé. Conto-lhes resumidamente o que houve e o que vi. O desaparecimento de Gagarin33 como homem e depois seu retorno achando que era uma alma reconciliada consigo mesmo.

Xabier tem os olhos paralisados, assim como os braços e as pernas. Retesa-se inteiro. Depois, aos poucos, parece acordar, fala coisas sem sentido:

— … se perde… Se a morte fosse… há um inimigo que se pode evitar … eu aconselharia fugirmos naquela direção.

Nova paralisia. Volta. Capenga.

— O sistema está acordando aos poucos — diz Campbell.

— …aprendamos a arrostá-la de pé firme e combatê-la; E para começar…

— O sistema está falhando, isso sim — digo.

— … nossas forças estão exangues, tão descarnadas. O inimigo avança implacável. Precisamos buscar as montanhas que nos protejam.

Xabier retoma, mas visivelmente não está bem. Capenga ainda mais, fala coisas sem sentido, palavras descarnadas mesmo, sem rugas, sem marcas do aprendizado a que ele tanto se dedicou.

— Ele está lembrando coisas do tempo da guerra. Coisas muito antigas — explica Robert — Vamos esperar que a memória recente e o raciocínio despertem.

— A música não é som, nem ruído; é música. Nos concertos de Beethoven há partes que são conversa com a vida e a natureza. Cada nota de Beethoven é um pensamento de vida. — diz Posadas.

— E Mozart não? — reclama Robert.

— E Mozart, claro. No caso de Mozart, menos vinculado à realidade social.

Aos poucos, o rosto de Xabier readquire expressão.

— Na verdade, a gente andou, andou, para descobrir com os índios que o importante é saber morrer — diz, agora com força, como se acordasse de vez.

Ufa! Parece que se recuperou.

Após o alívio, no entanto, a inquietação volta a se instalar, a noite está caindo e Quitéria ainda não voltou.

— Vamos logo, antes que anoiteça.

Xabier se anima:

— Se anoitecer, a luz da lua nos guiará;.

— Talvez — Robert intervém na hora: — Mas você fica. Precisa descansar.

— E o Posadas?

— Escutar a música de Beethoven faz pensar na harmonia das relações...

— Ele está de boa — conclui Robert.

Saímos. Enquanto procuramos por Gagarin, topamos com uma estranha cena. Junto ao rio das almas, Juruena, com Numuedjadu ao seu lado, batiza Gagarin:

— O nobre espírito recebe agora o nome de Auiára, que lhe foi concedido pelo conselho dos xamãs. Será água e protetor das águas — emenda Numuedjadu.

Em seguida, Gagarin entra no rio, pouco a pouco. À medida em que entra, seu corpo se integra na água, as mãos, o tronco, até a cabeça, tudo se torna água.

Os índios se agitam, gritam, festejam. Logo um banquete e orgias celebrarão o surgimento de Auiára. A festa é o sinal de que o povo da floresta lutará contra adversidades, sejam elas quais forem.

11. Onde está Quitéria

Depois de passar pelos guardiões seguimos em busca de Quitéria. Encontrá-la não é afinal tão difícil. Está no centro da taba, cercada pelas mulheres da tribo. Sua barriga está maior. Eu já tinha notado algo diferente, mas agora ficou mais evidente. Deram-lhe talvez algum remédio, penso. Quando nos aproximamos, no entanto, tudo é diferente. Agora ela mantém os braços abertos, enquanto as demais dançam ao seu redor. Yierê destaca-se das demais e aperta-lhe a barriga. Quitéria grita.

— Isso é um parto! — exclama Robert.

Impossível, ela apenas engordou, nada mais, penso. E nem acabei de pensar vejo ao longe que Yierê ergue com os braços um menino e o nomeia:

— Kaluanã.é o seu nome: guerreiro como o pai e a mãe.

Logo começa a festança, as mulheres dançam com as crianças, os homens se abraçam. Juruena avança até Quitéria, agitando seu chocalho.

— Você agora será Thaynara, mãe do guerreiro Kaluanã.

Então é para isso que fizeram aquela grande orgia. Para que as almas se reproduzissem... Primeiro Iaci, agora Kaluanã! Os cantos se tornam mais fortes e alegres. Kaluanã volta aos braços de Quitéria (ou Thaynara, como chamam os índios) para amamentá-lo. Numuedjadu aparece depois, vestindo um enorme cocar e um colar de dentes de onça, aproxima-se de Quitéria e a leva para a oca central, com o menino.

— Ela já não nos pertence, diz Robert. — Thaynara é mulher sagrada, a mãe do futuro cacique. Vamos.

Já não há luz. Emawayichi salta à nossa frente saindo do nada e nos leva de volta à matriz. No caminho, explica o que aconteceu. Quitéria sentiu fome e foi até o rio, pensando em pescar algum alimento. Na margem, sentiu-se atraída por um enorme peixe. Lançou sua isca, mas, ao invés de pescá-lo, ele é que a puxava para dentro da água com muita força.

— Era o espírito chamado Markko que queria levá-la — explicou. — Queria afogá-la por vingança. Vocês conhecem esse demônio? Ela aprontou pra cima dele?

Nenhum de nós responde. Markko a teria levado, ele prossegue, não fosse a intervenção de Auiára, que provocou um forte estrondo. Isso chamou a atenção de Yierê, que às pressas convocou os guerreiros para salvá-la.

— Era preciso fazê-lo — comenta Emawayichi.

Penso em como isso aconteceu. Na noite da orgia, não há dúvida. Mas como eles podem ter certeza de que o pai é Numuedjadu? Todo mundo transou com todo mundo durante aquela festa.

Volto-me para trás e vejo que alguém nos segue, mas não consigo distinguir quem é; Emawayichi aparece e anuncia que vamos dormir aqui. Ele não pode ir à matriz numa noite tão feliz. Quando nos despedimos vejo que atrás dele está Kauana, a bela índia que me pegou na noite de festa.

— Uirá, ela diz. — Uirá.

Acenamos sem entender o que quis dizer, mas não gosto dessa história. Ela é outra que está com a barriga crescida.

12. Ventania

Assim que amanhece, dou uma volta pelo bosque para visitar as plantações. No caminho, desço uma encosta e encontro um riacho de águas límpidas, Me abaixo e, colocando as mãos em concha, preparo-me para beber a água pura. O que vejo no rio, porém, não é o reflexo do meu rosto, mas o de Markko, o cego. Ele começa a me puxar para dentro do rio.

— Ele tinha tal força que eu não consegui mais tirar as mãos da água, porque o cego a puxava e dizia que nossas mãos agora estavam ligadas.

Volto correndo cheio de pavor e conto a Robert o que vi; ele responde que estou pálido.

— Markko riu e de repente me soltou. Acho que Auiára me protegeu. Ele ainda deve estar lá. Pode olhar.

Robert tentou me convencer de que isso tudo não passou de imaginação.

— Tanto que a mão te soltou.

Não. Ele queria Quitéria. "Mas ela agora é sagrada", disse. Então percebi sua voz morrendo de tristeza, aproveitei e soltei minha mão: "Então vou atrás de vocês", ele disse. "Agora sou um demônio das águas".

— Ele não morreu. Está lá embaixo, no rio, esperando por nós.

Com sua experiência de crises, Robert explica com paciência que não há ninguém lá embaixo. E se Markko quisesse perseguir alguém seria Quitéria, que o deixou cair no abismo.

— Quitéria agora é inatingível, os índios a protegem.

— O que ele tem contra você? Nada. Tudo isso é imaginação sua.

Aos poucos me acalmo, mas ainda me sinto ofegante, quando de baixo começa a vir um ruído, um ronco primeiro, bem grave, que depois fica mais agudo, até chegar a sibilinamente ensurdecedor.

Vvrrrrrrrrrooooooooooouuuuuuuuuuuuuummmmmm

nada, tudo não durou mais de dez segundos.

— É contra nós! — grito. — Contra todos nós....

A ventania passa, deixando algumas árvores caídas. Uma água aparece no chão, vinda não se sabe de onde.

— É Markko!! — grito.

— É só uma aguinha — Robert ri do meu pânico.

Nesse instante, Xabier aparece, olhos esbugalhados, atônito.

— As forças deles são demolidoras. Centenas de replicantes armados chegarão em poucos minutos. Não temos saída.

— Ele está lembrando a última batalha — Robert comenta, depois o sacode:

— Não há batalha, Xabier. Não há inimigo. Foi só uma ventania.

Xabier olha-o por segundos antes de falar:

— Quem é você? Não sei quem é você.

Robert se afasta; mesmo à distância ouço seus soluços. Xabier continua a perguntar quem é você, quem é esse outro. Um robô demente, era só o que me faltava. E o outro que se derrama em lágrimas por ele.

13. Um bom dia para morrer

Há muita tristeza por aqui. Acho que o sentimento é esse. Quando o dia fica claro é possível passar pelas colheitas devastadas, pelas árvores que tombaram sobre outras árvores, pela terra revolta. Robert puxa Xabier pelas mãos, mas por ora seu estado é a última de nossas preocupações. Acho que nos acostumamos pouco a pouco com as desgraças que se abatem, nos damos conta de que voltamos a ser mortais — na alma ou no corpo, tanto faz. Mesmo os replicantes. Não é só a destruição que traz esse sentimento, mas o temor de que agora a matriz esteja sendo afetada, e com isso também a comunicação cósmica possa ter se rompido. A destruição está chegando a nós, nosso esforço não faz sentido, talvez nunca tenha feito sentido.

— Faz sim, reage Robert, como se tivesse escutado meu pensamento. — Nós nos tornamos finitos. É preciso estar vivo para morrer. Os índios sabem das coisas.

Devem saber, pois na hora da catástrofe estão sempre longe, a salvo, os malandros.

O centro parece intacto. Os guerreiros continuam lá, saltando da copa das árvores para o chão, enquanto outros sobem nas árvores e se instalam em algum galho forte; não nos ameaçam. Posadas continua lá, a olhar para o alto. Diz que pôde ver algumas luzes no exato momento em que a terra tremeu.

— Isso me dá muitas esperanças — divaga.

Paramos um diante do outro. Sentamos. Eu e Robert. Não dizemos nada. Não há quase o que dizer.

— Estou com fome.

— Eu também, mas as colheitas foram destruídas pela ventania, não há mais frutas, mais nada.

— E as coisas caídas no chão?

— Estão podres, imundas.

Silêncio. De repente ele se volta para mim:

— Sabe o que eu queria? Saber que dia da semana é hoje.

— Que diferença faz?

— Lembrei que quando estava na guerra pensava que quinta-feira era um belo dia para morrer.

— Então que seja: hoje é quinta-feira. Quer morrer?

— Ainda não.

— E que diferença faz? Para morrer qualquer dia serve.

— Só quero saber qual é o dia semana. Está tudo terminando. Talvez seja interessante ver como isso acaba. Não vamos precipitar as coisas.

— Para que serve tudo isso? — pergunto; ele permanece imóvel.

Insisto:

— Tudo isso que aconteceu. Comigo, conosco, esses séculos todos... tudo.

— Não penso nessas coisas — diz Robert. — Sempre fiz tudo que fiz sem pensar muito. Pensar me atrapalha. Quem sou eu? O que eu sou? Essas perguntas não fazem sentido. Só sei fazer, agir... Isso é o que eu sou.

— Talvez eu seja ao contrário, mas não tenho certeza.

— Mesmo depois de tantas coisas inesperadas, de todas as pessoas que desapareceram, do pouco que resta... Apesar de tudo eu aprecio esse momento mais que qualquer outro. Talvez porque saiba que é fugaz.

— Eu devo achar o contrário, mas não estou certo. Não estou certo de nada.

— Ah, eu espero pela quinta-feira. Mas nunca vou saber quando é quinta-feira; Talvez os replicantes tenham calendário no sistema.

Xabier parece não nos escutar. Continua imóvel, sentado, com as pernas dobradas e os braços em torno delas.

— Que dia da semana é hoje, Xabier?

Ele não ouve a pergunta. Continua em silêncio.

— Você sabe o que quer dizer Simone-de-Beauvoir-Gallimard? — pergunta por fim o autômato.

Robert diz que está com sede. Eu também, mas não me atrevo a ir até o rio. Robert ri da minha superstição e me dá as costas. Volta algum tempo depois, com os olhos saltados, pálido, caminhando às cegas, como um bêbado:

— Você estava certo. Ele está mesmo lá. Markko! Eu vi o rosto dele assombrando a água. Ele disse "Você está com sede". Sim. E tentou me puxar para dentro do rio, enquanto dizia: "Agora eu não sou mais um cego. Posso ver tudo". "Você é só uma alucinação", respondi. "Não quero mais te ver". Ele riu de mim e começou a desaparecer. "Você não pode me vencer", eu berrei. Então ele deu uma gargalhada medonha e sumiu. Então mergulhei minhas mãos na água, fazendo uma concha com elas, e tomei a água mais límpida que já vi em toda minha vida."

À medida que fala, retoma a lucidez, o sangue volta a frequentar seu rosto.

— E Xabier, como vai?

— Está todo desarranjado.

Robert se põe a limpar seu mecanismo freneticamente, mas não há muito a fazer, exceto tirar um chip, uma placa, soprar, botar de volta. O resultado é ínfimo. Posadas, que estava tão mal no começo, resiste. Xabier está se apagando.

— Todos os homens são mortais Simone-de-Beauvoir-Gallimard— recita Xabier.

— Que porra quer dizer isso? — berra Robert, quase desesperado. Sente que o velho companheiro esmorece.

— Uma capa de livro. O pedaço de uma capa que nós encontramos.

— Isso eu sei.

— Quer dizer que vocês são mortais — reage Xabier. — Não nós. Nós paramos, sumimos, somos extintos, reciclados. Só os homens são mortais. Nenhum replicante é. Nunca encontrei palavra capaz de definir o que nos

acontece, o que sinto. Não sinto nada. Eu queria sentir, medo, fraqueza...
Tudo que faço é desdobrar meus programas, interpretar o que li...e...

Outra vez nele tudo falha e se imobiliza. Robert não se move. Sabe que
o velho amigo se extingue aos poucos.

Posadas chega. Aparentemente desistiu de olhar para o céu.

— Os órgãos e o funcionamento do corpo têm sua base de sustentação
na mente, dizia Asclépio.

— Quem é Asclépio? — pergunto; ele prossegue como se não tivesse
ouvido.

— Essa é a base: viemos da natureza e a ela recorremos para tratar
nossas enfermidades.

— Máquinas não vêm da natureza — retruca Robert, irritado.

— O canto, a música, o esporte levam a psique a ajudar no funcionamento sanguíneo e na expulsão dos componentes nocivos.

— Você não tem psiquê porra nenhuma!

Robert o segura pelos colarinhos de um jeito brutal, enquanto berra.
Posadas parece não sentir nada, não se dá conta do que acontece:

— Tudo isso era consequência de um país, a Grécia, onde se desenvolveu
o tratamento inteligente na relação com a natureza e o cosmos.

— Isso não interessa nada. Você sabe como salvar Xabier?

— Xabier? — ele pergunta, como que despertando de um sonho — Ah,
não faço ideia. Tudo o que sei é o que está no meu programa. Xabier é um
replicante, como eu. Você é que sabe nos regenerar. Senão for você... só
os povos do espaço saberão.

— E quem disse que eles virão?

— Se não vierem logo, acabou... Xabier está fodido.

Como se tivesse escutado, Xabier como que acorda:

— Sabe o que seria meu último desejo? — pergunta Xabier. — Eu
gostaria de saber o que quer dizer Simone-de-Beauvoir-Galllimard. Trago
dicionários inteiros na memória, mas não funcionam ou não trazem essas
palavras.

— O que desejo saber é a coisa mais simples do mundo. E nem isso… Não pensem que não estou em meu juízo perfeito. Estou dizen… — e Xabier desliga outra vez.

Robert luta diante do corpo inerte do robô. Mas vê o companheiro infalível falhar… falhar, reboot e desliga, reboot, falha e nada. Por fim desiste. Não há mais reboot. Ele tenta, mexe, sopra, nada! Robert chora honrosamente enquanto lança longe uma placa de definição e pisoteia outra de memória…

— Para que memória? — pergunta — Melhor não lembrar, se é para esquecer no fim, melhor não lembrar.

Posadas IV, que permanece indiferente a tudo, introduz uma nova hipótese:

— E se os ETs forem eles? Os índios… Eles sabem mexer com a natureza. E se a gente do espaço já estiver aqui?

14. O barco que nos trouxe chega à costa

Agora somos três. Posadas não come, não bebe, replicantes não precisam. Robert e eu desmilinguimos. Nossas forças se perdem, sem ter o que comer ou beber. Posadas vai bem. Os guerreiros parece que nem ligam para nós. Nem Thaynara.

O que fazer? É tudo tarde. Tudo muito tarde. Se esses índios forem mesmo os amigos extraterrestres que Posadas espera será possível salvar alguma coisa, quem sabe? Não terão vindo para nos conquistar: aliás, não deixamos nada a ser conquistado.

Thaynara[2] recebe autorização para vir até nós. Vem pela beirada, sem invadir a matriz.

— Homem branco é burro, não sabe nem viver com a natureza, nem com os outros homens, com o sol, com os planetas, com os replicantes, com as imagens, com tudo — diz. — Não sabem viver.

---

[2] Que um dia foi Quitéria. (N.A.)

Em todo caso, não foram os indígenas que ferraram tudo, isso é certo. Mas e daí?

— Numuedjadu mandou dizer que os índios são eternos — sentencia Thaynara e se afasta.

Pergunto ainda se Thaynara será guerreira, como quando era Quitéria. Ela se volta, sorri. Depois se abaixa, pega uma pedra no chão e a joga para o alto.

— Quando for noite, olhe para cima: eu sou uma estrela — diz.

Ao cair, a pedra quase pega em Posadas.

— Eu trouxe um recado de Kauana. Ela disse que logo será mãe. Terá um filho de Iabuti.

— Eu!?

— Sim. Nascerá na próxima lua e vai se chamar Aymoré.

— Como assim? O que significa isso? — pergunto. Mas Thaynara não está mais lá.

Posadas, que está atrás de mim, responde por ele:

— Aymoré significa o que tem desejo.

Fico intrigado com o nome.

— Iabuti deve ter mandado bem naquela noite — arremata o replicante e ri.

Robert e eu ainda estamos perplexos.

— Bem, talvez nossa jornada não tenha sido inútil, afinal — Robert comenta.

Em seguida recosta na árvore. Geme. Pergunto se sente alguma dor.

— Nada grave — diz. — Lembrei agora daquela capa de livro na biblioteca. Vejo a capa perfeitamente. Lembra dela? Está escrito em cima: Simone de Beauvoir. Embaixo, em letras maiores, "Todos os Homens São Mortais". Se existe lógica, o nome de cima é da autora. Porque Simone é um nome feminino, talvez você se lembre. Embaixo, aparecia outro nome, menor: Gallimard. Só pode ser o da editora.

Cala-se em seguida. Sim, lembro: a frase que anotei.

— Por que só agora fui lembrar disso? Eu achei essa capa de livro, mas não havia livro dentro. Só a capa e a lombada. Que pena! Só lembrei agora. Não pude dizer nada a Xabier.

Robert recosta outra vez na árvore e dorme.

Vem outra noite e só escuto Posadas com suas sandices. Acordo gelado de frio e ele não para de falar. Recosto outra vez sobre a mochila cheia de cadernos. Escuto sua voz mesmo quando em silêncio, ou ela ecoa e retorna em meus ouvidos?

Estou ficando obcecado. Olho para o lado. Emawayichi reaparece, agora cercado de guerreiros que permanecem fora do centro. Ele ordena que eu coloque o corpo de Robert sobre uma enorme folha de bananeira que os índios lançaram.

— Ele está descansando — respondo.

— Faça o que digo — manda Emawayichi.

Tento acordá-lo. Nada. Percebo então percebo que o corpo está frio, rígido. Obedeço à ordem e empurro o corpo pesado até a grande folha de bananeira. Já posso pressentir o que houve.

— Morreu de água ruim — comenta Emzwayichi. — Água de Markko.

Então ele se vingou, afinal. Auiára não pôde protegê-lo.

A um sinal de Emawayichi, os guerreiros puxam a folha de bananeira para fora do limite da matriz. Então agora somos dois: Posadas e eu. Quer dizer, sou eu sozinho, porque Posadas continua na dele, falando para o nada.

Sem aviso, Emawayichi salta à minha frente. Me assusto.

— O que você quer? Não quero mais ver ninguém.

Ele manda eu tomar um copo com uma beberagem indígena que me dá forças. Não muitas, o bastante em todo caso para escutá-lo.

— Kauana está bem: você viverá em Aymoré.

— Você está dizendo é que eu vou morrer.

— Na real, sim. Todos os homens são mortais.

— E quem disse que eu sou o pai?

— Kauana diz que é você, porque Aymoré foi concebido no dia de festa.

— E como ela sabe? Acho que ela trepou com uns seis ou sete aquela noite. Rolou a maior sacanagem.

— O que ela diz é o que conta. Ela sabe. Estamos no matriarcado, Iabuti.

Emawayichi encerra o papo, dá as costas e se afasta.

Agora só escuto Posadas, que fala sempre voltado para o alto, para as estrelas:

— A discussão desses problemas será sempre presente, porque ela faz parte do progresso da humanidade... em sua integração... com a natureza... e com o universo...

Por que nas noites geladas as estrelas parecem mais brilhantes, mais vivas?

Só consigo olhar para cima, não tenho mais forças sequer para me virar.

Posadas continua sua declamação:

A hora chegou da despedida
O barco que nos trouxe chega à costa.
Onde estamos? Chegamos
À praia da qual havíamos partido.
E nossa viagem? Era viagem de descobrimentos,
Com um grande objeto, muito desejado.
Às vezes queimados pelo sol, outras endurecidos pelo gelo,
Seguiu sua rota infatigavelmente, pela proa.
Com empenho, cada marinheiro fez o seu dever
E ainda que sem resultado
Era formosa a viagem, de nada nos arrependemos,
Mesmo que nossos mastros tenham sido derrubados,
Pois também Colombo primeiro foi desprezado,
Mas finalmente viu o novo mundo.
Vocês, amigos, que nos aplaudiram,
Vocês, inimigos, que nos honram com a luta,
Voltaremos a nos encontrar algum dia em novos barcos,
Pois ainda que tudo se arrebente, o ânimo mantém-se integro.

Tento falar. Queria dizer a ele que é um belo poema, mas não consigo.

— Estou ouvindo o canto dos golfinhos — diz ele — Eles falam.

Isso não é o canto dos golfinhos. Sou eu arfando, buscando ar, gelando. Quando há sol, não esquenta, quando vem a noite nada me protege do ar gelado. Agora só enxergo a imagem da linda Kauana, baça como se saísse de uma nuvem, carrega um bebê. Não sei distinguir se ela está mesmo lá ou se é tudo miragem. Peço a ela que me traga uma coberta. Ela sorri.

Posadas não sente frio. Replicantes não sentem frio, nem calor. Não sentem. Mas sua expressão é feliz. Abre os braços. Não se vê mais o sol. Uma névoa muito clara o esconde. Ainda escuta os golfinhos:

— Falem mais. Falem mais alto.

Sua mente já não funciona. Apenas roda um velho programa, criado num tempo remoto. Estarei certo? Ou será que seus muitos arquivos servirão ainda a dar vibração e vida a um momento que ainda virá?

Recosto a cabeça sobre a mochila. Ela restará. Talvez Aymoré aprenda a decifrar o que está escrito nas caixinhas que deixo. É um legado, afinal. Não? Minha parte está terminando. Seguirá essa história? Como?

Posadas agora olha para baixo, faz um gesto em concha com uma das mãos: tenta escutar o som dos golfinhos; sim, são golfinhos, não é mais minha respiração. Também consigo vê-los: são azuis e saltam em bandos, livres e alegres, nas águas que correm diante de nós e de que só agora me dou conta.

— O som vem da água — comenta, indiferente ao meu estado. — Eles falam alto. Eles nos entendem. São alegres.

— Será que riem de nós? — pergunto.

— Por que ririam? — ele retruca. — Dizem apenas que é preciso superar o teatro das ilusões e chegar à liberdade.

— Como os índios?

— Isso eles não disseram.

Pede silêncio em seguida. Inclina a cabeça, como se com isso aguçasse os ouvidos. Os índios estendem a casca de bananeira até bem próximo de mim, fazem gestos e gritam para que eu me arraste e suba nela. Obedeço. Depois me puxam para fora da matriz e me erguem na grande rede que sobe até a copa das árvores, de onde tenho uma incrível visão: a aldeia indígena de um lado, ao longe; perto dela o rio de águas cristalinas que

Markko tenta roubar de Uaiára; mais acima um grupo de montanhas com as antigas construções, as estranhas pirâmides. À direita corre outro rio, tão grande que não se vê a outra margem. Pergunto se seria o oceano, mas o índio ao meu lado, parece Numuedjadu, não responde.:

Vejo Posadas que olha na direção do grande rio, onde golfinhos pulam e cantam.

— Os golfinhos dizem que o capitalismo vai acabar como os dinossauros, obeso, afundado em seu próprio peso — ele fala, sorri, depois continua:

— Tese: o dinossauro capitalismo morrerá soterrado em sua própria bile. De sua eternidade restarão os ossos. Antítese: a vida marinha renasce; os golfinhos nadam leves, assim como os índios caminham sobre a terra. Síntese: a vida nasce e renasce da água, como sabem os golfinhos, os indígenas. Depois haverá mais beleza.

— Isso é o que disseram. Será que deu para entender?

Não sei. Sei apenas que me faltam forças, que meus personagens já se foram. Só Posadas restará — até que emperre. Sinto o mundo inteiro se apagando. Mas esse mundo só existe em mim, no que eu vivo, sonho e escrevo.

Aqui se faz e aqui se apaga — diz Posadas;

Será?

Será ele que diz ou eu que sonho?

Uma última vez, sorrio.

Queria saber que diabo virá depois.

Como se vê,

TUDO en **FIM**
SEGUE
   MUI**TO**
   NO**R**
    TO
     MAL.

Sobre o autor

Inácio Araujo é técnico cinematográfico, tendo montado 13 longas-metragens, escrito seis roteiros e dirigido episódio de um filme.

É crítico cinematográfico do jornal Folha de S. Paulo. Seus textos foram compilados no volume *Cinema de boca em boca*, org. Juliano Tosi (ed. Imprensa Oficial, 2010) e revistos em *Olhos livres para ver*, org. Laura Cánepa e Sergio Alprendre (edições Sesc, 2023).

Publicou o romance *Casa de meninas* (Marco Zero, 1987 – prêmio revelação de autor da APCA; reedição da Imprensa Oficial em 2004) e o livro de contos *Urgentes Preparativos para o Fim do Mundo* (Iluminuras, 2017).

Publicou ainda os ensaios Hitchcock, *O mestre do medo* (Brasiliense, 1982) e *Cinema, o mundo em movimento* (Scipione, 1995) e o romance juvenil *Uma chance na vida* (Scipione, 1989).

CADASTRO
ILUMI*N*URAS

Para receber informações
sobre nossos lançamentos e
promoções envie e-mail para:

cadastro@iluminuras.com.br

A *Iluminuras* dedica suas publicações à memória de
sua sócia Beatriz Costa [1957-2020] e a de seu pai
Alcides Jorge Costa [1925-2016].